O BOM MASSACRE

O BOM MASSACRE

Leonardo Marona

telaranha

Coordenação editorial Bárbara Tanaka e Guilherme Conde Moura Pereira
Assistente editorial Juliana Sehn
Capa Nana Grunevald
Projeto gráfico e diagramação Bárbara Tanaka e Manoela Haas
Preparação de texto Guilherme Conde Moura Pereira
Revisão Bárbara Tanaka
Comunicação Hiago Rizzi
Produção Letícia Delgado e Raul K. Souza

DADOS INTERNACIONAIS DE CATALOGAÇÃO NA PUBLICAÇÃO (CIP)

M354b Marona, Leonardo
O bom massacre / Leonardo Marona. — 1. ed. — Curitiba, PR: Telaranha, 2025.

280 p.

ISBN 978-65-85830-30-0

1. Ficção brasileira I. Título.

CDD: 869.93

Índices para catálogo sistemático:
1. Ficção : Literatura brasileira 869.93
Henrique Ramos Baldisserotto – Bibliotecário – CRB 10/2737

TELARANHA EDIÇÕES
Rua Ébano Pereira, 269 – Centro
Curitiba/PR – 80410-240
(41) 3220-7365 | contato@telaranha.com.br
www.telaranha.com.br

Impresso no Brasil
Feito o depósito legal

1ª edição
Maio de 2025

para Rita, que dessa vez vai ler.
para Camila, que me apresentou a viola da gamba.
para Aderaldo, que gosta das minhas loucuras.

e, inevitavelmente,
para a gata Juno e o gato Bandini,
que estiveram ao meu lado enquanto escrevia.

CONVITE A *O BOM MASSACRE*

No por favor. No aparten las miradas de estas líneas porque las crean escritas por un degenerado. Concedan unos minutos de tregua al odio y ellas les explicarán la Verdad aunque yo ya no exista. Entonces me salvaré a través de sus conciencias.

— Marcelo Fox, *Invitación a la masacre*

Convite ao massacre é o nome do livro com o qual o escritor argentino Marcelo Fox ofereceu sua cabeça decapitada para a mítica da literatura argentina. O meu convite a *O bom massacre* não pretende oferecer a cabeça de Leonardo Marona a nada. Neste prefácio, minha intenção é sugerir para o leitor recém-chegado ao universo de Marona, ou mesmo para os já bem íntimos de sua literatura, que estamos diante de um legítimo escritor latino-americano, que escreve no Brasil, em português – coisa bastante rara nas nossas letras.

Assemelhado à tradição argentina do realismo delirante e do abjeto, Marona carrega influências em sua escrita que remetem diretamente a Alberto Laiseca e Osvaldo Lamborghini, que, junto com Fox, formam a mitológica trinca da literatura maldita e delirante da Argentina. Ecoam também, neste livro em particular, as letras de Ariel Luppino, Felipe Polleri, Gabriela Cabezón Câmara, Agustina Bazterrica, entre outros contemporâneos dos dois lados do Rio da Prata.

É importante deixar claro que toda essa influência é muito mais arquetípica que de leituras; não há angústia, e sim um texto repleto de não referências diretas. Ao mesmo tempo que se percebe a escrita platense de Marona, não se pode apontar uma citação sequer dos autores elencados. É um fenômeno literário digno de nota. Marona nunca leu Laiseca ou Fox, mas tenho certeza de que os Boys de Pasolini, personagens centrais de *O bom massacre*, leram. Não quero entrar no livro diretamente – é preferível que a leitura desse bom massacre seja intuitiva e sem influências, mas os Boys de Pasolini merecem menção. A construção desse grupo nas páginas que se seguem é uma lição de escrita. Outros personagens merecem passagem direta para o rol dos grandes personagens da nossa literatura, entre os quais o protagonista Reizinho (Ceguinho) e o Russo (Klaus). A escritura latino-americana de Marona é tudo o que o atual cenário da literatura brasileira não é. E isso é ótimo.

Não é de agora que Leonardo Marona carrega sua literatura no embornal latino-americano. Em seu romance anterior, *Não vale morrer* (Macondo, 2021), já se notavam os ecos castelhanos. Em alguns contos de *Conversa com leões* (Oito e Meio, 2012), reeditado em 2024 pela editora Urutau, podemos ler essa mesma América Latina literária, sem a menor necessidade de citação direta ou afiliação com carteirinha e distintivo. Na poesia, Marona também transborda essa literatura portenha/platense, principalmente nas plaquetes *comunista fdp* (Garupa, 2021) e *Pibe: una brisa* (Primata, 2022), com uma referência mais direta, sem deixar de ser fluida. Reproduzo um trecho da prosa poética "Charles anjo 45", extraído de *Pibe*:

Reconheceu em mim o sangue charrua, por mais que eu tenha tentado de várias formas lhe dizer que, na verdade, minha ascendência é guarani, por parte de mãe, pelo que comprovo sua loucura e devoção. O charrua, para um uruguaio forte, é como uma honra, uma capacitação. Ganho cinco metros de altura, aprendo a dançar. (p. 17)

E ainda tem a música. Marona é um grande admirador do rock argentino das décadas de 1970 e 1980, principalmente nas figuras de Luis Alberto Spinetta e Charly García, que, para além de geniais, são músicos/poetas que fazem do realismo delirante sua principal característica. Marona bebeu muito disso e soube colocar na escrita essa outra influência portenha. Há também o brasileiro Belchior nessa caldeira – que, no meu entender, é o único compositor latino-americano da MPB, na estrutura, na base rítmica e na temática. Marona é também um pouco Belchior na sua literatura, *apenas um rapaz latino-americano,* apenas uma literatura latino-americana, o que se evidencia ainda mais neste livro.

Meu desejo é que leitores virem esta página, leiam o livro, vejam o filme e ouçam o disco. *O bom massacre* merece sua atenção, e Leonardo Marona merece o mundo.

Clelio Toffoli Jr é mestre e doutor em Literatura, Cultura e Contemporaneidade pela PUC-Rio. Atualmente, pesquisa a surrealidade e o delírio nas literaturas latino-americanas.

LIVRO UM

ISTO É UMA PERGUNTA

Só creem no divino
Os que o trazem em si

Friedrich Hölderlin por Manuel Bandeira

Sou uma personagem
de ficção científica
escrevo para me casar

Adília Lopes

REIZINHO

Hoje o dia começou complicado porque é o primeiro depois que minha mãe morreu. Meu primeiro dia totalmente sozinho no mundo.

Quando levaram ela daqui, bem cedo, eu ainda dormia. Eu sempre dormi profundamente, porque é quando descanso do mundo que não posso ver.

O lugar onde a gente vivia – pelo cheiro e pelas moscas e mosquitos – era o que minha mãe chamava de pocilga, palavra que logo passei a usar também e que nunca ouvi outra pessoa falar além da minha mãe. Era uma palavra muito bonita: POCILGA. Tinha algo que parecia coisa de gente importante. Talvez não fosse o nosso caso. Mesmo assim, no pior sofrimento, eu lembrava daquela palavra bonita, POCILGA, e dizia a mim mesmo que vivia como um rei numa pocilga.

Logo consegui fazer, escondido, com papelão e mato seco, uma coroa de rei que passei a usar junto com um pedaço de pau, que era minha espada. Isso durou até que mamãe, sem entender o que era aquilo, arrancou a coroa da minha cabeça e tacou fogo nela sem dizer nada. Quebrou o pau com raiva.

Nunca vi rei cego, dizia minha mãe, dando risada. Ela gostava muito de rir, por mais que não tivesse dentes. Tinha a gengiva muito bonita, era o que ela dizia: "carnuda e cor-de-rosa, todo mundo ama a minha gengiva". Então, muito cedo, gengiva se tornou uma palavra importante pra mim. Uma boca bonita devia ter uma gengiva bonita; dentes não eram tão importantes assim. Ao mesmo tempo, ficava imaginando que a boca da minha mãe parecia uma boca de peixe, ou de sapo. No fundo da minha alma – palavra que mamãe nunca conseguiu me explicar direito, mas que eu acho tão bonita quanto pocilga –, eu queria que algum rei cego tivesse existido. Assim podia mostrar isso pra minha mãe e ela me deixaria ser o Rei da Pocilga. Só que eu ficava muito quieto sempre, com essas coisas passando pela minha cabeça o tempo todo.

Lembro que tinha sempre gente que passava no lugar onde a gente dormia. Entrava e saía gente o tempo todo. Tinha muita gritaria, bate-boca, gente gemendo, gente brigando. E tinha uma coisa chamada lama – minha mãe tinha me explicado o que era –, que se misturava com merda de bicho e de gente e trazia doença. Doença também era bicho. Era bicho pequeno, só que muito mais forte que gente, que era grande. Então muito cedo entendi que um bicho pequeno podia ser mais forte do que um bicho grande. Tive uma barriga enorme durante toda a minha adolescência. Mesmo assim, virei um homem bonito. Minha mãe dizia isso, eu achava que era pra me agradar. Mas então outras mulheres também começaram a dizer. Homens também. Daí acreditei.

Como a barulheira era constante na pocilga, não percebi nada de estranho, até que vieram buscar o corpo, porque cheirava a podre, o que às vezes podia muito bem ser um bicho morto. Eu mesmo senti uma diferença no cheiro, mas não sabia o que era, fiquei na dúvida, me remexi um pouco. Depois não fiz nada, não me mexi mais, acho que tive um pouco de medo. Eu ficava sempre muito emocionado quando escutava alguém que não era como a gente falando. Aconteceu quando ouvi os enfermeiros discutindo com a polícia. O policial eu entendia menos. Ele falava muito parecido com o jeito de falar da gente que vivia ali. Por um tempo, isso me assustou, mas logo me acostumei. Era como se eu não fosse dali, porque eu só me sentia bem quando escutava um jeito de falar que não era dali, e o jeito de falar dali me dava dor na barriga e na cabeça. Mas minha mãe falava como um enfermeiro, como alguém que não era dali. Só quando dizia palavrão que a gente via que ela era dali. E ela dizia bastante palavrão. Então eu entendia o jeito dela e, quando ela falava normalmente, eu também ficava muito mexido. E daí que nem o palavrão me incomodava. Eu amava muito a minha mãe.

Desde que nasci, minha mãe vendia caneta a dois contos na rua. Vendia sempre todas as canetas que tinha, era boa nisso. Me levava junto pra fazer propaganda. Colocava em volta do meu pescoço uma placa com o preço da caneta. Também me dava uma caneca, que sempre ficava cheia de moeda. Minha mãe dizia: enche a caneca de moeda que eu encho ela de café. Aquilo era uma brincadeira nossa de todo dia. Eu adorava café preto. Minha mãe era nervosa e muito engraçada. A primeira coisa que pensei hoje foi: vou vender as canetas que sobraram eu mesmo. Depois vou tomar café.

A velhinha guardava a caixa com as canetas dentro de um buraco no chão de terra, embaixo do papelão onde a gente dormia quando não fazia chuva. Eu sabia que minha mãe tinha cem canetas guardadas. Sei que cem é muito, que vale duzentos contos se eu conseguir vender tudo. Sei que dá pra comer e sobra ainda bastante.

Uma coisa importante que eu aprendi com minha mãe foi o olho do cego, que eu não tinha. Eu tinha olho verde, minha mãe dizia, verde como uma praia limpa. Ela também falava sempre que só teve uma outra pessoa com o olho verde como o meu. Um homem chamado Jesus Cristo, a melhor pessoa que já existiu. Ela dizia que eu trazia, dentro de mim, a alma desse homem bom. Jesus também era um mendigo como a gente, mas podia fazer mágica e acabar com a fome, com a sede, com o frio. Então pensei que eu, pelo menos, era mais feliz do que Jesus, que fazia mágica, mas era um homem triste, mamãe dizia, porque carregava nas costas a dor do mundo. Então ela me disse que pedinte feliz não atrai simpatia. E me ensinou a virar o olho e mostrar a parte branca porque, como eu era um cego pedinte, só teriam pena de mim se vissem a parte branca girando.

Antes de sair, limpei minha cara com água parada da chuva e disse pra mim mesmo: hoje é o primeiro dia de uma vida nova, você vai ter que cuidar da sua própria vida agora, como todo mundo. Nada além de fazer como todo mundo faz. Até aqui sua mãe cuidou de você, agora é sua vez de cuidar de si mesmo. Você teve uma grande vantagem e viveu como um rei até aqui. O Rei da Pocilga. Agora é hora de fazer como faz um rei e tornar a vida seu reino. Imagine uma pocilga gigantesca. É agora o seu mundo. Vá em frente e com coragem.

Logo na saída da pocilga, percebi que ganhava energia enquanto me dava conta das coisas lá de fora. Um sol forte me queimou, como uma bola de fogo enorme. Dava pra sentir que era sol de meio-dia. Assim eu sabia mais ou menos como era o sol das pessoas, sentindo ele em mim de um jeito que elas não podiam sentir. Eu criava uma imagem da realidade que era igual à imagem real, ou melhor. É um negócio difícil de explicar e mais ainda de entender, eu sei. Mas era o sol que eu tinha em comum com toda a humanidade que me dava força nas pernas e me levava pra fora da pocilga e pra longe daquele beco sem saída. Essa era outra expressão que aprendi com minha mãe morta. Ela dizia beco sem saída de hora em hora, sempre na hora do perrengue. Então, por um tempo, comecei a pensar que beco sem saída era outra forma de dizer pocilga. Mas logo percebi que a pocilga estava dentro do beco sem saída, e não o contrário. Beco sem saída era a vida em geral, difícil. Pocilga era a casa, onde a gente podia dormir.

Sempre que era verão, minha mãe ia comigo até a praia, que era onde os gringos passavam as férias. As pessoas que visitam, dizia minha mãe, são as únicas que têm caridade, porque só longe de casa a gente é caridosa. As pessoas dão esmola, compram tralha na rua, porque nunca mais vão ver aquele pedinte. Fazia sentido aquilo na minha cabeça, porque, se você ajuda alguém que vive perto de você, vai ter que ajudar essa pessoa todos os dias.

Viajando é mais fácil ajudar, eu pensava um pouco antes de chegar ao ponto de ônibus. Foi ali que ouvi uma voz conhecida me chamando pelo nome como todo mundo me chamava ali: Reizinho. Minha mãe me chamava sempre de meu anjo, minha estrela da sorte, mas nunca me chamou por um nome de gente normal. As pessoas na rua também não. Me chamavam de Reizinho. Os mais velhos às vezes me chamavam de Ceguinho também.

— Alô, Reizinho! Quanto tempo, amigo! Veio sem a velha hoje?

— Minha mãe morreu – eu disse, porque não sabia nada melhor pra dizer.

— Puxa vida, meu irmãozinho, sinto muito – o homem me disse com emoção, se aproximou de mim e me deu na mão dois pedaços de pé-de-moleque. Na outra, colocou duas barras de paçoca caseira, daquelas bem graúdas.

Eu agradeci e disse a ele, tentando levantar um pouco os ânimos:

— Mais importante é que a vida continua. A gente tem que tocar em frente, certo?

— É isso aí, garoto! Mas deve ser muito mais difícil sendo cego, assim, sozinho no mundo. Olha, você pode contar comigo, entendeu? Que Deus te guie e te guarde, garoto – ele disse enquanto me abraçava. Depois gritou, enquanto um ônibus se aproximava – Esse é o teu, Ceguinho, vou te ajudar!

Então parou o ônibus, falou alguma coisa com o motorista e me ajudou a entrar pela porta de trás, sem pagar, o que era uma boa vantagem, minha mãe dizia, de ser cego, no meu caso, e, no caso dela, de ser velha. Cego e velho não pagam transporte. Isso me dava uma estranha sensação de liberdade, de que eu poderia ir aonde quisesse.

Ouvi o bom homem bater na lataria do ônibus, fazendo um grande estrondo. Balancei minha mão pra fora da janela, agradecendo a ajuda, enquanto o ônibus subia lentamente as marchas rumo ao litoral.

Sentado dentro do ônibus cada vez mais cheio – o que eu percebia pelo calor que aumentava aos poucos, conforme ele parava e voltava a andar –, esqueci tudo por um momento, enquanto o vento batia no meu rosto e eu podia sentir a maresia cada vez mais perto. Eu tinha um bom nariz. Já que era cego, Deus tinha me dado essa compensação. Eu acreditava nisso.

Mas então lembrei que não tinha viajado a passeio, pedi licença pra senhora – eu sabia pelo perfume de velha – sentada do meu lado e fiquei de pé, com a placa em volta do pescoço e a caixa de canetas na altura da barriga. Quase caí no chão por causa de um tranco, no instante em que o ônibus freou.

Eu ainda não sabia muito bem o que dizer, porque era minha mãezinha que sempre falava, então não disse nada. Uma criança do meu lado disse baixinho: "Mamãe, aquele moço é cego?". Uma voz de mulher mandou ela calar a boca. Mas a criança insistiu: "É que ele não parece um cego, mãe". Dessa vez, a mulher deu um tapa na criança e depois deve ter apertado o braço dela. Percebi pelo grito da criança.

Nesse meio-tempo, vendi três canetas. As pessoas bondosamente deixavam o dinheiro na caixa e tiravam a caneta. Eu não sabia de verdade o que acontecia, mas não tinha nenhuma ideia do que fazer a não ser acreditar na bondade das pessoas. Era o que Jesus Cristo faria, minha mãe teria falado. Mas ela era bem mais esperta do que eu, ninguém fazia ela de boba. A gente era uma dupla de empreendedores, ela costumava dizer quando ficava bêbada. Ela sendo a contadora, e eu, o garoto-propaganda. Agora o garoto-propaganda cego ia ter que inventar um jeito de contar dinheiro.

Eu sabia que tinha chegado na praia porque cheirava como gente rica. Era um cheiro muito bom, mas parecia também um cheiro que alguém muito fedorento usava pra não ter que tomar banho. Então eu sempre pensei que os ricos eram, na verdade, muito sujos. Imaginava suas unhas dos pés enormes e pretas, suas dentaduras de um milhão de dólares boiando em canecas de ouro, em pias de mármore, apodrecendo devagar. Era bom pensar assim porque eu podia ser mais feliz sendo pobre. Eu me sentia sempre limpo. Acho que é por isso que eu gostava tanto daquele cheiro de praia, aquele cheiro de rico que não toma banho. E, pra falar a verdade, eu também não tinha tomado banho ainda, desde que mamãe morreu.

Logo quando parei num lugar com sombra, duas meninas se aproximaram. Uma delas mexeu nos meus cabelos, enquanto a outra ria e falava coisas que eu não conseguia entender. Ela falava muito rápido também. Achei estranho não entender quase nada do que ela dizia, mas, pelas vozes e pelo cheiro, eu sabia que eram meninas ricas e bonitas.

Nem sempre eu ficava totalmente convencido de que as pessoas se pareciam com a voz que tinham. Nas poucas vezes que fiz *aquilo*, que era como a minha mãe falava quando queria dizer usar o pau na buceta, quando entendi por que era importante o uso do pau e da buceta que mamãe sempre falava, duas vezes eu toquei na pessoa que estava comigo e ela não parecia nada com o que eu imaginava pelo som da sua voz. Pra dizer a verdade, como eu só tinha até então feito *aquilo* três vezes, é um pouco assustador. Nas duas vezes que errei, a primeira era uma mulher muito mais velha e com a pele que parecia escama de peixe. Na segunda vez, era um homem. Essa vez foi a mais confusa. O homem queria fazer *aquilo* comigo de qualquer jeito, me disse que não tinha problema. Eu disse a ele que *aquilo* só podia ser feito com pau e buceta e que, no nosso caso, tinha apenas dois paus. Ele me disse de uma maneira muito engraçada que aquilo não tinha importância, que era coisa do passado, e acabou me convencendo. Então eu aceitei e não gostei tanto como da vez que eu acertei em cheio e a voz era exatamente como o corpo que eu toquei. Mas gostei mais do que com a mulher velha. Com a mulher velha foi como se eu tivesse feito *aquilo* com a minha mãe.

As meninas ficaram um bom tempo ali, foi mesmo divertido. Uma delas chegou bem perto de mim, pude sentir a respiração dela, o cheiro de chiclete que vinha da boca dela, quando ela começou a conversar com a amiga de um jeito que eu podia entender:

— Até que ele é bem bonito pra um cego.

— É verdade, ele tem olho verde.

— Não parece aquele olho de cego.

— Ele tem um corpo bonito também.

— Será que cego trepa?

— Não sei, mas eu daria pra ele.

Essas duas palavras eu nunca tinha ouvido antes: trepa e daria. Quer dizer, daria eu tinha ouvido, trepa também, mas eu não entendia o que elas queriam dizer ali na minha frente. Trepar no quê? A gente trepa na árvore, que eu saiba. Daria o quê? Parecia que faltava alguma coisa. E eu tinha gostado de começar a entender. Esperei mais um pouco.

— Que horror! É até pecado dizer isso.

— Um cego deve ser mais fácil de lidar.

— Com esse corpo, será que ele tem um pauzão?

— Que isso, garota! Será?

Era muito engraçada e às vezes um pouco estranha essa sensação que eu tinha de que as pessoas que chegavam perto de mim, talvez porque eu fosse cego, falavam entre elas como se eu não estivesse ali, ou como se eu não pudesse, além de enxergar, escutar. Principalmente as mulheres novas, quando estavam perto de mim em duplas ou em grupos maiores, falavam entre elas como eu imaginava que as mulheres pudessem falar entre elas no banheiro. Eu imaginava assim porque minha mãe também falava desse jeito com as amigas, mas só no banheiro, quando bebia no bar e me levava com ela. Eu ficava na mesa sozinho e podia ouvir o jeito como elas falavam, que era igual ao dessas duas meninas. Só que agora não tinha ninguém no banheiro. Talvez porque eu sou cego, elas falam de mim como quem vai no banheiro falar daquele jeito estranho, mas sem precisar ir no banheiro porque – é claro – eu não posso ver nada.

Eu não sabia exatamente onde eu tinha ido parar, mas era um lugar silencioso demais pra uma praia no sol de março. Daqui pra frente, seja o que Deus quiser. Fiquei confuso porque não ouvia nada além das meninas. Disse a elas:

— A gente tá muito longe da praia?

— É na próxima quadra, quer que a gente te leve lá?

— Eu ia ficar bem feliz.

Cada uma me pegou pelo braço, de um lado e do outro. Eu me senti muito bem, me deixei levar. Andamos até a praia em silêncio, menos quando as duas falaram tão baixo que eu não pude entender. Quando chegamos na praia, senti a mão de uma delas segurar meu pau como se fosse uma fruta, como a gente segura uma maçã e olha pra ela antes de comer. Por um minuto, pensei que ela fosse me machucar, depois senti uma coisa boa porque ela massageou as bolas logo embaixo do meu pau e aquilo era algo que eu mesmo nunca tinha pensado em fazer antes. Por que não tinha pensado em fazer isso? Era uma maravilha, uma sensação de paz, depois meu pau começou a ficar duro, mas não muito. Quando ele ficou grande demais – e já tinham me falado, não só minha mãe, mas homens e mulheres, que eu tinha um pau muito grande –, a menina largou a mão dele como se aquilo fosse uma cobra venenosa, então começaram a se afastar rindo. A segunda menina me deu um beijo na bochecha e disse:

— Boas vendas pra você.

Eu sempre fiquei muito emocionado, às vezes chegava a chorar, quando ficava de pau duro. Isso era uma coisa minha. Eu chorava de prazer. E tinha a sensação esquisita de que aquele pau imenso um dia ainda ia me salvar. Eu esperava por esse momento com ansiedade. Então fiquei muito nervoso por um minuto ou dois. Aquelas meninas eram tão simpáticas! Pensei que a voz delas era exatamente como o corpo que eu imaginava pra cada uma. Andei alguns metros em frente, até conseguir tocar em alguma coisa. Meu pau ainda estava meio duro, eu nunca usei cueca, então foi um pouco difícil. Quando ele ficava assim, eu me desequilibrava. Mas finalmente cheguei numa grade. Imaginei que era um posto de salva-vidas. Senti a presença de alguém por perto, alguém parado.

— Com licença, aqui é um posto de salva-vidas?

— Posto 4, amigão – disse um homem com a voz muito fina, como um canto de passarinho.

— Quanto custa pra tomar banho?

— Dois contos pra entrar.

Eu tinha vendido três canetas no ônibus. Então pensei, não sem demorar um pouco, que tinha comigo seis contos. Disse ao homem:

— Eu acho que tem seis contos na caixa, confere pra mim?

Senti o homem se aproximar. Tinha um cheiro forte de peixe queimado, que eu já tinha sentido quando queimavam carcaça de bicho no fundo da pocilga. Ele ficou um tempo na minha frente. Imaginei que tinha pegado o dinheiro.

— Deficiente não paga, queridão – ele disse, pegando no meu braço e me guiando até o outro lado da grade, depois de usar uma chave muito barulhenta. Lá dentro, me deu uma barra de sabão de coco na mão e disse que não tinha toalha.

— Eu posso tirar a roupa?

— Era melhor usar uma sunga ou um calção.

— Só tenho essa calça de pano, não tenho outra roupa.

— Tudo bem, mas anda rápido, irmão.

Minha ideia era tomar um bom banho, esfregar bem a sujeira velha e lavar com o sabão de coco meus cabelos que, minha mãe dizia, eram como o pôr do sol. Então eu imaginava que era algo como roxo, ou vermelho, ou amarelo escuro, depois sempre ficava confuso. Eu acabava acreditando em tudo que ela me dizia, eu pensava enquanto tirava a roupa: a calça velha de pano, a camisa, o chinelo de borracha. Acreditar no que minha mãe dizia de mim era meu jeito de sobreviver ao mundo, sem ficar triste como Jesus. Eu tinha sempre esse pensamento: precisava ser mais feliz que Jesus. Mas não dizia isso pra minha mãe.

O chuveiro faz o barulho enorme de uma cachoeira, pensei enquanto girava a torneira. Cachoeira era uma coisa que trazia muita água lá do céu até a nossa cabeça e fazia um barulho bom, como se fosse Deus falando com a gente, limpando a gente. Mamãe dizia que água de cachoeira limpava a imundice dentro da alma da pessoa. Uma vez, minha mãe foi tomar banho na cachoeira, me levou com ela, mas só deixou eu ficar sentado na pedra seca escutando enquanto ela tomava banho, porque era um lugar perigoso pra mim. Ela dizia que eu podia escorregar, bater a cabeça na pedra e morrer, então eu tinha medo. E passei a respeitar a cachoeira.

Agora, pensando nesse dia bonito que passei na cachoeira com minha mãe morta e com o calor que fazia, foi um alívio sentir nas costas a pressão da água gelada do chuveiro. Era a água mais gelada que já senti no corpo. Isso dava uma forte sensação de limpeza, mesmo antes de usar o sabonete. Por um pequeno momento, esqueci completamente de tudo, até mesmo de que estava ali, na praia cheia, pelado, tomando meu primeiro banho depois de tanto tempo, desde que mamãe morreu. Então comecei a chorar e era como chorar de tristeza e de alegria ao mesmo tempo. Uma tristeza de ter perdido minha mãe e uma alegria de me aliviar com aquela água tão macia. Voltei a mim quando o salva-vidas gritou lá de fora:

— Amigo, tu precisa esconder essa coisa logo, isso aqui não é hotel!

Me ensaboei o melhor que pude com o sabão de coco, esfreguei bastante os pés, que eram como um casco, de tanto eu caminhar por aí o tempo todo. Eu gostava muito dos meus pés, não sei por quê. Eles eram bem grandes e me davam às vezes a impressão que uma pessoa sente quando tem um carro que comprou, um carro bem caro e bem rápido, que não quebra nunca. Como se os meus pés não fossem parte do meu corpo, mas uma coisa que era minha e que vinha de fora, que eu tinha comprado ou ganhado de alguém. Ou que Deus tinha me dado.

Lavei com cuidado meu cabelo, que ficou mais comprido, caindo pelo ombro. Torci ele bastante, foi a primeira coisa que fiz quando desliguei o chuveiro. Tentei lembrar como a mãe fazia quando me dava banho e passei com muito carinho o sabonete no meu pau e no meu saco, que eu sabia que eram duas coisas importantes pra mim. Também as dobras, mamãe sempre dizia pra lavar bem as dobras, assim eu não ficava com assadura, que era uma coisa que queimava entre as pernas quando eu andava demais ou não limpava bem as dobras. Minha mãe dizia que era porque eu tinha perna de jogador de futebol.

Depois de desligar o chuveiro, me sequei pulando o mais alto que podia e esfreguei com as mãos todas as partes do meu corpo, pra tirar um pouco de água antes de me secar com a camisa e a calça de pano. Assim que saí do posto, ouvi muitas pessoas batendo palma e me lembrei de uma história que minha mãe tinha me contado, uma coisa difícil de entender, mas bonita: as pessoas ricas, no fim do dia, se juntavam todas na praia e batiam palma pro sol, quando ele ia embora. Assim, eu pensava, era como se essas pessoas estivessem agradecendo ao sol porque ele tinha vindo até aqui mais uma vez, aquecer a gente toda. Minha mãe dizia que eles faziam isso porque não eram felizes, porque não tinham nada pra fazer. Ela dizia que desde muito tempo é assim. Que os ricos fazem coisas que parecem muito importantes, mas que qualquer um pode ver que não tem nada a ver com nada e que é só uma forma de não ficar triste demais. Nesse ponto, minha mãe tinha uma ideia muito forte. Se não fossem sozinhos, aplaudiriam alguém, e não o sol.

Mesmo assim, depois de pensar tudo isso, lembrei que era ainda muito cedo pro sol ir embora. O calor ainda era muito forte pro fim do dia. Eu tinha acabado de chegar, ou então tinha mesmo perdido a noção do tempo, porque não tinha minha mãe comigo. Perguntei ao salva-vidas, enquanto ele abria pra mim a porta do posto, que horas eram. Ele disse uma coisa estranha:

— É hora de vazar, amiguinho. Fim do show.

Me afastei do posto e voltei pro outro lado da rua, perto dos prédios, com dor na cabeça e na barriga. Apostei tudo na ideia de que era perto do meio-dia, porque eu tinha fome. Comi um pé-de-moleque e uma paçoca caseira. Senti o açúcar se dissolvendo devagar na minha língua, que foi uma sensação tão boa, talvez melhor que a sensação da água fria do chuveiro. De novo fiquei calmo, como se estivesse flutuando. Aquilo foi muito bom e eu sonhei com uma montanha de neve, por onde eu caminhava sem roupa, daí eu me abaixava e pegava um pouco de neve e colocava na boca e a neve era muito doce e gelada, como o açúcar da paçoca e o chuveiro do posto. Quando pensei na paçoca e no posto, voltei pro chão, abri o olho e me sentei num banco que tinha atrás de mim. Me deu um sono muito grande e dormi deitado no banco.

Acordei com um homem gritando, outro gritando atrás dele. Imediatamente, o estado de alerta depois do sono me fez lembrar que tinha esquecido de trazer do posto a caixa com as canetas. Ouvi os dois homens discutindo, mas não entendia o que eles falavam. Parecia uma briga entre dois homens, mas podia também ser uma briga entre duas mulheres de voz grossa, não tinha certeza. Às vezes, um deles falava que nem a minha mãe. Então acho que tinha começado mesmo uma briga, porque mais gente começou a gritar. Ouvi barulho de tapa e de pontapé, mas não era tão perto de mim. Eu só fiquei sentado no banco pra poder prestar mais atenção.

Depois fez um grande silêncio. Não ouvi mais nada. Foi uma coisa estranha, porque eu podia sentir que tinha gente ali, mas não podia ouvir nada. A primeira coisa que pensei foi: as canetas. A segunda foi: será que fiquei surdo? Isso durou um tempo. Então percebi que uma pessoa vinha na minha direção. Parecia cansada, como se tivesse andado muito.

— Acho que você esqueceu suas canetas – ele disse.

Eu não consegui dizer nada muito rápido porque ainda estava acordando, mas senti como se aquela voz viesse de um anjo, porque minha mãe falava muito pra mim dos anjos e dos demônios e sobre como eles apareciam pra gente aqui no nosso mundo. Dizia que os anjos não tinham nem pau nem buceta e que não podiam fazer nada. Só podiam ver tudo, mas não podiam fazer nada. Então tive certeza de que aquela voz não era de um anjo, porque vinha de uma pessoa que tinha feito alguma coisa, que tinha trazido as canetas, como por um milagre, como se levado pela minha ideia de que eu tinha perdido as canetas, como se atraído por essa minha ideia, e aquilo me assustou, porque, depois daquilo, eu não podia mais ficar longe dessa pessoa. Por isso, fiquei muito envergonhado e só o que consegui dizer foi:

— Muito obrigado. Você se machucou? Eu sou cego, mas percebi uma briga.

— Você é cego – ele disse. Não sabia se era uma pergunta, então não disse nada. – Não aparenta – completou, um pouco depois.

— Que horas são? – eu disse de repente, porque lembrei que saber isso era muito importante.

— Exatamente duas e trinta e seis.

— Então não é fim de tarde ainda.

— Não ainda. Você achou que era?

Não consegui dizer nada, então ele falou:

— Bom, deixa pra lá. Vou deixar sua caixa aqui no banco. E também vou comprar uma caneta. Toma aqui. Dois contos. Vou pôr na caixa. Você ainda tem quinze canetas. Quer dizer, menos uma agora.

— Que bom, achei que não tivesse vendido quase nada. Assim é melhor, que fico livre mais cedo. Muito obrigado.

Assim que disse isso, pus a mão automaticamente na caixa pra conferir o dinheiro, porque achei estranho ter vendido tantas canetas sem perceber. Logo entendi que, dentro da caixa, havia muitos pedaços de papel, mas não era o mesmo papel do dinheiro, que eu conhecia, porque minha mãe me mostrou a diferença. Tinha também um monte de folha seca, que se parecia mais com dinheiro velho do que os pedaços de papel, mas também dava pra ver a diferença. Eu fiz isso muito rápido e logo tirei a mão, meio como se tivesse me queimado, então achei que ele não tivesse percebido nada. Torci que não.

— Acho que vou comer alguma coisa com esse dinheiro – eu disse, tentando mostrar pra ele que não tinha percebido nada. – Você não quer comer comigo? – mas ele já tinha ido embora.

LEISER

A mente é um bairro perigoso. Eu tinha ouvido essa frase ontem, mas, no meio de tanta bebida, droga, barulho e confusão, não lembrava quem tinha dito. É um verso de poema, meu Deus, eu pensava, mas é certo que não foi nenhum poeta quem disse aquilo.

Teve uma garrafa que rachou ao meio o crânio do Fabinho Toupeira, depois o Russo da Boca tentou dizer alguma coisa em português. Quando ele ficava nervoso e tentava falar em português, saíam umas coisas bonitas, meio nada a ver com o momento, por isso mesmo enigmáticas, boas de ouvir. Talvez tenha sido ele quem disse que a mente é um bairro perigoso. Um verso tão marcante que eu não precisei anotar e ficou na minha cabeça naturalmente.

Acho que o Russo é um poeta e não sabe ou, no fundo, sabe muito bem e disfarça, porque todo poeta nato disfarça pelo menos um pouco. Ele não era russo de verdade, é claro, mas achava que era, com toda convicção. Falava às vezes, quando estava trincado, numa língua estranha, que ninguém entendia. Então algumas pessoas achavam que ele era mesmo russo. Eu sabia que não. Porque eu lia literatura russa, era a minha favorita no mundo inteiro, junto com a estadunidense. Então eu sabia que aquilo que o Russo falava não era russo nem a pau. Na verdade, o pessoal começou a chamar o Russo de Russo por causa da arma que vivia pendurada no pescoço dele: uma Kalashnikov, ou AK-47, como também é conhecida. Ele usava uma réplica forjada a ouro e diamante.

O Russo era quase sempre muito sério. Ele ficava sempre lá no fundo da Boca, com essa arma enorme no pescoço, brilhando nas vezes em que fazia sol, jogando gamão e ouvindo viola da gamba, que era só o que ele ouvia. Viola da gamba francesa do século XVII, especificamente. Foi ele que, uma vez, me apresentou o inigualável Monsieur de Sainte-Colombe, que era um grão-mestre gambista – era como o Russo falava – que ele admirava muito porque só aceitava tocar no leito de morte dos amigos e nunca por dinheiro ou prestígio. Uma vez, o Rei Luís XIV da França, o famoso Rei Sol, ordenou, através de um mensageiro, que ele fosse tocar na Corte Imperial, mas ele disse não ao Rei Sol. O Russo gostava muito desse tipo de insubmissão. Não era nada bom depender da bondade dele, portanto. E era exatamente como eu me encontrava.

Sempre quando eu ia lá no fundo do morro, visitar a Boca, pensava que devia ficar amigo do Russo de algum jeito. Quando isso acontecesse, eu traria meu caderninho de poesia e passaria o dia ao lado dele anotando os versos bonitos que ele dizia quando ficava nervoso no meio da confusão.

Dessa vez, eu tinha passado de todos os limites e, sem perceber, fiquei virado na Boca por uma semana inteira. Deixei nos primeiros três dias, como sempre, todo meu dinheiro lá, e minha parcela da FRAN – sigla que o Russo inventou para significar *Fração dos Noiados*, que era como o Russo se referia à conta dos clientes assíduos – já tinha extrapolado o teto a partir de que eu passava a chamar sua atenção.

O pessoal da Boca me chamava de Leiser, porque eu falava muito rápido e cheirava demais. E também porque, quando eu estava duro, corria pra cima e pra baixo fazendo avião e ganhando em cima de cada viagem. Foram os mais velhos que começaram a me chamar assim. Leiser era uma gíria antiga da quebrada antes de virar meu apelido. A garotada me chamava de Boi, em geral. Já vou explicar por quê.

Eu tinha acabado de voltar com o Russo de umas compras de camisas sem manga que ele precisava. Minha função era dizer se a camisa ficava bonita, então ele comprava. Eu era uma espécie de consultor de moda do dono da Boca e, no estado em que me encontrava, torcia pelas coisas mais difíceis de acontecer, tipo ter minha dívida perdoada pelo Russo só porque eu tinha bom gosto para escolher camisas. Mas o alívio que vinha desse pensamento, na posição um tanto frágil que eu ocupava, acabou durando muito pouco tempo.

Quando ultrapassamos as palafitas que levavam ao coração pulsante do circuito local de consumação ilícita de drogas, Russo colocou a mão no meu peito como um amante faria, alisou os meus pelos e disse, do seu jeito de falar que às vezes parecia o de uma bruxa ou harpia ou criança anã com feições adultas, como aquele sujeito da Ilha da Fantasia: "Não precisa ter medo. Tudo é perigoso. Nada é arriscado". E saiu por um lugar a que eu não tinha acesso, onde eles contavam o dinheiro e preparavam quimicamente a droga.

Fiquei ali sozinho ouvindo a viola da gamba, que parecia um choro humano muito triste. Eu não sabia o que fazer, minha energia tinha evaporado. Eu já não tinha vontade de usar, porque minha cabeça cansada começou a girar num círculo sutil de autopreservação. Eu precisava resolver meu problema com o Russo para sobreviver. Mas, acima de tudo, eu gostava dele, queria ser amigo dele, genuinamente. Além do mais, eu estava sempre ali, era um dos mais assíduos, até que eu praticamente passei a viver ali.

Fazia muito tempo que eu tinha abandonado a faculdade e a família. No mesmo dia em que abandonei a faculdade, abandonei a família. Aquilo pra mim fazia sentido, porque foi a família que me mandou pra faculdade. Minha família tem dinheiro, mas nunca gostou de mim. Acho que acontece muito isso com as famílias de dinheiro. Todas têm uma certa tristeza particular, como dizia Tolstói, escondida por trás de uma autossuficiência que me causa antipatia. Na Boca eu me sentia melhor. Não era o filho da família ali, porque ali éramos uma família só de filhos, mas sem pais.

É dessa família que me cabe cuidar, eu pensava ouvindo Saint-Colombe enquanto, na pequena televisão ligada a uma antena com palha de aço, o Papa Francisco falava aos fiéis em Roma, debaixo de forte chuva. A TV estava muda, então parecia que a voz do Papa argentino era a viola da gamba chorando. O Papa chorava por nós, era o que parecia. Como se fosse uma viola da gamba, a chuva caía com violência. Aquilo foi bonito de ver.

Saí daquele buraco e, lá fora, me surpreendi com a cor do céu: roxo como o forro da capa de um mágico, e eu pensei que, afinal, devia ser o ápice do dia, porque há pouco tempo eu fazia compras com o Russo na loja de camisas. Teria sido a droga que eu tomei batizada? E que loja de camisa estaria aberta àquela hora da noite? Se é que era mesmo noite.

Perguntei pro Túlio Lambreta que horas eram. Ele me disse que eu parecia um morto-vivo, falou que eu devia tomar um banho. Mas não disse as horas. Concluí, por conta própria, que era fim de tarde. Mas vi as meninas da padaria chegando, o padeiro com um chapéu engraçado, como num desenho animado, fumando cigarro com as mãos cheias de farinha. Então me dei conta de que o dia só podia estar começando.

Tinha ali uma velha que levava um ceguinho pra vender caneta. Eu já tinha visto eles dois na praia, enquanto fumava maconha com meus amigos playboys da poesia, num dia de folga da fissura. A velhinha falava com todo mundo, era meio desbocada até, e um dia o Guido Pinguelo me falou que ela também passava droga pro Russo. Com o ceguinho de fachada, era possível vender droga perto das escolas e nas universidades, sem chamar atenção da polícia, me disse o

Guido, que, nesse dia, não tinha ficado doidão. Guardei aquilo pra mim, mesmo doidão conseguia guardar as coisas, quase sempre. Durante aquela nossa conversa, cheguei a perguntar se a velha guardava com ela o pó, ou se pegava com o Russo de pouco em pouco. Nessa hora, o Guido meio que desconversou, mas fiquei com aquilo atravessado na cabeça: que aquela velha guardava droga na caixa junto com as canetas.

Rapidamente comecei a imaginar um compartimento, uma caixinha que ficaria acoplada à caixa maior, coberta pelas canetas, e onde haveria cinquenta trouxinhas de pó. Eu poderia guardar dez pra mim, pro meu uso pessoal, e vender quarenta pros playboys da poesia na praia, fazendo, assim, dinheiro suficiente pra devolver com folga a grana do Russo. Devolveria a grana ao Russo com a grana do próprio Russo sem que ele soubesse. Pensar nisso me deixava hesitante, mas eletrizado. Fora a onda do pó que ia passando devagar, transformando-se em paranoia e cansaço.

Vi a velha na fila da padaria, sem o ceguinho. Fiquei à espreita. Conversava com outras pessoas com muita vitalidade. Depois parou na esquina e tomou uma dose de cachaça num copinho. Ficou por ali, pediu outra dose, tomou de golada, bateu com o copo no balcão da birosca.

Velhinha danada, pensei, bebendo antes de raiar o dia. Trocou umas palavras com o apontador do bicho, pediu outra cachacinha.

Eu observava todos os seus movimentos de longe, o tempo todo tremendo na hesitação de ir até onde ela ficava com o ceguinho, onde ela guardava a caixa de canetas com a droga que poderia salvar a minha vida. Mas meus pés ficaram paralisados, não conseguia parar de olhar a velha.

Ela colocou uma música de amor ferido num som portátil. Começou a dançar com o apontador do bicho, chorando no ombro dele. Ficou ali bebendo e dançando e ouvindo música por uns trinta minutos. Eu fiquei ali olhando, não consegui me mexer.

Teve uma hora em que começou uma falação desenfreada, acho que estavam batendo boca com a velha. Alguém cobrava uma dívida de alguém. Ali, esse era o padrão. Uma pessoa cobrava a outra, empurrava a outra na parede, sufocava, espremia o que podia dela, depois seguia adiante, sem culpa, sem rancor. Uma hora vi que bateram na velha e ela ficou ali jogada no chão, perto de um beco, com a boca sangrando. Sem raciocinar, fui na direção dela.

Quando cheguei perto, ela chutou minha canela e cuspiu em mim, totalmente de porre. Perguntei onde ela morava, enquanto subi seu corpo magro segurando com as duas mãos os ombros que pareciam um cabide.

— Meu filho é BEM mais bonito que você – ela disse, fazendo uma careta.

— Não duvido. Você é muito bonita. Então, faz sentido.

Ela piscou os olhos pra mim e ficou me olhando da cabeça aos pés, desconfiada.

— Você gosta das senhoras de família, garoto? – ela disse.

Aquela velha escrota usava um filho cego como fachada para vender drogas aos adolescentes – e jovens adultos que ainda viviam com os pais – arrancando suas mesadas e arruinando, muito provavelmente, suas aguardadas possibilidades de futuro. Era desbocada, salivava de luxúria, bebia, perdia a compostura, deixava o filho ao deus-dará.

Aquilo me deu uma raiva enorme da velha, de um modo russo. Senti uma forte dor de barriga e trinquei os dentes para não dar um soco nela ali mesmo. Ao contrário, arrastei ela comigo, enquanto ela tentava me bolinar, para logo depois se fazer de donzela recatada.

Foi uma ladainha levar aquela velha até o buraco onde ela vivia. Quando chegamos lá, o ceguinho dormia de um jeito estranho, envolto em sonhos intensos. Falava dormindo algo que eu não conseguia entender. Gesticulava de olhos fechados, num movimento de quem usa uma espada num combate.

Foi nessa hora que cheguei junto da velha, meti a mão embaixo da saia dela. De repente fiquei um pouco fora de mim, apavorado com as primeiras sensações de abstinência.

Cerquei ela num canto do barraco, botei o pau pra fora da calça, pus a mão dela ali embaixo. A velha suspirou, arrancou pra fora do vestido um peito ainda firme, pra minha surpresa e excitação, então pôs o peito na minha boca, num gesto ao mesmo tempo pornográfico e maternal.

Em delírio, com uma das mãos puxei pro lado a calcinha da velha, que estava toda melada de outros espermas e gosmenta. Ela se virou nesse momento e disse, procurando ar:

— Você é meu quinto homem só hoje, seu bostinha. Você não é merda nenhuma.

Com a outra mão, segurei a garganta dela e, violentamente, como nunca, aliás, havia acontecido comigo antes, estoquei a velha por uns dez minutos naquela posição. Depois coloquei a velha com a cara no chão e comi o cu dela. Ela lambia a própria teta e dizia coisas obscenas pra mim. Come meu cu, enterra esse pau dentro de mim, ela dizia, então eu comecei a enfiar, depois tirava lentamente até quase sair a cabeça, recuperava o fôlego e voltava a estocar num movimento que durou mais uns quinze minutos em que eu mal pude respirar.

No instante seguinte ao coito, tudo ficou muito parado. Tanto que eu podia ouvir meu coração bater nas minhas têmporas, nos meus pulsos e até nas bolas do meu saco, mesmo que não tivesse gozado. De uma forma muito estranha, continuei segurando a velha com a cara no chão e disse muito rápido:

— PUTESCROTABUTRESPERMARANHABUSADORA DE MENORES.

Isso não saiu da minha boca como se fosse um grito, mas como se eu estivesse lendo alguma coisa numa disputa de quem consegue ler mais rápido uma frase. Ou numa espécie de concurso doentio para locutor de jóquei. Era ao mesmo tempo algo totalmente separado de mim, da minha vontade, do meu pensamento. As palavras saíam da minha boca num jorro agressivo que se entrelaçava gerando um vômito desconexo.

Uma vez, até o Russo me viu tendo um desses faniquitos, que era como ele chamava minha série curta de xingamentos repentinos, como esse de agora, depois de um sexo que eu não tinha, racionalmente, escolhido fazer, com uma pessoa pela qual não deveria me atrair. O Russo, que tinha uma cultura fora do normal, mas que ele dizia não ser nada além de uma cultura absolutamente básica na Rússia, levando a sério sua própria invenção de si mesmo, começou a me chamar de Tourete, que eu imaginava algo como um touro efeminado e aquilo me incomodava, porque no fundo eu não entendia, mas como era o Russo, deixava quieto.

Dias depois, num daqueles dias em que o Russo estava sem tomar LSD, porque o Russo, pra conseguir gerenciar a Boca, vivia à base de um lisérgico líquido que ele pingava algumas vezes ao longo do dia, nos dois olhos de uma vez, mas isso acontecia só nos dias de semana porque, nos fins de semana, ele ficava limpo, já que precisava estar mais atento sexta, sábado e domingo, que eram dias de Boca cheia com gente de todos os tipos numa grande "Babel da Alienação Cristã", dizia o Russo na sua veia poética característica, e em pouco tempo aquele formigueiro humano ficou batizado na boca pequena pela sigla BAC e foi se espalhando, então vinha o Mula Sem Braço com o Zé Cu de Bomba na garupa da moto, dando tiro pro alto e fazendo barulho com o escapamento adulterado, gritando cheios de alegria OLHA O BAC OLHA O BAC OLHA O BAC, e só a gente que era assídua e os garotos da Boca davam risada, enquanto os outros usuários ficavam paranoicos pensando que era confronto com a polícia, todo aquele pessoal correndo e olhando pros lados, gente velha, criança, adolescente no meio das galinhas e dos porcos gigantes, sobretudo gente de meia-idade, gente pobre, gente rica, gente preta, amarela, vermelha, gente branca e rica aos montes, como "num chá das cinco em Auschwitz", era outra expressão do Russo naqueles dias inspirados, eu diria singelos e, por que não, felizes, até ele chegar noutra sigla, porque uma de suas maiores diversões era criar siglas, e essa ele criou inspirada na Associação de Tenistas Profissionais (ATP), uma sigla que era a tradução para o inglês da expressão que ele havia criado em português, ATP TOUR, de "Auschwitz Tea Party" – e foi num desses dias de nuvens bonitas no céu e cheiro de solvente tomando nossas narinas inflamadas que o Russo me explicou que o apelido de Tourete, com as corruptelas Tourada, Tourinho, Touro ou apenas Boi, era devido não, logicamente, à minha força física – já que eu não era muito alto e, mesmo que ainda fosse musculoso, era magro e cada vez mais magro –, mas à existência do Georges Albert Édouard Brutus Gilles de la Tourette, um médico francês da metade do século XIX, estudioso da histeria e que daria nome à síndrome de Tourette, que, basicamente, ataca a pessoa sob a forma de tiques nervosos (que eu não percebia em mim) e ataques físicos repentinos (estes, sim, estavam comprovados), com a repetição monocórdia de palavras obscenas. O Russo conhecia detalhes da vida desse homem sem sorte. Especialista em hipnose, um dia ele foi confrontado por uma paciente que alegava ter sido hipnotizada por Gilles à força, o que hoje sabemos comprovadamente ser impossível. Ela acabou dando um tiro na cabeça de Gilles, que, milagrosamente, não morreu. Mas viveu deprimido até o fim dos seus dias, como um tarado sexual.

No meu caso real, eu tinha especial atração por mulheres muito velhas ou apenas velhas, como era o caso da mãe do ceguinho. O ceguinho era, eu imaginava, uns cinco anos mais velho do que eu, que tenho dezoito anos. Mas sua mãe era, certamente, muito mais nova que a minha. Ela poderia ser filha da minha mãe e, ao mesmo tempo, sua irmã mais nova e até minha mãe ou minha irmã mais velha.

A grande cagada é que ela não estava mais respirando. E eu não sabia onde estava a caixa de canetas. O ceguinho seguia dormindo um sono esquisito, murmurava coisas que eu não podia entender. Facilitou tudo o fato de que não tinha luz. Saí dali, desci o morro correndo, fui dormir um pouco na praia, apanhar na pele o primeiro sol.

Foi então que eu percebi que era, na verdade, fim de tarde, início de noite, e não de manhã cedo, como eu pensava. Na areia da praia, perto da água, vi os Boys de Pasolini – uma gangue de garotos efeminados, todos menores de idade – tocando gaita e fazendo uma farra com vinho barato de galão e mescalina que alguém tinha trazido do México. Eu me juntei a eles e fumamos, de início, uns baseados gordos batizados com "cacto ralado", como eles diziam rindo, e bebemos vinho e contamos histórias como se fôssemos velhos marinheiros ou piratas.

Era sempre muito bom estar com aquela turma, porque eles eram garotos muito sérios, que apostavam a vida nas coisas em que acreditavam, mesmo que não soubessem exatamente o que eram aquelas coisas. Mas, como garotos, achavam-se muito melhores que os adultos e essa era uma vantagem enorme de ser jovem. Um engano saudável, que impulsionava a autoconfiança daquela organização de adolescentes.

Por isso era preciso que eles se mantivessem dentro da gangue apenas enquanto não atingissem a maioridade, o que fazia dos Boys de Pasolini um grupo em constante renovação. Os integrantes, ao completarem dezoito anos, tornavam-se olheiros de novos integrantes menores de idade. E assim a gangue se espalhava e crescia, numa pirâmide de meninos gays e prontos pra guerra, num arco etário que ia dos treze aos vinte e cinco anos, idade em que os olheiros se tornavam "Boys Honoris Causa" e se aposentavam. Talvez fosse por isso, por essa aposentadoria precoce, como a dos trabalhos insalubres ou perigosos, que todos aqueles adolescentes pareciam bem mais velhos do que eu.

Foi nessa farra que eu conheci dois integrantes dos Boys que marcariam toda uma nova geração ainda por nascer. Mas, quando os conheci, eram ainda dois garotos de quatorze anos cheios de espinhas no rosto, que jogavam jogos de tabuleiro, colecionavam baralhos de vários tipos e brigavam um com o outro como as crianças que, na verdade, ainda eram. Foi o Samir Sativo, ex-líder dos Boys, que já estava com vinte anos e era um "olheiro premium", como gostava de dizer, que me apresentou dois irmãos gêmeos, como sua mais completa aquisição para a organização, e que formavam uma dupla liderança, algo completamente inédito e apoiado pela maioria do conselho de anciãos dos Boys, que era como eles chamavam os garotos mais velhos, de vinte e quatro, vinte e cinco anos, grupo seleto dos fundadores do grupo, do qual Samir era, talvez, o mais jovem integrante.

— Meninos, quero apresentar pra vocês o Boi, que é um cara super cabeça, um poeta de verdade. Posso dizer isso de você, Tourete? Bom, esses aqui são as mais novas lideranças dos Boys de Pasolini: Nêmesis e Gênesis.

Imediatamente, ao ouvir aqueles nomes, pensei que o Russo poderia tê-los criado. Isso era até mesmo provável, já que muitos daqueles garotos frequentavam a Boca com frequência.

— Muito prazer – disse Gênesis, apertando com força a minha mão e me olhando altivamente nos olhos, como um soldado de folga.

Nêmesis apenas ficou olhando para os lados, com as mãos nos bolsos, assobiando. Eu disse que era um grande prazer conhecê-los. E perguntei quem tinha inventado aqueles apelidos.

— Nossa mãe inventou – disse Nêmesis, erguendo a cabeça pela primeira vez. – A gente se chama assim mesmo, não é uma brincadeira.

— Perdão, eu não sabia – eu disse, um pouco envergonhado.

— Não liga pra ele – disse Gênesis. – Não é um bom dia pro meu irmãozinho aqui. Nossa mãe é uma bruxa, alguém ligada com magia negra, essas coisas. Foi ela que nos batizou assim. O Nem não gosta muito dessa ideia. Porque ele é o vingativo, o esquentadinho, sem paciência, o que tem sempre razão. Não é isso, meu irmãozinho?

— É isso mesmo. E não sei por que você me chama de irmãozinho, se tem a mesma idade que eu. Eu, inclusive, pelo que minha mãe falou, nasci primeiro.

— Isso é carinho, irmão, é um jeito carinhoso de falar com alguém que a gente ama. Um dia eu te explico melhor. Mas fique à vontade, camarada Boi. Você já fumou isso aqui?

Então Gênesis me estendeu outro gordo baseado com "cacto ralado", que eu fumei sem raciocinar. Comecei a sentir repentinamente uma forte dormência nos lábios e uma imensa vontade de rir. Fiz isso. Gargalhei e, enquanto passávamos o baseado um pro outro, dei uns tapas muito fortes nas costas do Gênesis, que recebeu meus tapas como se fosse carinho.

Gostei imediatamente dele. Era improvável que aquilo funcionasse como liderança, quando se observava o modo como os gêmeos agiam um com o outro. Um sempre sendo o sim, o outro sempre sendo o não. O que um decidia, o outro revogava. Os dois discutiam negativamente o tempo todo, sendo Gênesis sempre mais criativo, compreensivo, audaz. De longe era também o mais simpático. O diplomata do grupo, por assim dizer, eu pensava. Depois de muito tempo, alguma violência e minutos de reflexão silenciosa, um deles trazia a resolução, geralmente uma terceira via que ninguém havia apontado.

Samir me explicava essa dinâmica com muita disposição e um orgulho que beirava o paternal. Aliás, comecei a vê-lo, enquanto ele falava, como um velho de cabelos muito brancos, uma espécie de índio velho, porque ele era de fato de ascendência indígena. Mas ali na minha frente estava uma espécie de cacique ou xamã ou pajé de alguma tribo há muito tempo extinta, todos encarnados simultaneamente na pessoa do Samir Sativo.

Tive um impulso muito estranho. Me ajoelhei aos pés de Samir, na areia, enquanto ele falava. Ele reagiu afastando-se, provavelmente pensando que eu estava tendo uma bad com a mescalina. Precisei acalmá-lo com um sorriso.

— Não se preocupe – eu disse, ainda de joelhos, com a cara enfiada na areia, rindo e chorando ao mesmo tempo. – Eu posso ver todos que estão em você, é maravilhoso.

— Ah, saquei.

Samir se acalmou e pediu água mineral a um dos soldados rasos que estavam por ali. Ele jogou um pouco de água no meu rosto, com muito carinho, e aquela água gelada foi a melhor sensação que já havia sentido. Depois bebi água. Estava com muita sede. Uma sede linda de ser saciada. Samir me deitou por um instante – ou foram horas? – no seu colo, sentado que estava como um cacique na areia. Na minha visão, ele tinha um cachimbo na boca, uma boca de prato e um cocar na cabeça. Eu erguia os braços, como querendo tocá-lo, mas não conseguia alcançar. Depois de um tempo, adormeci.

Acordei com uma enorme dor de cabeça debaixo de uma forte insolação, só de calção, nem meus tênis ficaram nos meus pés. Que merda, eram novos. Tinha acabado de conseguir. Mas, na corda em volta do meu calção, havia uma nota de cinquenta contos amarrada a um papel em que estava escrito:

"Adorei te conhecer.
Ass: Gênesis

Só não vale morrer.
Ass: Nêmesis"

Não havia mais ninguém ali da noite anterior. Somente pessoas meditando ou fazendo yoga na areia. Outros esportistas correndo à beira-mar. Um ou outro velho ou mãe com criança na água. Algumas pessoas famintas, na areia, catando latas, pedindo esmola, roubando coisas.

Atrás de mim, uma enorme montanha de lixo dentro de um saco preto grosso feito de lona em que havia uma caveira branca desenhada e, abaixo dela, a sigla BOP, de Boys de Pasolini. Era o acordo que eles tinham com a milícia da beira-mar. Deixar tudo limpo e pronto para ser recolhido e reciclado, em troca de poder fazer as farras com drogas e sexo livre, além das suas reuniões de conselho e planejamentos de ações futuras, com a garantia de que não seriam incomodados.

Não havia dúvida de que as amarras da libido, por conta da AIDS, haviam deixado como legado à geração que veio antes da minha um peso de culpa cristã ainda muito forte, que os aproximavam da Idade Média bem mais do que de seus próprios pais, coisa que essa nova geração andrógina e tecnológica, em tudo híbrida e generalista, não tomava com nenhuma importância, apesar de não desmerecer quem assim levasse a vida. Mas quem era eu para criar tais conjunturas? Um pobre-coitado viciado que continuava em dívida com o Russo.

Corri até o mar e mergulhei, o que me trouxe de volta aos eixos. Eu ainda precisava resolver minha questão de vida ou morte. Mas como? Olhei para perto da calçada e vi uma grande aglomeração. Fui andando naquela direção, movido por nada além de intuição e desespero.

Os homens estavam mais afastados num semicírculo em volta do posto salva-vidas. Ouvi alguns caras juntando pedras e pedaços de pau conforme me aproximei. Estavam injuriados, xingando e falando uns com os outros com preocupação.

Chegando mais perto do posto, havia apenas mulheres, muitas garotas novas, além de umas senhoras de idade, que pareciam todas fazer parte de uma enorme excursão da terceira idade só para mulheres. Ali pude ouvir com mais nitidez algumas frases soltas:

— Menina, que troço é esse? Ave Maria – uma mulher de meia-idade disse fazendo o sinal da cruz e sorrindo com os olhos arregalados e quase vesgos de espanto.

— Benza Deus, menina – gritou outra velhinha cutucando uma amiga que se abanava com um leque.

Umas meninas que estavam juntas começaram a aplaudir. Outras pessoas entraram na onda e aquilo, de repente, parecia um show de música de boa qualidade. Por um lapso de instante pensei: Monsieur Sainte-Colombe nunca ouviu aplausos enquanto tocava viola da gamba. Isso me levou a querer saber de todo modo o que causava tamanho alvoroço.

Não sei se estava ainda sob efeito da mescalina, mas precisei esfregar os olhos algumas vezes, apenas para seguir vendo o que via: um deus hindu com o corpo escultural feito de ouro, um corpo que teria levado Michelangelo a passar dias e noites sem dormir pensando nele, que faria Da Vinci cortar sua enorme barba branca numa única tesourada para depois enviar a ele dentro de uma carta desesperada de amor.

Era impossível não pensar nos mestres pederastas da pintura ao olhar para aquele corpo perfeito, que se movimentava sem nenhuma afetação, como que apartado da realidade infame que o rodeava, acima dela, acima de tudo que era meramente humano. Imediatamente, a pessoa que olhava aquela cena era afetada de forma irreversível por uma aparição divina, não há outro nome. As mulheres ficavam horrorizadas ou excitadas ou num misto entre as duas sensações. Os homens sentiam-se encabulados, humilhados, raivosos e com vontade de bater, matar.

De olhos fechados, o jovem deus Shiva lavava lentamente os pés, as reentrâncias da bunda, as orelhas, tudo com muito cuidado, numa coreografia digna de Nijinski, como que ciente da máquina imbatível pela qual era responsável. Ficou um longo tempo massageando os cabelos, que me pareceram claros e encaracolados – um Davi de Michelangelo cor de caramelo –, mas estavam escurecidos com a água que escorria sobre eles, como num filme.

Mas o que havia nele de mais bonito, sem dúvida nenhuma, era o pau que, descansado, como estava, era maior que a maioria dos paus que já vi eretos, tudo bem que não foram muitos, mas nem mesmo em filmes pornográficos eu havia visto algo igual. E não era um pau pornográfico, apesar de imenso. Um pau pornográfico é uma máquina cega, mas aquilo era um ser com um cérebro próprio, um coração só dele, que pulsava naturalmente na sua memorável existência que desfilava livremente diante do espanto geral, como um animal à parte, um animal que alguém levasse para passear. E um animal lindíssimo, além de tudo. Eu nunca fui especialista em paus ou nada parecido. Será que não era efeito da mescalina? Aquela era a figura mais formosa, talvez esta fosse a melhor palavra, que meus olhos já tinham visto. E não era possível que todas aquelas outras pessoas do meu lado estivessem drogadas.

Quando terminou o banho demorado, sob aplausos ensandecidos que não pareciam chamar sua atenção, ficou alguns minutos saltitando, enquanto batia as mãos alternadamente nos lados da cabeça, para tirar dos ouvidos alguma água presa. Esses saltinhos – a eficiência de seu movimento, que era destinado, não ao erotismo, mas à praticidade da limpeza e enxágue de um cavalo de raça ou carro caríssimo de corrida – deslocavam a atenção das pessoas para si próprias, como se elas fossem culpadas por terem corpos medíocres perto daquele colosso – sobretudo os homens – e, além disso, por erotizarem aquele corpo puro com fantasias tacanhas. Um corpo puro demais para não ser santificado. Mas aquele pau tornava impossível não o erotizar. Sua presença era a obrigação de um sacrilégio a ser cometido.

O imenso e belíssimo pau era todo coberto por uma pele grossa cuja cor lembrava o couro, com seu caule, por assim dizer, firme mesmo não ereto, grosso e simétrico em todos os sentidos, como uma banana d'água ainda pendurada na árvore, no seu auge, pronta para ser comida. Sua única, digamos, imperfeição era uma leve inclinação do tronco para o lado esquerdo, com veias em volta dele como afluentes de um enorme Rio Amazonas Peniano.

Era naquela leve inclinação que estava o toque de mágico do deus que havia criado tamanha beleza, fazendo com que aquele leve deslocamento *à la gauche* se transformasse numa assinatura sagrada. Diante daquilo, qualquer orientação entrava em crise, as bússolas caíam em colapso e as imensas questões ancestrais sobre a sexualidade humana e o próprio sentido da vida, de repente, tornavam-se desimportantes.

Eu certamente gostava mais de mulheres, e um pouco também de meninos bonitos, mas aquilo não era nem um menino nem uma mulher, era um ser mítico, suprassexual. Senti então uma súbita vertigem e não era sem motivo. Aquele ser metafísico que tomava banho nu sem dar muita importância ao assunto era ninguém mais, ninguém menos, que o ceguinho filho da velhota. Veio tudo direto como um soco na minha cabeça. A velha esparramada na terra suja, eu de pau duro, currando a velha. Não me senti assombrado por aquilo, mas, de certa forma, traído pelo meu romantismo, de ter colocado o ceguinho na posição de um deus Pã.

Movido pela tontura que me deixou fraco, me acotovelei no meio da multidão de mulheres insanas e me agarrei com as duas mãos nas grades do posto salva-vidas, como se eu fosse um presidiário insatisfeito com a comida da cadeia. Fiquei mais alguns instantes observando, boquiaberto, o ceguinho tatear atrás das calças de corda e da camisa suja, que um dia havia sido cor-de-rosa, mas, agora, era um tie-dye de cinza com marrom claro. Diferente de mim, ele ainda tinha o que calçar. Vestiu o chinelo de borracha, depois de secar entre os dedos do pé meticulosamente com a camisa, já vestido com a calça. Depois ficou um tempo de olhos fechados, ajeitando os cabelos com as mãos, com um sorriso misterioso no rosto.

Atrás de mim havia começado uma confusão exatamente quando o ceguinho deixava o posto e atravessava a rua. Umas mulheres jovens discutiam com homens mais ou menos da mesma idade, que traziam nas mãos garrafas quebradas e pedaços de pau, além de lascas de tijolo e pedras portuguesas arrancadas do calçadão.

Quando me virei, vi uma mulher mais exaltada avançando num dos homens e os dois rolaram pelo chão. Um outro homem se aproximou e deu um chute nas costelas da mulher, enquanto o homem no chão puxava seus cabelos. Foi quando eu saí correndo e avancei pelos ares com as duas pernas no pescoço do homem de pé, depois caí no chão e enfiei o dedo polegar da minha mão mais forte no olho do sujeito que rolava no chão com a mulher. Muita areia se espalhou por toda a cena. Quando consegui encaixar meu dedão no buraco do olho do sujeito, que era muito maior do que eu, fiz toda força que pude e, em pouco tempo, comecei a sentir algo mole se deslocando, um estalo sutil de algo importante que saiu do seu lugar para sempre.

Quando olhei para o homem no chão, percebi que estava com a cara ensopada de sangue. Isso fez as pessoas se alvoroçarem e uma mulher gritou que tinha achado o olho do sujeito. Ninguém acreditou e ela levantou da areia uma coisa que parecia um filé de peito de frango empanado, mas muito vermelho, pronto para fritar. Não comia nada havia dias. Meu estômago roncou e consegui percebê-lo mesmo enquanto rolava no chão em busca de equilíbrio.

Quando me levantei, percebi que o homem que eu havia atacado com uma voadora no pescoço estava desacordado, todo torto, como um pano velho. O outro sujeito ainda estava consciente. Ele gemia de dor, mas baixinho, e parecia que estava dizendo uma reza em latim, mas não posso ter certeza. Por algum motivo, me lembrei dos cânticos nas músicas que o Russo ouvia. Noutra época, com mais sorte e dedicação, aquele sujeito poderia fazer carreira como cantor de música barroca.

Houve uma correria, muita gente debandou, depois ficou um silêncio tenso no ar. Eu sabia que a polícia não apareceria ali por conta do acordo de trégua com os Boys de Pasolini – Samir havia me explicado tudo. Mas era possível sentir que a confusão ainda não havia terminado.

Foi quando duas mulheres se engalfinharam. Uma delas, aparentemente, esposa do homem sem olho; a outra, pelo que pude entender, amante dele. A violência era tamanha que ninguém tentou separar. Elas se agarraram uma no cabelo da outra, e tinham as duas vastas cabeleiras. Eram também mulheres muito fortes. Uma delas conseguiu montar sobre a cintura da outra, que tinha caído deitada de costas. A que estava em cima dava socos que afundavam na areia a cabeça ensanguentada da mulher que apanhava, com muitos chumaços de cabelo arrancado grudados no seu rosto empapado de sangue fresco.

A esposa traída, descobri no desenrolar da cena, era a mulher que batia mais. Ela só parou de espancar a amante do marido quando ele deu um grito gutural, como se tivesse arrancado um dente saudável sem anestesia. Então, saiu de cima da outra mulher, que estava quase desmaiada, mas ainda se mexia e cuspia sangue.

Toda essa confusão secundária durou uns dez minutos, mais ou menos. Tempo em que esqueci completamente o ceguinho. Me afastei da areia, em direção à calçada. Tive um clique: o ceguinho saiu do posto sem as canetas. Fui conferir. Ali estava a caixa de canetas, bem ao lado da grade.

Sem nenhum escrúpulo, enfiei minhas mãos na caixa e vasculhei. Não havia uma caixinha adjacente, mas um fundo falso, em que pude contar quarenta e sete envelopes. A velha devia receber toda semana cinquenta envelopes, já que a semana tinha acabado de começar. De qualquer forma, minha ideia era seguir com a venda de quarenta e ficar com sete, em vez de dez. Não era tão distante assim do almejado e me senti com sorte.

— Deixa isso aí, amigão – apareceu gritando o salva-vidas, que eu não tinha visto em momento algum durante toda a confusão.

— Agora você aparece cheio de marra – disse a ele enfiando na cueca os envelopes e recolhendo por debaixo da grade a caixa de canetas do ceguinho.

— Deixa essa caixa aí – disse o homem.

— Virou polícia agora? Por acaso, você conhece o BOP?

O homem recuou, mas me chamou de ladrão, falou que eu era um Zé Droguinha e que, noutros tempos, me passaria na faca. Eu disse que o Samir Sativo ia ouvir falar dele, e disse também que Gênesis e Nêmesis iam adorar saber que ele estava ali bancando o policial *na nossa área*, enfatizei. Ele trincou os dentes e, por um segundo, pensei que fosse o que a gente chamava na gíria de "Alemão" ou "P2", que era basicamente um policial criminoso disfarçado de salva-vidas, ou garçom, ou revolucionário anarquista. Capaz de matar alguém com facilidade e sem emoção.

Mas, com meu uso desenfreado de drogas sintéticas nos últimos anos, acabei adquirindo na minha cabeça uma paranoia constante. Uma vez que pude reconhecê-la, passei a tentar controlá-la. A parte mais difícil desse processo era o esforço de contrariar a mim mesmo – pensando que eu poderia domar meu cérebro para que a paranoia não me dominasse – quando, na verdade, muitas vezes o que eu considerava paranoia era tão somente meu instinto de preservação. Por conta desse problema, acabei ficando muito mais exposto ao perigo, e sabia disso. Essa exposição inevitável me autorizava a proceder muitas vezes como um perfeito psicopata, mas tenho certeza de que não sou nada disso. Eu calculava mal, atormentado por escolhas opostas. E depois que ouvi o Russo falar sobre a Síndrome de Tourette, pensei que pudesse, enfim, dar uma explicação racional às minhas explosões de violência.

Explosão que, aliás, não aconteceu ali. Precisei me conter, pois tinha comigo aquilo que tiraria meu pescoço da guilhotina do Russo, que eu imaginava como um homem de peruca branca com rolinhos, como o Robespierre. Na minha fantasia, eu era uma espécie de Danton, criado por putas e livre-pensador selvagem. Além de tudo, um fodedor. Robespierre, ao contrário, era um eunuco. Daí vinha essa ânsia de matar, de resolver, de limpar tudo. O Russo era um pouco assim: sempre limpo, nunca vi junto de mulher.

Eu sei que alguns garotos dos Boys têm tesão nele, porque ele é esse mistério. Um mistério perigoso, pois, se eu nunca tinha visto o Russo dando um beijo na boca ou andando de mãos dadas com alguém, por outro lado, já tinha visto ele queimando corpos num forno feito com borracha de pneu e arrancar, com um alicate, um por um, os dentes de um traidor durante um interrogatório, até matá-lo enfim por decapitação. Uma vez, ele arrancou com os dentes a orelha de um sujeito que tentou tomar a Boca, cuspiu na palma da mão e fez o sujeito comer a própria orelha. "Assim de repente você passa a escutar melhor", ele disse ao sujeito, que morreu logo depois numa sangria lenta.

Mas, mesmo sendo um sádico com seus adversários, capaz de uma violência que ele desempenhava de olhos fechados, sem se afetar, o Russo parava tudo que estava fazendo para atravessar uma velhinha de um lado ao outro da rua. Uma vez, ele chegou a interromper uma execução por isso, porque ele adorava falar com as pessoas muito velhas. Dizia que isso era uma herança do Extremo Oriente, onde a Rússia se confundia com a China e a Mongólia. Ficava horas conversando com as pessoas mais velhas do morro, acho que foi assim que viu na mãe do ceguinho – teria ela morrido mesmo? – talento para traficante, de tanto ouvir o jeito como ela falava as coisas, daquele jeito desleixado e lascivo dela.

Eu estava letárgico, pensando muito e fantasiando as coisas, certamente sofrendo com o efeito da mescalina. Quando retornei a mim, o salva-vidas tinha desaparecido.

Voltei a me agachar e olhei a caixa. Contei quinze canetas, além de um monte de pedaços de papel, entre filipetas de puteiros baratos e cartelas usadas de jogo do bicho, guardanapos usados, embalagens de bala, folhas secas de árvore, o que me deixou desconfiado. Provavelmente, isso queria dizer que tinham passado a perna no ceguinho. Aliás, por onde andaria ele?

Girei minha cabeça na direção da calçada, do outro lado da rua, perto dos prédios. Pude ver o ceguinho, sentado com as duas mãos nos joelhos, o queixo pra cima, como se estivesse cheirando algo no ar. Vestido como um maltrapilho, com roupas folgadas no seu corpo, que, agora eu sabia, era um corpo escultural, o ceguinho perdia a força como um Sansão careca. Digamos que os cabelos de Sansão, no ceguinho, eram a sua nudez, sobretudo o seu pau. Vestido como estava, ele parecia um menino que haviam esquecido na fila de adoção, até que ele se tornou um homem.

Meu coração disparou, porque eu sabia que precisava entregar a caixa com tudo que tinha ao ceguinho, menos o pó, até pra não dar bandeira. Claro que ele não sabia sobre a droga, ou ela não estaria ali. Era bom eu nem dizer que conhecia ele, que tinha visto ele no morro.

Eu ficava nervoso sempre na hora de contar uma mentira, de inventar uma história. Não era um nervosismo de consciência pesada, mas um nervosismo parecido com o que deve sentir um ator de teatro ao subir no palco. A verdadeira arte da vida, na minha cabeça, era criar vida. Inventar histórias que seriam a vida e me manter fiel a elas. Isso exigia concentração, destreza emocional, tudo que agora me faltava. Puxei com força o ar para dentro dos pulmões e senti uma dor aguda nas costas que me gelou a testa.

Minha conversa com o ceguinho foi rápida e uma coisa que eu tinha esquecido de pensar era que, se, afinal, ele não parecia cego, então eu não precisava agir como se soubesse disso. Quase me entreguei logo de cara, quase falei da sua mãe. Ele falou primeiro e logo disse que era cego, mas tinha conseguido perceber uma confusão na areia. Aquele comentário despertou o ator em mim. Mostrei surpresa com o anúncio da cegueira, ele disse algo que não entendi sobre o modo como eu falava, mas acredito que não era nada que levantasse suspeita.

Minha burrice maior foi, ao entregar a ele a caixa com canetas, não ter dito nada sobre o lixo que haviam jogado nela, provavelmente para substituir notas legítimas de dinheiro que estavam lá antes. Não tive coragem de falar nada, não porque aquilo me incriminasse, mas porque me constrangia. Acho que não falei nada, na verdade, porque não queria ver aquele corpo maravilhoso humilhado.

No fim das contas, aquele cego não era burro, acho que percebeu as coisas, mas, infelizmente, deve ter entendido do modo errado. Quando ele falou sobre comer, eu pensei numa avalanche: fugir daqui > vender as drogas > pagar a dívida > comer. Ou talvez comer primeiro, depois pagar a dívida.

JAQUETA COSSACA

A barriga de Leiser roncava quando ele se afastou de onde o cego das canetas estava. Andava olhando para os lados, para trás, muito pouco para frente, no auge da paranoia e na eletricidade do furto, porque Leiser podia ser um drogado, uma má influência como companhia, mas não era um ladrão nato. Tinha roubado por desespero. Além do quê, ter visto aquele corpo divino havia alterado alguma coisa dentro dele. Não queria, de forma alguma, fazer mal àquele menino cego tão lindo, que parecia um deus da mais longínqua antiguidade, com uma bondade radiante que saía dos seus olhos, que parecia ter a capacidade de curar a alma das pessoas. Até mesmo uma alma completamente devastada como a dele.

Enquanto quase corria e divagava, tropeçou num canteiro e rolou pelo chão. Dois papelotes de pó caíram do interior do seu calção e ele rapidamente, antes mesmo de se levantar, os recolheu. Percebeu uma grande dificuldade para se levantar. Ficou mais um tempo no chão. Ele nunca tinha ficado tanto tempo usando sem comer. Sentiu algo como uma sombra pairar sobre a sua existência, então meio que parou de raciocinar.

Seu piloto automático, ou seja, a capacidade que tinha de andar em direção a algum lugar, sem saber como nem por quê, jamais seria confiável numa situação limite como aquela. Até mesmo em situações mais confortáveis, essa espécie de instinto muitas vezes o tinha levado para bem perto da morte. Mas não tinha forças dentro de si para combater seus próprios pés. E eles o arrastavam até a Boca.

Entrou na birosca que ficava na zona limite em que as leis locais perdiam o valor e passava a valer a Lei do Russo. Devia ser quase fim de tarde. Antes mesmo de pisar dentro do bar, Leiser distinguiu o som inconfundível dos sessenta e sete concertos *à deux violes esgales*, de Sainte-Colombe, que era a peça favorita do Russo. Então ele tinha que estar ali.

De fato, na penumbra do bar, estava o Russo, tomando calmamente uma sopa de peixe, que cheirava mal, mas era muito gostosa – Leiser havia provado uma vez. Quando Russo percebeu sua entrada, acenou para que se aproximasse da sua mesa, o que ele fez, ainda no piloto automático, como se fosse seu destino ser trucidado ali mesmo pelo seu amado algoz, com a salvação da sua vida desperdiçada para sempre dentro das suas calças.

Russo continuou tomando a sopa enquanto Leiser o observava a um metro de distância, ainda de pé. Por fim, o chefe da Boca parou de tomar a sopa e olhou para Leiser. Moveu a cabeça de um lado ao outro algumas vezes, muito lentamente, e disse:

— Você parece um mendigo.

— Pois é. Fui roubado na praia.

— Sabe, eu tenho percebido você. Porque você me deve, é claro, mas também porque gosto de você. Sabe quantos anos eu tenho?

— Não faço a menor ideia – disse o garoto. Aquilo lhe pareceu um pouco agressivo e, portanto, arriscadíssimo na atual conjuntura.

— Pois eu quero que você dê um chute.

— Você poderia ter trinta anos, ou sessenta – disse Leiser, com uma honestidade que não conseguia evitar, como se flertando com a morte, dançando um tango com a aniquilação total.

— Creio que você tenha razão – disse Russo, parecendo gostar do que escutou. Depois levou à boca uma barulhenta colherada de sopa. – Tenho quarenta anos recém-completos – disse por fim, limpando a boca com um guardanapo de pano que trazia no bolso da sua jaqueta cossaca. Ele dizia que era uma jaqueta cossaca legítima dos cossacos de Kuban, que remontava a meados do século XIX. Orgulhava-se muito daquela jaqueta e vivia dizendo que, se alguém o encontrasse vestido com ela, poderia saber de antemão que estava terrivelmente triste ou feliz da vida. A jaqueta jamais representava um estado mediano de espírito.

— E você sabe o que eu fazia quando tinha a sua idade? – ele perguntou.

— Você sabe que eu sei muito pouco sobre você.

— Eu aprendia a usar isso aqui – ele disse, puxando de trás da cadeira seu fuzil de ouro. – Eu já tinha matado muita gente com a sua idade.

— Não duvido, disso eu não duvido mesmo.

— E eu digo isso como uma coisa pesada que eu precisei carregar para chegar até aqui. É um fardo, toda essa matança necessária, que eu preciso carregar comigo. Você entende o que eu quero dizer?

— Que você não quer que eu seja um peso a mais nesse fardo que você traz nas costas?

— Exatamente. Não pensei que você fosse compreender. Fico aliviado que sim.

Então ele terminou a sopa e limpou o prato com um pão cascudo. Usou mais uma vez o guardanapo de pano e, finalmente, atravessou a colher no prato. Fez o sinal da cruz três vezes, lentamente. Cruzou as mãos uma na outra e olhou diretamente nos olhos de Leiser, tirando os óculos escuros. Tinha uma cicatriz que vinha da têmpora esquerda até um pouco debaixo do olho, adquirida numa luta de faca por brincadeira.

— Você está fedendo.

— Sinto muito. Eu certamente preciso de um banho. E poderia comer um pouco também.

— Banho primeiro, como dizia *mamuschka*.

Bateu palma duas vezes. Um homem muito pequeno com pincenê se aproximou, alguém que Leiser nunca tinha visto antes. Era muito elegante e ereto. Seria até mesmo possível dizer que era um homem muito pequeno, ou até mesmo um anão, mas atlético, o que não devia ser muito comum, Leiser pensou.

Com uma das mãos atrás das costas, mesmo sendo um homem pequeno, precisou curvar-se para ouvir o que Russo tinha a lhe dizer. Isso porque Russo chegou bem para trás, num movimento de usuário de casa de ópio, o que, certamente, em algum momento da vida, ele deve ter sido. Então o homenzinho se aproximou de Leiser. Seu cabelo estava penteado para o lado com brilhantina.

— O senhor queira me acompanhar.

Leiser seguiu o nanico até uma outra sala, que se abria para um salão através de uma porta secreta, e entrou no que parecia uma sauna nos moldes romanos. Uma casa de banho gigantesca, sustentada por colunas jônicas, com piscinas de vários tamanhos e gotas de vapor nos azulejos em variados tons de azul. Havia também algumas quedas-d'água, banheiras de hidromassagem, chuveiros com água fria e sabonete à vontade, xampus e condicionadores, hidratantes e pomadas para assaduras, perfumes importados.

O pequenino desapareceu e voltou sem dar vestígio dos seus movimentos. Trazia uma toalha felpuda, um roupão e uma muda de roupas dentro de uma bolsa de pano. Um barbeador e um creme de barbear sobre a bolsa.

— O senhor tem uma hora inteira para sua toalete pessoal. Depois, o senhor Russo o estará aguardando no salão de refeições.

Leiser agradeceu e imediatamente entrou na piscina mais próxima. Tudo cheirava bem naquela casa de banho, menos ele. Assim que tirou a cabeça para fora da água depois de mergulhar, viu um rastro escuro de sujeira e sangue que se despregava do seu corpo e contaminava a água da piscina, como uma epidemia de cólera.

Sem condições de se conter, acabou vomitando sobre si mesmo, com duas golfadas violentas que não conseguiu controlar. Então saiu daquela piscina, foi até o chuveiro, de onde jorrou uma água fria como ele nunca havia sentido antes. Ele bebeu aquela água longamente e a sede demorou a passar.

A casa de banho estava completamente vazia de seres humanos. Leiser imaginou que o anão o esperasse em algum lugar do lado de fora. Entrou em todas as piscinas e se ensaboou, usou tudo que pôde e quase chegou a engolir um pouco da espuma de barbear, imaginando chantilly, tamanha era sua fome. No final de tudo, vestido com as roupas que o homenzinho havia trazido, além de barbeado, parecia um perfeito idiota.

"É bom estar limpo, é claro, não vou reclamar", pensava Leiser. Mas ele devia ter tanta sujeira acumulada que, quando ficou pronto e o anão apareceu pontualmente uma hora depois para lhe buscar, sentia-se com dez quilos a menos. O homem pequeno se aproximou e Leiser perguntou seu nome. Ele disse que Leiser podia chamá-lo de Félix.

— Isso quer dizer que seu nome é Félix.

— Isso quer dizer que você pode me chamar assim.

Então ele disse que Russo aguardava Leiser noutro cômodo e o garoto pensou por um instante sobre como havia tanto espaço secreto numa birosca de quinta categoria que, por fora, parecia uma casa caindo aos pedaços. Ou uma casa que seria reformada, mas que foi abandonada no meio do processo.

De todo modo, seguiu Félix por um caminho totalmente distinto do que fez para chegar até ali. Usava roupas simples, mas de boa qualidade, uma calça jeans clara e uma camisa branca. Leiser conseguiu reconhecer a camisa como uma das que havia aprovado para que Russo comprasse. Não era, na verdade, uma camisa muito bonita. Sentiu certa tristeza quando se deu conta de que, muito provavelmente, Russo não havia gostado também. A camisa tinha uma folha de maconha desenhada, com um sorriso humano, usando óculos escuros e empunhando duas metralhadoras, uma em cada mão. Acima do desenho estava escrito DROGA MATA. Tudo no desenho era verde fosforescente.

Depois de andar por uns dez minutos por corredores sinuosos sob um teto baixo, chegaram finalmente ao salão de refeições. Russo estava vestido com um roupão de seda e uma boina militar. De pé, fumava um cachimbo que exalava um forte cheiro de haxixe. Usava meias verde-bandeira e pisava com elas diretamente no chão. Mirava-se num espelho de corpo inteiro, de costas para uma mesa onde havia um prato fumegante, cor de ferrugem, com pedaços grandes de carne e três cabeças de peixe boiando dentro, junto de fatias finas de pepino em conserva.

— Você já tomou a solyanka? – Russo perguntou.

— Acho que não.

— Sabe, eu acho que você está desperdiçando a sua vida – ele disse, assim que Leiser começou a comer. Deu cinco colheradas seguidas sem dizer nada. Depois levantou a cabeça, com os cantos da boca sujos de sopa. Parecia uma criança travessa diante de um pai preocupado. De fato, com quarenta anos, e Leiser tendo dezoito, Russo poderia ser perfeitamente seu pai. Era bom e, ao mesmo tempo, estranho que fosse assim. Então acabou que não disse nada. Foi Russo quem falou outra vez:

— Pode parecer estranho ouvir isso de mim, garoto, mas a vida é muito frágil e precisa ser aproveitada. Na minha frente, você não tem o direito de desperdiçá-la.

— Eu juro que vou te pagar. Hoje mesmo, eu acho.

— Você entende que eu, se te cobro uma dívida, não é pelo valor do dinheiro, mas pelo valor da honra, da palavra. Você sabe que essas coisas são importantes pra mim, não sabe?

— Sim, eu sei, por isso vou te pagar.

— E posso saber como vai fazer isso?

— Eu ainda não sei exatamente, mas preciso ir na rua levantar uns negócios. Não posso ficar aqui batendo papo, entende?

— Que pena. Pois eu ia te convidar para ir comigo a uma festa.

— Uma festa? Que festa? – e uma luz frágil, de repente, se acendeu na mente conturbada de Leiser.

— De uns amigos acadêmicos, uma gente que estuda poesia, performance, você sabe. Você conhece alguns deles.

— Isso quer dizer que você não vai me matar?

— Eu ia te propor um negócio. Você faz a venda na festa pra mim e me paga com trabalho.

— Vender o quê?

— Tem um carregamento pequeno, mas muito especial, que demorou quase seis meses, mas finalmente chegou de uns contatos que eu tenho no Azerbaijão.

— Isso é pó?

— Parece pó, a gente cheira que nem pó, mas é muito melhor. Não trinca os dentes, abre a cabeça, não dá noia, faz voar. O povo de lá usa quase como uma coisa ritualística, como fazem os índios aqui. Quem usa – e posso dizer que acontece, porque já usei eu mesmo – se eleva à sua melhor essência. Altera o jeito de as pessoas agirem, as pessoas se sentem mais corajosas e entregues ao que realmente desejam. Tem quem chame no Oriente profundo de "Pó da Boa Verdade". Chega por aqui apenas uma vez por ano. Prometi levar um pouco e vender nessa festa.

E, como num sonho, Leiser se imaginou usando sozinho os quarenta e sete papelotes que tinha consigo, enrolados dentro de um saco plástico dentro da sua cueca nova e limpa. Depois refletiu melhor e disse a si mesmo: se eu misturasse um pouco dos dois, ou se trocasse os conteúdos, e muitas outras formas confusas que lhe vieram à cabeça para tirar alguma vantagem daquilo. Mas sacudiu a cabeça e pensou noutra possibilidade. Vender o pó barato pelo preço do Pó da Boa Verdade e pegar para si o dinheiro excedente ao que usaria para devolver ao Russo. Assim sobraria bastante dinheiro para dar um jeito na sua vida.

— Fechado – disse Leiser. – Quanto vamos levar?

— Eles são intelectuais, não são usuários maníacos, é gente que já tem uma certa arrogância inata, muita confiança em si mesma, e não sei se vai ter muita gente, então pensei em algo como trinta papéis. Com isso eu daria sua dívida comigo liquidada. O que você acha?

— Acho formidável – disse Leiser terminando a segunda tigela de sopa. – Acho que estou pronto. Quanto custa cada papel?

— A gente conversa sobre isso depois, agora vamos terminar de comer.

Russo bateu duas palmas e Félix apareceu sustentando com destreza uma bandeja sobre a qual, com espaço de sobra, ele mesmo poderia ser servido com uma maçã enfiada na boca. Mas na bandeja havia dois pratos de sobremesa e, sobre eles, o que a Leiser pareciam duas fatias de uma torta coberta de chocolate acompanhadas de dois pedaços de pão de mel. A proximidade olfativa do açúcar encheu de saliva a boca do garoto e ele percebeu que devia estar muito perto de uma crise hipoglicêmica. Russo deu uma lenta garfada de olhos fechados na torta, como quem reza em silêncio. Depois, Leiser também comeu um grande pedaço e disse:

— Não sei se sou eu, mas essa torta é muito boa. Só é um pouco estranha na boca.

— Isso, porque ela é feita com leite de pássaro. Então fica assim, um pouco rançosa. Essa é a primeira torta soviética a ser patenteada.

Comeram por alguns instantes em total silêncio, com a viola da gamba ao fundo. Ao conhecer a procedência da torta, Leiser recuou um pouco no seu entusiasmo por açúcar e passou a mastigar como algumas crianças fazem quando não querem comer, mas precisam provar aos pais o contrário.

Russo estendeu a ele seu guardanapo usado. Sem saber como negar aquilo que poderia ser um simbólico gesto de confiança, pegou o guardanapo – onde havia molho endurecido e pedaços de pão – para limpar sua boca.

***

A festa era no bairro mais nobre da cidade, à beira-mar, na casa de uma poeta riquíssima chamada Anita Di Gozzi, que era neta de uma famosa e laureada poeta e latifundiária fascista chamada Ariela Di Gozzi, que devia ter agora algo como noventa anos.

Ariela era premiada e aclamada por um público tradicional de pessoas ricas e igualmente exploradoras do trabalho humano. Pertencia a um famoso círculo de escritores latifundiários que batizaram o que passou a se chamar oficialmente de Literatura Ariana Regionalista ou, entre os mais entendidos, apenas LAR. E foi o dinheiro dessa mesma exploração que havia fundado a Academia de Letras Emancipatórias das Musas, conhecida como ALEM, confraria para cujo desenvolvimento e ascensão o papel de Ariela, como motor e leme, havia sido fundamental.

Houve um tempo em que a ALEM esteve na crista da onda do momento político. Porém, hoje, tinha se tornado uma espécie de museu de fósseis literários de segunda categoria, onde as pessoas mais ricas da sociedade, há mais de cinquenta anos, faleciam, pouco a pouco, por decrepitude criativa, em salões de chá com velhos de peruca e senhoras viciadas em morfina.

No entanto, nos áureos tempos de Ariela, aqueles salões foram frequentados por celebridades nacionais. Uma delas, o controverso escritor comunista e homossexual Jairo Hernandez Tadeu, certa vez entrou numa forte discussão com Ariela, que defendia a ditadura militar abertamente e condenava a pederastia como um crime contra Deus. Ambos quase entraram no tapa e, no calor da discussão, a dentadura de Ariela escapou de sua boca e foi parar no prato de um dos confrades, que se levantou horrorizado, debaixo de uma forte comoção geral, em que muitas pessoas gargalhavam.

Aquele acontecimento sem precedentes havia manchado todas as outras grandes conquistas na vida de Ariela dali em diante. Então, a essa altura de sua jornada, com algo entre oitenta e noventa anos de idade – mesmo que algumas pessoas jurassem que ela tinha mais de cem – e ainda dona de uma lucidez torturante e uma memória de aço, por onde passava as novas gerações a chamavam pelas costas, e alguns mais petulantes o faziam na sua cara, de Banguela Di Gozzi. O mais controverso era que essa mesma nova geração – muito mais alinhada com os posicionamentos políticos de pessoas como Jairo Hernandez e que ridicularizava Ariela pelo seu modo de vida egocêntrico – desfrutava abertamente das suas festas, no seu pomposo apartamento de bloco inteiro na frente da praia, com um chafariz particular na sala de estar e dezenas de criados com uniformes.

Quando entraram no elevador e Russo apertou o botão da cobertura, ambos podiam escutar ao longe o som da música africana, uma das muitas formas com que Anita sutilmente alfinetava o passado escravocrata da avó. O prédio tinha setenta e oito andares e era o mais alto da cidade. No meio do caminho, era possível sentir os ouvidos se comprimirem e a cabeça doer, depois uma forte pressão levava os corpos a se achatarem levemente, até que a pressão baixava e todos precisavam, necessariamente, a partir da metade do percurso, sentar-se ou, mais precisamente, deixar-se desabar. Por isso, havia, no imenso elevador, exatamente cinquenta cadeiras acolchoadas, dez dispostas em cada parede, que tinha as proporções de um imenso elevador de carga naval, e mais dez, em duas fileiras, dispostas no centro do quadrado. Ali no meio estavam Russo e Leiser. E tiveram também que desabar nas cadeiras, como todo mundo.

Mas quando Leiser fez menção de se sentar, Russo o ergueu pelo braço como se ele fosse algo inanimado, um objeto sem muita importância, fácil de manusear, e com um tapa no meio das costas deu ao jovem a ideia de que deveriam permanecer eretos, em frente às poltronas, mas de modo algum sentados.

— Por que não podemos nos sentar logo de cara, já que vamos ter que sentar de qualquer forma? – perguntou Leiser.

— Precisamos estar de pé para desempenhar propriamente o ciclo do aumento e da perda de pressão, do contrário poderíamos ser esmagados, se estivéssemos sentados desde o princípio.

— Você tá sentindo uma certa onda agora? – perguntou Leiser, assim que a pressão os achatou contra as poltronas e o elevador subia cada vez mais veloz.

Russo não respondeu, mas os dois se olharam e riram. Riram até o elevador chegar a seu destino. Mesmo com o elevador parado, era possível sentir uma forte vertigem. Ambos tiveram que se escorar um no outro ao sair. Quando conseguiram se equilibrar, Russo tirou sua jaqueta cossaca e ofereceu a Leiser, dizendo:

— Para trazer sorte aos negócios. Considere um empréstimo e um gesto de confiança.

Leiser vestiu a jaqueta, que cheirava a menta. Sentiu-se belíssimo e extremamente confiante de que tudo correria bem.

Antes de tocar a campainha, Russo deu dois tapas simultâneos nos ombros de Leiser, depois segurou seus braços como se ele fosse um boneco. Girou para um lado, para o outro, sem nenhum esforço aparente. Bateu um pouco de sujeira da rua na parte de baixo da sua jaqueta cossaca, ajeitou os botões de ouro e verificou se estava perfeitamente alinhada ao corpo do menino. Na verdade, parecia que ele estava tentando fazer com que a jaqueta estivesse à altura dele próprio, mesmo que no corpo de outra pessoa. No caso, inferior a ele.

— Você parece um boneco – disse Russo, finalmente.

Então os dois ficaram lado a lado olhando-se no espelho de corpo inteiro que havia no hall. Emoldurado em couro curtido trançado numa peça mármore, com detalhes no estilo rococó em ouro puro, aquele espelho pareceu a Leiser um objeto muito estranho, um exagero completo. Comentou isso com Russo, que disse apenas:

— Isso acontece quando um aristocrata perde a dignidade.

— O que acontece? – perguntou Leiser. – Ele fica brega?

— Ele se torna um burguês.

Leiser pensou que vistos lado a lado – ele com a jaqueta cossaca, perfumado, de barba feita e cabelo penteado; Russo com uma camisa crua de linho fechada por um botão no pescoço que era um tronco de árvore – os dois pareciam realmente irmãos, integrantes de uma caravana hippie, dois comediantes desempregados. Na verdade, olhando mais atentamente para Russo, percebia-se uma rude solenidade, certa selvageria contida, mas sempre pronta para desaguar, como Leiser imaginava que aconteceria a um Dmitri Karamázov, que ele via encarnado na figura do chefe da Boca, de tempos em tempos, ao observá-lo. Sua camisa ajudava essa comparação. Era comprida, com as pontas das mangas frouxas e fechadas delicadamente por abotoadeiras de madrepérola tingidas de azul da Prússia. Naquela ocasião, quem seria Leiser, ele mesmo se perguntava. Um Smerdiakov? Não. Não era feio, certamente, tampouco repugnante. E não era, de todo, mau. Mas um Ivan? Talvez fosse requintado demais. Subitamente, Leiser lembrou-se do ceguinho. Ainda não sabia o nome dele. Ele daria um perfeito Alexei Karamázov.

Russo fez três vezes o sinal da cruz de forma automática, sacou um pequeno frasco com um conta-gotas na ponta, que levou até ambos os olhos, com dois pingos em cada, que o fizeram lacrimejar. Ficou com o rosto muito vermelho. Vestiu os óculos escuros. Virou-se para Leiser e olhou para ele por um longo instante. Depois falou:

— Você precisa de alguma coisa? Quer dizer alguma coisa?

— Eu acho que matei uma pessoa.

Russo deu uma gargalhada sonora, mas seca, e dois tapas estalaram no rosto de Leiser, o primeiro quase carinhoso, o segundo com raiva.

— Você está com minha jaqueta cossaca. Por favor, não me envergonhe.

— Darei o meu melhor – disse Leiser.

— Não vai dar um teco antes de começar?

— Acho que prefiro entrar de cara.

Russo desempenhou um sorriso inédito, ao mesmo tempo de surpresa, fraternidade e nostalgia. Mais do que para

Leiser, aquele sorriso era destinado ao jovem que um dia Russo também havia sido, tentando de tudo um pouco para conseguir escapar e, finalmente, viver, viver plenamente, sendo como se é, que era como ele julgava sua própria existência agora, estimulado pela forma respeitosa como todos o tratavam. Sobretudo na alta burguesia ou, como ele dizia, na aristocracia decadente, o que muitos também conheciam como esquerda literária.

Em vez de tocar a campainha, Russo apenas girou a maçaneta e abriu a porta lentamente, como um ladrão. Do outro lado, havia um salão com dois ambientes, separados por um arco, com um pequeno chafariz no centro, onde um cão pequeno, feio como um rato pelado, bebia água.

Havia gente a se perder de vista, a música estava altíssima, com uma seção de tambores a todo vapor. Muitas pessoas dançavam no centro do primeiro salão e outras, em menor número, ocupavam os arredores do pequeno chafariz, espalhando-se pelo segundo e mais aconchegante salão, mais escuro também, onde tentavam conversar umas com as outras tampando um dos ouvidos com o dedo e gritando, curvadas e com as veias dos pescoços entumecidas. Leiser logo percebeu – no canto mais escuro, perto de uma enorme janela de correr, tomando drinques coloridos e todos com jaquetas jeans muito semelhantes – Samir Sativo, Gênesis e Nêmesis, acompanhados de um sujeito que não lhe era estranho, mas que não sabia de onde conhecia.

Antes que pudessem dar mais um passo, os dois foram bloqueados por uma figura pitoresca que vestia um maiô de ginástica num tom de azul que lembrava muito o azul das abotoadeiras de madrepérola do Russo, mas ali você percebia a diferença de um azul muito bonito para um azul da Prússia. A mulher usava uma sapatilha de balé de um vermelho encarnado, com uma peruca lisa e comprida da mesma cor. Trazia uma sacola roxa de veludo nas mãos, que massageava por baixo, como se houvesse um bicho enraivecido ali dentro.

— Gostei de você – disse ao Russo – no exato instante em que te vi pela primeira vez. Sabia que se tornaria alguém de bom gosto.

E deu um beijo na boca dele. Como se fossem antigos namorados que hoje em dia se tornaram amigos confidentes. Depois, observou atentamente a jaqueta de Leiser, passou a mão nela como quem escolhe uma fronha de travesseiro ou um tapete de banheiro numa loja de departamento. Como se Leiser nem mesmo estivesse ali.

— O pobre modelo precisa comer alguma coisa. É uma bela peça de vestuário, de fato. É mesmo original?

— Como o sangue nas minhas veias – disse Russo, beijando a sua mão.

Depois de uma espalhafatosa gargalhada, olhando para todos os lados, ela tateou a barriga de Leiser até alcançar o púbis. Enfiou sua mão dentro da calça dele, ficou mexendo lá dentro por um tempo, até finalmente agarrar com firmeza o pau dele, que tinha ficado ereto quase imediatamente. Leiser escancarou a boca e arregalou os olhos, observado desinteressadamente por Russo.

Enquanto olhava para Russo – que, de braços cruzados, parecia ao mesmo tempo envergonhado e acostumado com aquele tipo de excentricidade –, Leiser percebeu que aquela mulher poderia ter cem anos. Aquilo foi um espanto e, por causa da fantasia e da maquiagem expressionista que ela usava, aquela nova impressão só podia ter emergido para se tornar perceptível através do contato com a sua pele.

Sentiu-se irremediavelmente furtado de algo que não sabia o que era. Aquele era um engano impossível, inaceitável. Ficou de repente zonzo. Não era fome, não era sede. Talvez sono? Adoraria tirar a roupa ali mesmo e dormir num daqueles deliciosos sofás. Mas aquela mulher continuava colada nele.

Então lembrou dos papelotes que trazia na cueca, todos dobrados dentro de um balão de borracha desses de festa, formando na calça jeans um inchado caralho que ao mesmo tempo era sua posse mais frágil e sua única forma de estar no mundo naquele momento. Tudo graças ao ceguinho e sua mãe, que Deus a tenha, ou o Capeta. Trazia também os trinta papelotes nobres de Russo num dos bolsos da jaqueta cossaca, fechado por um zíper. Propriedade do Russo dentro de uma outra propriedade do Russo – que baita desafio!

Foi tudo no que conseguiu pensar ali. E que aquilo era a coisa mais importante de todas. Habilidosamente, a mulher tirou a mão de dentro da calça de Leiser e, com ela, foi até o saco de veludo, de onde tirou uma substância cristalina, como um pedaço de vidro quebrado, que enfiou sem pudor na boca aberta do garoto. Ele mastigou aquele pedaço duro até quebrá-lo em pequenas lascas dentro da boca. Tudo se espalhou através da saliva, atingindo seus sentidos gustativos como se fosse um combustível fóssil.

A mulher seguiu pela sala, distribuindo lascas de vidro pelo salão. Então se aproximou outra mulher que parecia, à primeira vista, mais velha do que a mulher anterior, como se fosse a mãe da mulher de peruca vermelha. Mas isso não seria possível, pensou Leiser, se a primeira mulher tivesse mesmo cem anos. Então percebeu que era apenas um pouco mais velha do que ele. Mas sua maquiagem era tão carregada que seu rosto parecia um vulto ou uma figura órfica ou um dançarino de butô. Russo deu um forte abraço na menina, com muita intimidade, como um pai faria, ou um irmão mais velho, e foi envolvido pelas pernas dela, que ficou suspensa no ar, em volta da cintura dele. Quando aterrissou, olhou para Leiser como quem olha uma pessoa cagando na rua.

— Muito prazer. Me chamo Anita. Você é amigo do Klaus?

— Klaus – repetiu Leiser, confuso, olhando para o Russo primeiro e, depois, para Anita.

Russo deu dois passos na direção do garoto, pisou no seu pé e apertou seu cotovelo sem que Anita pudesse perceber. Era fácil, porque o tempo todo ela olhava meio que por cima dos dois, como quem procura alguém.

— Sim, Klaus, claro! É que eu chamo ele de Russo.

— Ele parece mesmo um russo, olhando bem.

Russo empurrou sutilmente Leiser na direção de Anita, que o envolveu num abraço de duas pessoas muito amigas depois de passarem quatro anos num campo de concentração. Foi quando Leiser percebeu como estava cansado e se deixou repousar suavemente no ombro de Anita. Sentiu o coração dela bater e cada batida fazia o som de um corpo pesado que cai morto no chão. Ela parecia calma, talvez estivesse remediada, mas seu coração batia como o de um piloto de Fórmula 1 na curva mais perigosa e veloz da sua vida.

Anita segurou dramaticamente o rosto de Leiser, olhou com olhos trêmulos nos olhos embaçados dele e, subitamente, começou a chorar. Logo depois se conteve e pediu desculpas. Havia molhado sem querer a jaqueta cossaca. Passou a mão sobre ela.

— Que bonita essa jaqueta. Você parece um astro de rock.

— Parece que ela foi usada por um astro de rock de muito tempo atrás.

— Fica bem em você. Você sente frio? Eu tô morrendo de frio.

— Só não te empresto a jaqueta porque ela já é emprestada.

— Mas eu posso me aquecer um pouco nela?

— Claro. Sorte sua que tomei banho hoje.

Quando disse isso, sem entender por quê, teve um novo estalo que lhe deu uma ideia, aparentemente estúpida, mas talvez genial. Não havia tempo para saber, era preciso fazer aquilo imediatamente. Enquanto Leiser tinha Anita aninhada em si, com os braços dentro da sua jaqueta, sentindo suas costas através da camisa de tecido fino, enfiou uma das mãos dentro do bolso da jaqueta e sacou de dentro uma trouxinha de pó do Azerbaijão, que apertou com força no punho fechado. Anita percebeu o movimento ou, quem sabe, sentiu no ar o cheiro que sentiria a quilômetros de distância. Afastou-se levemente de Leiser, que ergueu o papelote na altura dos olhos dela, sem dizer nada, mas com um olhar maroto de salvador de pátria ou bom amigo.

— *Save it for your rainy day* – ele disse no ouvido dela e depositou o papelote dentro da parte de cima do seu maiô justíssimo. Como um grande ator no ápice da sua cena principal, Leiser deu um beijo no rosto de Anita e abriu um sorriso que trazia consigo uma pergunta implícita. Ela tinha os olhos embevecidos como se olhasse para um homem santo. Tentou manter por mais tempo as mãos de Leiser nas suas, mas, por fim, ele se afastou como um rico faz diante da gratidão espalhafatosa de um pedinte saciado e andou da porta em direção ao outro salão, sem olhar para trás, com uma estranha sensação de triunfo que fazia seu corpo inteiro formigar.

Quem caísse de paraquedas naquela festa, sem saber de nada, poderia pensar que estava em andamento ali um grande esquema secreto de tráfico de crianças. Isso porque, juntos, num grupo de cinco ou seis meninos, que não se afastavam muito uns dos outros, os Boys de Pasolini pareciam ainda mais novos do que eram. Ou essa impressão talvez se sustentasse sobre uma juventude indomável que, com a força espiritual de cada unidade em forma adolescente, os fazia parecer assim: como crianças iluminadas ou pequenas divindades brincando. Em volta deles, um imenso oceano de insistência e pânico, nos semblantes alucinados de pessoas na faixa dos trinta anos, além de outro grupo, um pouco mais velho, de intelectuais pesados que tomavam uísque e discutiam as saídas para um país assolado pelo fascismo e pela miséria. Mas eles não sabiam, ou preferiam não enxergar, ao discutirem uns com os outros, que sua própria existência era o ovo da serpente.

Ao se aproximar, Leiser reconheceu alguns rapazes da gangue. Mauricinho Cara de Boneca estava ali, tomando um copo de leite e fritando de mescalina. Silvio Olho de Gato comia uma barra de chocolate e jogava xadrez com Rajada Fênix, um garoto que se vestia como uma jovem senhora muito elegante e, diziam por aí, era um perfeito atirador de elite, tendo atuado como mercenário em algumas ocasiões de guerrilha urbana, antes de entrar para os Boys, quando tinha uns treze anos. Agora tinha quinze e parecia um homem, ou dama, experiente.

Provavelmente outros ali também fizessem parte do grupo, mas Leiser ainda não os conhecia. Aquilo que havia começado como uma brincadeira perigosa entre garotos extravagantes deixava lentamente de ser uma gangue de rua e se tornava uma organização política mais complexa, que pareava com as decadentes organizações adultas, por assim dizer. Os Boys de Pasolini haviam crescido para além dos limites da cidade e agora costumavam organizar intercâmbios entre os integrantes das pequenas sucursais em outros estados do país e para além das fronteiras nacionais, como acontecia no caso dos Niños de Wilde (se fala Vilde), que eram os Boys de Pasolini argentinos, ou os Putos Ducasse, no caso do Uruguai.

No centro da cena, como num quadro de Caravaggio, de braços cruzados, um ao lado do outro, um todo de preto e o outro todo de branco, estavam Nêmesis e Gênesis, com

Samir Sativo entre os dois, os três de pé. Agora estava bem mais fácil diferenciá-los, porque Gênesis havia raspado com gilete o seu longo cabelo castanho cacheado, além de suas sobrancelhas, enquanto Nêmesis matinha o seu longuíssimo, preso com um nó feito nele mesmo, em cima da cabeça, com certo desleixo cuidadoso. Além disso, Gênesis usava lentes de contato azul-claro, o que deixava seus olhos quase transparentes, e Nêmesis usava uns óculos de lente pesados, com hastes grossas de casco de tartaruga, grandes demais para seu rosto.

Samir vestia terno e gravata, parecia um homem que tinha visto de tudo e havia lutado nas grandes guerras do século passado. Agora era um aposentado de muitas gerações atrás, tentando se atualizar com os jovens da vanguarda radical. Tendo em vista que tinha vinte anos, arrumado daquele jeito, somado a todo o quadro que se podia fazer daquele cenário improvável, parecia que aqueles rapazes desajustados tinham invadido os armários dos pais para usar suas roupas largas numa festa à fantasia cujo tema era Wall Street *fashion*. Para tornar tudo ainda mais teatral, Samir começou a ler aos altos brados as "Cinzas de Gramsci", de Pasolini, no exato momento em que Leiser abraçava Gênesis e apertava a mão de Nêmesis, dando um alô de soslaio para Fênix e Cara de Boneca, sem falar diretamente com Olho de Gato, que terminava de chupar os dedos depois de devorar sua barra de chocolate, com semblante preocupado, prestes a receber um xeque-mate.

GÊNESIS

[...] *zunem, quase sempre evidentes,*
as ironias dos príncipes, dos pederastas
cujos corpos estão nas urnas esparsas

incinerados, mas ainda não purificados.
Aqui o silêncio da morte é a fé
de um silêncio civil de homens ainda [...]

Confesso que, apesar de me considerar um sujeito alegre, meu sorriso é falso quando o tema dos nossos encontros se torna a poesia, o que não é incomum. Eu gosto de ler poesia em silêncio. Criei uma voz específica na minha cabeça, que eu imagino para ler os poemas, e prefiro essa voz a qualquer outra, até mesmo às vozes dos autores dos poemas. Às vezes eu até me divirto, mas, na maior parte do tempo, finjo, porque a verdade é que me cansa. Sinto que nossos gestos ritualísticos se desgastaram e essas coisas – que noutros tempos podem ter sido um tanto memoráveis – no nosso tempo são apenas ridículas: cópias baratas de um gestual heroico de macho-alfa da Antiguidade.

Mas, como membro-líder dos Boys de Pasolini, não gostar de ouvir poesia, sobretudo a poesia de Pasolini, seria inadmissível. Samir uma vez me confidenciou que Pasolini era um pouco assim também, preferia a poesia em silêncio. O Samir realmente entende muito do *indivíduo* Pasolini. E diz que, para amá-lo, eu preciso aceitá-lo com suas contradições, como a de ser pederasta e, ao mesmo tempo, católico. Intelectual e selvagem. Comunista e burguês. Professor e pedófilo. E, apesar de não conseguir amá-lo incondicionalmente, era disso que eu gostava nele. Porque era como se Pier Paolo tivesse dentro dele dois irmãos gêmeos opostos, como é comigo e meu irmão.

> [...] *Vou-me embora, deixo-te na noite*
> *que, embora triste, tão doce desce*
> *para nós, os vivos, com essa luz de cera* [...]

Com o perdão de todos os anjos da história, desligo-me por um instante do poema, isso porque acaba de passar na minha frente, mas não muito próximo de nós, o Russo com mais dois rapazes. Todos têm cabeça raspada e barbas volumosas. São como soldados da mesma causa secreta, um pouco como nós. Olhando os três juntos, não parece que Russo está no topo da hierarquia. Distribui e recebe tapas, ri com os camaradas, que não passam de adolescentes como nós e, como nós, estão com roupas que chamam a atenção. Mas, diferentemente de nós, são da alta classe.

E sei que o Russo também vem dali. Andei fazendo minhas pesquisas. Na verdade, muito mais porque estava mesmo obcecado pela figura do Russo, desde que comecei a frequentar o pico dele com meu irmão, Fênix e Samir. Sei que Leiser é unha e carne com ele. Aquele lugar parece um enorme parque de diversões para psicóticos. Uma vez eu disse isso ao Nem e ele quase me bateu de tão irritado que ficou. Acho mesmo que meu irmão tem um fraco para drogas, porque ele tem ido muito lá na Boca, mesmo sem mim.

Lá estávamos sempre, batendo ponto, fazendo de tudo para sermos achincalhados pela sociedade patriarcal, que, aliás, nunca gostou de nós, mesmo que, por enquanto, precise nos tolerar, porque a gente cobra um preço para que ela pareça estar funcionando normalmente. Mas, nesse ponto, sou voto vencido. Nesse ponto da "baixa exposição". Os meninos adoram chamar atenção, eu nem tanto. Acontece que, aqui entre nós, tudo é horizontal, não tem mandachuva, tudo é decidido na altura do chão. Eu dou minhas opiniões, meu irmão em geral traz um veto, depois vamos para a sala do conselho. É uma trabalheira, mas acaba funcionando. E, como eu soube que tem muita influência do Russo nessa decisão do grupo de optar por uma dupla liderança, o que diz respeito a mim e ao Nem diretamente, fiquei curioso em saber quem ele era.

Não me deram cem por cento de certeza, mas é muito provável que o Russo, apesar de toda essa verossímil construção de um homem do Cáucaso, não passe de um Di Gozzi. A única dúvida que ainda paira, por uma questão de detalhe, é se ele de fato era um dos filhos de Ariela Di Gozzi – que oficialmente tinha apenas uma filha – e, portanto, tio de Anita e irmão da sua mãe, Lola, mas ambos nascidos de pais diferentes. Enquanto o pai de Lola era um grande criador de gado e notório assassino de militantes pelo direito à terra, o pai de Russo teria sido um paramilitar de origem desconhecida – há quem garanta que tenha nascido na Geórgia, atualmente território russo – que liderou tropas mercenárias na revolução afegã do final dos anos setenta. Por ironia do destino, lutando justamente contra os russos. Supostamente, por desgosto pelo pai, que o abandonou tão logo descobriu seu nascimento, Russo queria ser russo de toda forma. E era mais russo, de fato, do que qualquer ideia que eu pudesse ter do que seria um russo.

A outra hipótese era, para mim, menos provável, mas muito mais instigante. Russo seria, na verdade, amante de Ariela – apesar de aparentar ser seu neto ou até bisneto – e nada teria a ver com a família Di Gozzi, a não ser pelo fato de que Anita seria sua filha. Isso queria dizer que Anita não era filha de Lola e neta de Ariela – como diziam todos os jornais e suplementos literários e festas de homenagens e premiações oficiais de peso –, mas irmã mais nova de Lola e filha de Ariela com Russo fora do casamento. No entanto, teria sido batizada como filha de Lola por exigência do falecido pecuarista.

Essa era a parte mais difícil de engolir, porque, se aquela velha tinha hoje algo perto de noventa anos, isso faria com que Russo precisasse ser muito mais velho do que aparentava ser e muito mais velho do que declarava ser: pelo menos uns vinte, vinte e cinco anos mais velho. O que daria a ele algo próximo de sessenta, sessenta e cinco anos. Ele podia muito bem ter essa idade, não seria nenhum espanto. Mas, então, digamos que ele tenha engravidado Ariela com vinte, vinte e cinco anos de idade: ela teria quarenta e cinco, cinquenta. Isso daria a Anita algo perto de quarenta anos e faria dela uma raridade da biologia humana.

Por essa hipótese, a relação de Russo com Ariela teria sido fruto de uma compulsão que a matriarca tivera por cocaína durante um período da sua vida que durou cerca de dez anos, os famosos anos frenéticos de Ariela, também os anos da sua mais intensa produção literária. Desse período se destacam o livro de poemas *Rasgando a linha do horizonte* e o romance *Uma noite insone*, de teor policialesco.

O auge dessa fase teria sido, portanto, a paixão avassaladora por Russo. Porém, a relação foi interrompida pelo programa de doze passos, por meio do qual a escritora, mesmo ainda sendo uma usuária cíclica e apesar da idade já muito avançada, conseguiu ao menos frear sua compulsão, numa contenção de danos. Frequentava há mais de trinta anos fielmente os grupos de mútua ajuda, com espontâneas e pomposas contribuições financeiras. Mas seguiu, de alguma forma, no radar de Russo de lá pra cá. Primeiro, tentando convertê-lo à sua luta contra as drogas. Depois, como velha amiga e confidente.

Ainda havia uma terceira hipótese, que considero apócrifa. Russo seria irmão de Anita, ambos filhos de Lola, sendo que ele havia sido concebido fora do matrimônio da única herdeira dos Di Gozzi. Ariela, em segredo, teria pagado por sua educação peculiar. E ele havia se tornado um psicopata, por motivos mais complexos de analisar, mas que, provavelmente, foram acirrados na mente de Russo por ser como uma mancha que se tenta apagar de uma foto bonita.

Russo, cujo nome oficial, em todas as hipóteses, seria Klaus.

> [...] *ou em meio*
> *a edifícios, soltos no mundo, uns rapazes*
> *leves como fiapos jogam à brisa,*
> *não mais fria, primaveril: ardentes*
>
> *de imprudência juvenil, em seu romanesco*
> *entardecer de maio, escuros adolescentes*
> *assobiam pelas calçadas, na alegria*
> *vespertina* [...]

Que sujeito formidável esse Tourete! Prefiro chamá-lo assim, porque soa como um toureiro sensível, algo próximo do que ele deve mesmo ser. Chegou todo rebolante, dizendo que fundaria uma boquinha no banheiro principal da casa, onde havia como que um ambiente de relaxamento e parlatório, com alguns mictórios, cabines fechadas com privadas e uma enorme jacuzzi cheia de gelo e garrafas de bebida. Depois, posicionou-se ao nosso lado e, com a mão no queixo e a boca aberta, como um personagem barroco, ficou ouvindo Samir recitar. Assim que ele terminou, subiu na mesinha de centro, em frente ao sofá, e falou de memória, num italiano de pronúncia precária:

ma tu, nel fondo del tempo, qui mi attendi,
nell'interno, dove ventre e muscoli
ammorba un lezzo morbido di muschi
o di escrementi; e mentre un nudo buio
da sottoscale o bivacco di nomadi
s'infoltisce, ti vedo, mummia, automa,
e tu mi vedi. Oh nostalgia mortale
per chi non ti conobbe, e ignorando,
o puro Vivo, le tue angoscie di orango,
si perdeva col suo destino giocondo,
il cuore ignoto in un ignoto mondo.

Então, depois do que pareceu a todos um *gran finale partigiano*, os que estavam de pé se jogaram num tatame japonês que havia por ali. Leiser me puxou e eu desci até o chão com ele, que escorreu, escorando-se na parede, como se fosse um espermatozoide em água podre. Parecia frágil e um pouco zonzo, mas estava, ao mesmo tempo, muito elegante, com um casaco que parecia um que eu tinha visto o Jimi Hendrix usar num filme antigo. Mas o nosso amiguinho, coitado, estava ainda mais magro que o Jimi na sua fase final – quando o músico era já uma caveira de peruca – e, com os cabelos bagunçados já ralos no topo da cabeça, parecia alguém que tinha roubado aquele casaco.

Eu sempre achei que a vida intensa e a inteligência aguda tinham feito do Leiser um jovem envelhecido. Mas não um sábio. Ainda não, pelo menos. Talvez – eu pensava agora enquanto ele se esfregava com sutileza na minha perna, deitado ao meu lado no tatame – ele não pudesse sobreviver até chegar à sabedoria, que viria apenas se ele ficasse velho mesmo. Mesmo que tivéssemos sido apresentados há pouquíssimo tempo, ali, deitado, enroscado com os outros meninos e comigo, ele era como um de nós, um daqueles que foram e voltaram, mas não sabem se podem ir outra vez e, mesmo assim, irão. Isso era uma coisa que me atraía em gente como Leiser, como Russo, como o meu irmão também, por que não? Ele era muito assim, uma presença vulcânica, uma avalanche de espanto.

Mas Leiser é totalmente direto, transparente. É o que penso agora, enquanto ele dormita sorrindo deitado na minha coxa, enrolando os cachos enfraquecidos de cabelo, como uvas que não foram colhidas e precisam enfrentar o inverno que se avizinha. Percebi que ele estava quase desfalecendo. Quanto mais fraco, mais abria sua larga e musculosa mandíbula, num sorriso que se tornava lascivo. Como se a perspectiva de morrer naquele momento o levasse ao orgasmo.

Pedi que Mauricinho trouxesse uma garrafa de água, daquelas francesas. Ele correu até a jacuzzi e encontrou duas garrafas, que trouxe no mesmo passo. Eu abri uma e dei um longo gole. Também estava precisando. A água caríssima das nascentes francesas rasgou minha garganta como um cachorro de madame que entra de repente num pardieiro. Dentro de mim, ainda que escondido, sempre odiei os franceses. Minha maior vitória era que Napoleão, o maior francês de todos os tempos, fosse um estrangeiro. Um povo cujo maior e mais vitorioso líder era um meganha de vila. Dava risada sozinho daquilo, mas não dizia a ninguém.

Levei a mão ao pescoço de Leiser e senti seu pulso lento, não morrendo, mas como se estivesse em coma. Ou até mesmo sonhando, eu deduzia pelo sorriso que mudava de expressão, indo do espanto prazeroso à mais lasciva luxúria. Acho que por pura maldade, demorei um tempo para lhe dar água. Ele ficaria muito bem sem nada. Então, toquei sua testa com a garrafa gelada. Ele estremeceu e se ajeitou no meu colo, como se nunca tivesse estado em outro lugar. Abri a garrafa e disse:

— Agora abra a sua boca como um bom menino.

Primeiro, ele abriu os olhos. Eram bonitos porque não diziam nada. Depois se ergueu e pegou da minha mão a garrafa. Deu um gole que logo interrompeu.

— Puta merda! É uma bosta essa água francesa.

Dei uma larga risada, que me deu uma crise de tosse. Quando me recuperei, Leiser já tinha terminado a garrafa e fazia uma careta engraçada. Parecia revigorado, como uma máquina que alguém recarrega numa bateria portátil. Então, eu disse:

— Eu pensei algo parecido, mas não ia dizer nada.

— Pois eu digo de boca cheia que não gosto dos franceses. Além do mais, percebe a estupidez de tomar uma água francesa, sendo que vivemos no maior reservatório de água potável do mundo?

— Você falando parece um político.

— Bom, eu já falei que, hoje, vou ser o xerife daquele banheiro. Foi de lá que veio essa água francesa? – ele gritou, e o Silvinho fez que sim com a cabeça.

— Você é muito amigo do Russo, não é? – eu disse subitamente.

— E alguém por acaso é?

— Ele me parece um sujeito fechadão, é isso?

— Olha, por que você não vai até ali e pergunta isso pra ele? Se ele é um sujeito fechadão.

— Você acha que eu tenho medo dele?

— Se eu tivesse quatorze anos, eu teria.

— Mas você não sou eu. E acabei de fazer quinze anos.

— Meus parabéns! Depois me diz então o que o Russo pensa sobre ele ser um sujeito fechadão, que eu vou adorar saber.

— Você me trata como uma criança – eu lhe disse, ficando sério, mas não agressivo.

— É porque eu sou uma criança – ele piscou o olho.

Me deu um beijo na bochecha da mesma forma que um adulto violento pode beijar uma criança de quem ele sente que precisa gostar, mesmo que não goste muito dela ainda. Levantou-se e se encaminhou, malemolente, até o imenso banheiro, do qual tomaria posse como xerife. Era de fato uma criança, não havia cinismo nenhum dentro dele. Eu gostava de sentir que o Leiser era como um irmão mais velho que havia sido desencaminhado. Mas, quando disse isso ao Nem, ele rebateu secamente:

— Você diz isso dele como se a gente estivesse no bom caminho.

QUEM SERÁ O DOENTE?

A casa de banho – porque seria um crime se referir àquele espaço como um mero banheiro – tinha uma beleza hospitalar com as proporções de um pequeno ginásio esportivo e uma cabine particular que se disfarçava por trás da aparente porta de um gigantesco armário no estilo rococó. Leiser imediatamente tirou sua roupa toda e apanhou uma das calças de pano branquíssimas que havia num grande cesto de vime onde se lia: USE SEM MODÉSTIA. Quando ficou totalmente nu, olhou-se no espelho de parede inteira que ficava ao lado da pia dupla principal, pois havia lavabos com pias secundárias espalhados por todos os cantos daquele enorme cômodo feito de cima a baixo com um mármore tão branco que atrapalhava a visão.

Leiser tinha uma enorme mancha azulada na lateral das nádegas e um vergão no pescoço que havia resultado numa reação alérgica agressiva, quase em carne viva. Olhou-se atentamente, com o cenho franzido, procurando entender como aquela imagem tinha aparecido daquela forma na sua frente. Olhava-se como que surpreso em ser quem era, ou o que havia se tornado. Sentiu como se o seu cérebro operasse fora do seu corpo, que era apenas uma máquina enguiçada. Então ouviu a porta bater e, lentamente, alguém girou a maçaneta e abriu.

Um baixinho careca todo de preto, muito agitado, com alguns cabelos eriçados nos lados da cabeça, entrou olhando para os lados e para trás, como quem tenta comprar uma revista pornográfica numa banca de jornal sem chamar atenção. Trazia, aliás, um livro, que parecia novo, numa das mãos. Usava uma peça única, como um vestido ligado ao que, se fosse independente da saia, seria uma camiseta de manga curta comum.

Quando deu dois passos para dentro, todas as luzes se apagaram subitamente e ele soltou um grito muito agudo e sufocado, como se o estivessem enforcando. Então apenas uma lâmpada se acendeu, exatamente sobre a pia dupla com torneiras douradas, onde jazia, sem nada em cima, uma enorme bandeja de prata.

Leiser virou-se para o homem, que arregalou os olhos diante do seu corpo totalmente sem pelos, magro e machucado, mas esteticamente muito bonito e proporcional, com seu pau circuncidado pairando por entre as pernas como um peixe. Sob a luz amarela que iluminava a pia, o corpo de Leiser tornava-se mais definido, como algo que havia sido desenhado por um artista que amasse o corpo masculino em seu esplendor, com seus ângulos e curvas e fissuras aparentes, ou tendões imaginados pela cabeça de um gênio. Seu abdômen dividia-se nitidamente em pequenos gomos com as protuberâncias destacadas pela linha de sombra que era efeito da iluminação indireta. Nas laterais da sua cintura, dois longos músculos formavam uma reentrância viril, com o desenho aerodinâmico que hoje em dia têm alguns carros supermodernos, mas que Leiser chamava de Trilha do Amor e lembrava os músculos inferiores de um cavalo jovem ou cachorro galgo. Faziam um caminho que começava na altura do umbigo e ia diretamente ao púbis, onde descansava docilmente um grosso e curto charuto de carne, com a cabeça destacada por um tamanho acima do convencional. Ele apoiou um dos pés na beira da jacuzzi e seu pau deslizou e se pronunciou, como se ele mesmo fosse dizer qualquer coisa ao homem que havia entrado.

— Que livro é esse? – perguntou ao homem, que devia ter uns cinquenta anos muito maldormidos.

— É o livro da Anita – o homem disse, olhando para o chão, timidamente, levando as mãos para trás, no que pareceu um coroinha aos olhos de Leiser.

— Poesia? – perguntou Leiser, como se estivesse falando com um jogador de pôquer.

— Sim, poesia.

— Então lê pra mim um poema.

— Mas eu não... Eu ainda nem abri o livro.

— Bom – disse Leiser com impaciência. – Então o que você quer?

— É que Anita me falou que...

— Não diga mais nada! – interrompeu Leiser, e começou a se vestir, voltando toda a sua atenção a isso.

Sem a camisa emprestada, que deixou dentro do mesmo cesto de vime, apenas com a calça branca, descalço, vestiu outra vez a jaqueta cossaca diretamente sobre a pele e se olhou no espelho, enquanto alinhava seu corpo ao contato do tecido histórico. O homem à sua frente ficou muito inquieto e se tornou mais arrogante com a ausência daquela nudez resplandecente. Vestido, Leiser ficava parecido com um colegial numa festa à fantasia que, no fim da festa, seria apanhado pelos pais.

— Você tem ou não tem? – disse finalmente o homem.

— Eu tenho. E te vendo por uma bagatela se você ler um poema da Anita.

O homem olhou para os lados e bufou, pensando no ridículo de ler um poema a um estranho em troca de gastar seu dinheiro com droga especial para dez pessoas. Ele havia contribuído com um terço do dinheiro. Guardaria cinco trouxinhas só para si, daria o resto aos seus amigos, todos playboys poetas, da turma da Anita Di Gozzi.

O sujeito ajeitou os cabelos laterais com as mãos e enxugou com a manga da camisa o suor que lhe escorria pela ponta do nariz.

— Estou morrendo de calor.

— Estranho – disse Leiser sorrindo. – Minutos atrás, Anita me disse o contrário.

— Como assim?

— Que estava morrendo de frio. Quem será o doente?

O homem ia dizer alguma coisa, mas preferiu abortar o gesto e abriu o livro aleatoriamente. Mesmo assim, demorou uns dois minutos para escolher o poema, depois de passar os olhos por alguns que Leiser imaginou serem vergonhosos demais para serem lidos. Soltou um pigarro, para limpar a garganta, e começou:

— Nas urdiduras do dia, um sol rarefeito / transita pleno rumo ao fracasso...

— Espera um minuto – interrompeu Leiser. – Você disse urdiduras?

— Urdiduras do dia... Escuta, acho que assim não vou conseguir.

— Assim como?

— Assim, com você logo de cara me interrompendo.

Leiser virou-se repentinamente para o cesto de vime e começou a procurar alguma coisa. Finalmente encontrou uma bolsinha de mão, algo entre um porta-dólar e uma nécessaire, onde, com muito cuidado, ele havia depositado seus quarenta e sete papelotes de cocaína comum. Não podia se esquecer jamais de que esses quarenta e sete eram seus, mas havia outros trinta papelotes do pó mágico do Azerbaijão, que eram do Russo. Não podia de forma alguma fazer confusão porque disso dependia sua existência no mundo, ou mesmo naquele banheiro.

Depois de organizar tudo, retirou um papelote, que rasgou com os dentes e despejou inteiro na bandeja de prata. Com cuidado, separou tudo em dez gordas linhas, muito simétricas. Não teve dificuldade nenhuma em organizá-las, parecia um cientista muito habilidoso lidando com algo que poderia, se mal utilizado, causar uma catástrofe planetária. Por fim, cheirou ele mesmo uma das longas linhas e ofereceu seu tubo de metal ao careca.

Ele cheirou sua linha como um pervertido sexual cheiraria uma calcinha suja. Depois, levou dramaticamente a cabeça para trás e, quando voltou com os olhos à posição horizontal, era outra pessoa. Não era possível, com facilidade, descrever que espécie de pessoa era essa. Mas era diferente da que havia entrado. Era como se o ser humano por trás de um boneco de ventríloquo finalmente se pronunciasse com sua própria voz. Ele empunhou o livro de poemas como um César.

Nas urdiduras do dia, um sol rarefeito
transita pleno rumo ao fracasso.
Estranhas criaturas sobrevoam
a corrente néon de nossas índoles.
Não atravessarei jamais a fronteira
do que é preciso que seja ambíguo.
Pobre síndrome de menina rica,
máscara mortuária de uma dinastia.
Retorne ao pó o que do pó se fez
na penumbra de um instante fortuito,
onde o próprio Criador espera a sua vez.

O estranho homem parecia orgulhoso como um maratonista amador que completa a prova num tempo aceitável. Olhou ansioso por alguma coisa que não sabia o que era. Se era um sorriso, um aplauso, ainda que fosse apenas um, sonoro e seco, ou quem sabe alguma emoção disfarçada por um gesto obsceno qualquer. Mas Leiser, de braços cruzados, disse apenas:

— Daqui a pouco ela aparece aí.

Então cheirou outra carreira e passou o tubo ao homem, que avançou, dessa vez sem nenhum pudor. Quando se restabeleceu, ajeitou os cabelos, limpou as entradas das narinas e meteu a mão no bolso que havia na lateral do seu vestido. Recolheu, desajeitado, muitas notas soltas de dinheiro, que ofereceu a Leiser, dizendo:

— Isso dá pra quanto?

Sem dizer palavra, Leiser contou as notas, organizou sua ordem da menor à maior delas, depois pegou vinte trouxinhas das suas, que entregou ao homem. Ele guardou tudo dentro do bolso e, em vez de se virar e sair, pareceu hesitante, então disse:

— Esse é mesmo o Siberian Ice?

— O melhor do mundo, o Pó da Boa Verdade, diretamente do Azerbaijão – disse Leiser, catedrático.

— E você só vende isso? – disse o homem.

— Cinquenta conto pra chupar meu pau – respondeu Leiser automaticamente.

O careca mais uma vez olhou para trás, foi até a porta e girou a chave.

— Deixe aberta – disse Leiser.

— Mas e se entrar alguém?

— Tenho certeza de que não vai se impressionar.

O homem, então, girou novamente a chave e se aproximou do outro, mordendo os lábios. Ajoelhou-se e, sobre o tecido da calça, segurou o volume que havia ali, com firmeza e uma curiosidade que beirava a juvenil. Então baixou a calça e encontrou um pau ainda tímido, mas que pulsava como um coração de bicho, e o homem podia perceber. Depositou na boca com cuidado o pau grosso que, pelo toque, começava a crescer e se modificar, tornando-se avermelhado, com grossas veias roxas e verdes. O pau entrava e saía da boca do homem de joelhos vindo de cima para baixo, ainda maleável, até que se tornou bem duro e como que se espremeu contra a parede interna da bochecha do careca, que manuseava bem o instrumento do seu orgasmo pleno, através do orgasmo alheio.

Ter pensado na hipótese de que era ele a máquina de gozo de uma elite frígida mexeu definitivamente com as emoções do menino viciado, que arrancou bruscamente seu pau da boca do sujeito e, segurando seu pescoço, começou a estapeá-lo como se fosse de papelão. O homem caiu para trás e ficou vermelho e todo descabelado, ainda mais do que quando havia entrado.

— PUTOTOMANOTÁRIORRÍVELAÇÃODOCAPETA – disse Leiser da sua forma característica, durante seus momentos Tourette.

O homem se afastava o máximo que podia, com um filete de sangue que lhe escorria pelo canto da boca, arrastando-se no chão com as mãos para cima. Leiser chegou perto dele e agarrou sua cabeça por uma das orelhas. Com a mão livre, começou a massagear o pau até que ele voltou a ficar entumecido e grande como um kebab. Finalmente, Leiser gozou na cara do sujeito e, de olhos fechados, empurrou a cabeça dele para longe, enojado.

Porém, ao contrário do que poderia imaginar, o sujeito ficou ainda por um tempo no chão, ele também de olhos fechados, massageando sua própria face esporrada com o que parecia para ele um bálsamo sagrado. Quando se levantou, jogou mais duas notas de cem no cesto de vime, lavou-se na pia com displicência e, ao sair, mandou com dois dedos um beijinho para Leiser, que permaneceu indiferente a tudo, ainda um pouco fora de si.

Na verdade, depois de gozar, sentiu-se, finalmente, exausto. Como se as toneladas de uma agitação incontrolável tivessem despencado sobre ele com todo o peso acumulado. Sentou-se na beirada da jacuzzi, pegou uma lata de refrigerante no gelo acumulado e tomou dois goles compridos. Passou umas pedras de gelo pela testa febril e permaneceu por alguns instantes de olhos fechados. Mas logo percebeu muitas vozes do outro lado da porta, que, sem aviso, se escancarou fazendo um grande estrondo contra a parede.

Entraram um gordo vestindo um maiô preto frouxo e uma peruca cacheada laranja e um magro com um vestido vermelho encarnado que deveria estar colado no seu corpo, mas que estava frouxo também. Este último usava um turbante prateado e tinha todos os dentes da frente feitos de ouro. O terceiro elemento era uma mulher de cabeça raspada, um bigodinho ralo e botas de soldado, com um sobretudo muito elegante, fechado até o último botão na altura do queixo.

Falavam animadamente quando abriram a porta fazendo estardalhaço, mas, quando viram, no canto do grande espaço, a silhueta encurvada de Leiser, que ali estava largado feito uma sombra, um gás maléfico, um morto-vivo, tiveram a reação que uma pessoa teria diante de um prato com comida podre. Mas suas vaidades e perfeitas sintonias com a compreensão do péssimo funcionamento das coisas lhes impossibilitavam o espanto por muito tempo.

Houve uma pausa tchekhoviana, para uma ligeira reflexão. Quando voltaram a conversar entre si, parecia ter ficado estabelecido, sem que nenhuma combinação verbal precisasse ser acordada, que eles terminariam de falar o que estavam falando para, só depois, se concentrar em Leiser. Pois era o que, de fato, tinham ido ali fazer.

Mas Leiser saiu da vista e entrou numa das cabines privativas, fechando-se lá dentro em silêncio, com sua latinha de refrigerante e sua bolsinha com os papelotes comuns. Do lado de fora havia deixado, de propósito, seis carreiras gordas de pó. Duas pra cada um, pensou sentado na privada. Então sentiu uma imensa vontade de cagar. Fez isso de uma forma muito barulhenta, mas nada que atrapalhasse a falação do outro lado do cômodo, em frente à pia. Estranhamente, Leiser rezou, de um jeito leigo, mas com muita força de pensamento. Depois, ficou atento ao que era falado do lado de fora.

— A gente precisa fazer aquela camiseta: "ANITA DI GOZZI, EU TE ENTENDO!" – gritou o gordo de maiô.

Ouviu-se um grande escarcéu de risadas, que pareceram a Leiser artificiais, como um efeito forçado do uso de cocaína. Como se essas pessoas fossem incapazes de admitir que eram apenas viciados tristes, e não rebeldes iluminados, à procura de uma felicidade cuja promessa havia minguado em retornos cada vez menores de plenitude. Mas, para não darem o braço a torcer – porque, ao que tudo indicava, eram três poetas no recinto –, forjavam uma felicidade sem paixão e assim viviam, escarnecendo-se mutuamente, como hienas que disputam um pedaço pequeno demais de carne putrefata.

— Bicho – disse o magro de vestido, – a empresária dela veio falar comigo: "Querido, me ajuda a inserir a Anita nas rodas de leitura, ela precisa de uma forcinha, as pessoas antipatizam com ela". Uma forcinha, eu pensei, que tremenda puta!

— E pra que um poeta precisaria de um empresário, afinal? – questionou o gordo.

Então ouviram-se mais risadas e, depois, fungadas irregulares. Leiser parecia se divertir e já havia terminado de cagar. Estava pronto para sair, esperando o momento em que precisariam de mais uma carreira. Tentou fazer apostas mentais, chutando o tempo que levariam para pensar nele outra vez – um minuto e meio, trinta segundos, dois minutos – por causa do silêncio repentino que, uma hora, haveria de surgir. E ficou escutando.

— Cara, esse pó é bom. Será o Siberian Ice?

— Acho que sim. Mas eu nunca usei. Cadê aquele cara?

— Ele tava aqui quando a gente entrou, certo?

— Será que teve uma overdose na cabine?

— A gente precisa comprar mais pó, de preferência o Siberian Ice.

— Vai lá, cara, chamar o sujeito.

— Eu não, vai você.

— Que dois cuzões vocês são – disse a mulher e, dando alguns passos à frente, falou com alguma hesitação, um pouco mais alto, com as mãos em volta da boca:

— Ei, você tá bem aí, cara?

Então Leiser achou que fosse a deixa certa. Abriu a porta da cabine e andou até ficar a uns dois metros dos três. Ficou ali, de braços cruzados, a cabeça inclinada e um olho fechado, com a sobrancelha do olho contrário espetada para cima, como alguém que procura desvendar algo. Mas não disse nada.

— Que bela jaqueta essa daí, hein – disse a mulher cruzando também os braços, com um sorriso zombeteiro no rosto.

— Você é poeta? – perguntou o gordo. – Porque essa é, definitivamente, uma jaqueta de poeta.

— Jura? – disse Leiser com um sorriso radiante. Abriu as abas da jaqueta e olhou para si mesmo. – E o que faz dela uma jaqueta assim?

— Não é exatamente uma questão do *que* faz dela, mas *quem* faz dela – disse o magrinho, professoral.

— Então você tá dizendo que essa jaqueta parece uma jaqueta de poeta porque eu pareço um poeta.

— Você tá perguntando ou tá afirmando? – disse a mulher.

— Quem são vocês – disse Leiser. – Agora eu com certeza estou perguntando.

— Como assim? Na vida? – disse o gordo de modo infantil. – Ou aqui nessa festa?

— E faz diferença.

— Agora foi uma pergunta – disse a mulher.

— A sua foi.

— A minha não, a sua – a mulher mordeu o lábio inferior, olhando para Leiser agora com um legítimo interesse, porque, por mais que não passasse de um fodido e soubesse disso, diante daquelas pessoas ele era um fornecedor a ser temido, respeitado e, quem sabe até, seduzido, na tentativa de alguma regalia. Pois quase todos os adictos estão atrás de regalias.

— Vamos fazer o seguinte – disse Leiser. – Vocês me pagam imediatamente pelo papel que usaram ali na bandeja de prata, depois podemos voltar a conversar sobre estarmos perguntando ou afirmando coisas.

O gordinho desconfiou.

— Ali não tinha um papel inteiro, tinha? E tem certeza de que era o Siberian? Até que é bom, mas eu não tô tendo nenhuma viagem espiritual.

— Eram linhas bem gordas – disse Leiser, e puxou uma faca retrátil que o Russo lhe deu e que guardou no bolso interno da jaqueta. Era uma lâmina fina, mas muito comprida, como uma faca de matar porco. Qualquer um pareceria um psicopata só em mostrar aquela ferramenta de corte. Depois acrescentou:

— Creio que você seja completamente ignorante sobre os efeitos do Siberian Ice na mente do usuário. Essa substância procura o essencial de cada indivíduo, de cada *self*, como dizem, e o eleva tornando a sua essência algo sublime. Então, se você não sente nada de especial, a questão é sua e totalmente sua, e não da substância.

— A verdade é que eu fiquei bem chapado – disse o magrinho.

— Ok. Vamos levar mais vinte, se você tiver.

— É tudo o que me resta. Mas antes eu quero perguntar uma coisa – disse Leiser, guardando a faca e segurando suavemente o cotovelo da mulher careca. – Vocês são amigos da Anita?

— Sim, claro – disse o magrinho, que já estava um pouco mais calibrado que os demais. – Todos nós amamos muito a Anita!

— Como você fala sem rir, eu fico achando que diz a verdade – disse Leiser.

— Tudo que sai da boca como som é uma verdade divina – disse o gordinho.

— A gente pode conversar enquanto prepara as coisas? – disse a mulher

Leiser virou-se e foi outra vez até a cabine, onde havia deixado a bolsa de mão. Voltou com os papelotes, que despejou na bancada da pia e, antes de chegar perto deles novamente, começou a falar:

— Eu presumo que vocês sejam poetas também. Não muito bons ou, pelo menos, não muito famosos. E sobre isso eu talvez concorde com vocês. Porque existem muitos poetas muito famosos e muito ruins. Na verdade, a maioria. Mas, digamos que vocês sejam realmente bons, o que estaria fazendo aqui um bom poeta? Pensem bem, não deve ser muito difícil, olhem bem ao redor. Absolutamente nada a fazer aqui. Vocês percebem que aqui há tudo, mas não há nada?

Pegou de volta um saquinho. Olhou para ele bem de perto, segurando na ponta dos dedos.

— Olha isso aqui – disse num frenesi. – Não tem nada aqui. Quantas gramas? Um sopro e fuuuuu, acabou, sumiu. Além do que, vamos admitir, a gente não sente mais nada direito. Siberian Ice ou não, o fim está perto para todos nós. Ou melhor, acho que, poeta ou não, a gente vai perdendo a capacidade de discernir as coisas, conforme somos meio que empurrados adiante pela vida, no meio de uma escuridão que cresce, dentro e fora de nós. E sabe o que acaba acontecendo com quem passa por esse processo, ou seja, todo mundo? Essa pessoa se torna uma pessoa cínica. O mundo passa a girar em cada cabeça como ficção pobre, como árvores com galhos vazios. E sabe o que faz uma pessoa cínica? Ela desfruta daquilo que despreza. E vocês desprezam Anita Di Gozzi, mas se dizem amigos dela e estão aqui na casa dela pagando a um estranho por uma promessa improvável de alguma satisfação mística que os arranque para fora de uma realidade insuportável. Ou talvez por um entorpecimento dessa realidade cínica na qual um poeta acaba se encontrando quando perde o discernimento sobre tudo que é único na sua fragmentada existência.

Todos ficaram em silêncio, seus rostos contorcidos de dúvidas, de pensamentos nebulosos, com dificuldades de se conectar com o que estava sendo dito. Ao mesmo tempo, com exceção do gordo, que parecia mesmo contrariado, a mulher e o sujeito magro pareciam cogitar que aquilo pudesse ser algo importante de guardar, justamente porque estava acontecendo de uma forma inusitada.

— Eu consigo imaginar Oscar Wilde aqui – disse, por fim, o gordo.

— Mas isso é um frasista, um grande romancista, um dramaturgo, vá lá. Mas não é um poeta – disse Leiser.

— Realmente – disse o magrinho, pensativo, olhando para os próprios pés. – Não conheço nenhum poeta com grana que seja bom.

— Alejandra Pizarnik era rica e boa – disse a mulher.

— Filha de imigrantes russos, uma morta de fome, coitada – disse o gordo.

— E o que dizer de García Lorca? Era um filho de família rica – emendou a mulher.

— No caso do Lorca, o problema de ser viado era maior do que o de ser rico. E poetas viados há muitos – disse Leiser, com um rigor que guardava certo tom acadêmico.

— Será que não abrimos um pra nós quatro aqui agora? – disse a mulher, sentindo que a verdadeira literatura os havia aproximado, maravilhada com isso.

Tocou o braço de Leiser e olhou para ele com um charme envelhecido, brutalizado por anos de muitas decepções e falsa inteligência, ou usado até o colapso total pela simples incapacidade de sair do redemoinho em que havia se metido.

— O que você disse agora eu achei muito profundo – ela disse, – me fez pensar. Quantos anos você tem? Eu não saberia dizer.

Leiser sorriu olhando para ela enquanto rasgava o saco com os dentes e despejava o conteúdo na bandeja de prata.

— Daqui a um mês farei dezenove anos – disse Leiser. – E você tem quantos anos? Vocês – e olhou para os dois homens. Preparou oito carreiras.

— Todo mundo aqui tem idade para ser seu pai ou sua mãe – disse o magro.

— Mais de quarenta, então – disse Leiser.

— Mais de quarenta só ele – disse a mulher depois de cheirar sua carreira, apontando para o homem gordo de maiô.

— Imagina o que eu faria com um filhote desse – disse o gordo com malícia e uma expressão afetada.

Todos riram. Seguiram usando a cocaína em roda. Enquanto conversavam.

— Pois eu acho que você teria muito que aprender com ele – disse a mulher, em defesa de Leiser, que havia ficado visivelmente ofendido, mas não disse nada.

— De fato, eu tô pensando até agora naquilo que ele falou – disse o homem magro. – Quanta inspiração na cabeça de um garoto tão novo!

O magro era aquele tipo de pessoa que você nunca consegue saber se está falando a sério ou fazendo pouco da sua cara. Enquanto ele próprio, Leiser, não sabia fazer uma pergunta diretamente, aquele homem não conseguia de forma alguma não ser dúbio. Foi exatamente o que pensou Leiser, antes de dizer:

— Eu posso comer o cu dela enquanto vocês olham.

KLAUS

Russo estava deitado só de cueca e meias na cama imensa da suíte matrimonial de Ariela Di Gozzi. Esta, por sua vez, encontrava-se em frente à penteadeira procurando algo, vestida ainda com seu maiô e peruca encarnados. De forma agitada, escancarava com força as gavetas, mexia em tudo ali dentro, balançava a cabeça em negação. Então, do outro lado do cômodo, apareceu Anita, com um longo vestido púrpura rajado de brilhantes nas mãos.

— Klaus, olha aqui – disse Anita. – Agora você pode ser considerado um legítimo convidado dessa festa heterodoxa.

E entregou o vestido a Russo, que, de modo infantil, operou na cama um impulso de alavanca com seu corpo firme e bem treinado e surgiu de pé, como que por mágica, na frente de Anita, então pegou o vestido. Ficou um tempo massageando o tecido, com uma cara fechada. Depois, começou a vesti-lo. Era bonito ver um corpo tão bruto movendo-se tão delicadamente, com tanto cuidado e interesse em cada aspecto da roupa que vestia. Contudo, no meio do processo, ergueu a cabeça e olhou Anita diretamente nos olhos:

— Quero que me chame de Russo, como todo mundo.

— Mas eu sou todo mundo, por acaso? – disse Anita, cruzando os braços.

Russo terminou de puxar o zíper que deixou o vestido longo perfeitamente colado a seu corpo maciço. Ficou ainda mais bonito aquele corpo cheio de músculos e cicatrizes, formado por retângulos pesados, cheio de marcas de faca e tiro, delineado pelas pedras brilhantes em tecido roxo.

Depois ele segurou Anita pelo braço e arrastou a mulher com facilidade até estarem os dois diante de um grande espelho. Puxou com força as duas alças do maiô que ela vestia, revelando dois seios pequenos, empinados e com mamilos grossos, no centro de círculos perfeitos e amplos de pele escura rugosa. Russo então se agachou e puxou tudo, até o maiô cair no chão. Anita tinha as pernas levemente afastadas uma da outra e sua buceta, por aquele ângulo, se tornava um sombrio túnel de carne revestido por uma penugem descolorida artificialmente. Os grandes lábios do órgão eram como braços pequenos que pediam em eterna súplica.

Russo ficou agachado, apoiado numa das pernas, com a mão no queixo, observando Anita, que também se olhava sem vergonha e até com certa curiosidade genuína, como se estivesse verificando o desempenho de algo que havia acabado de comprar. Foi quando Russo sentenciou:

— Sim. Você parece uma pessoa qualquer.

— O que você quer dizer?

— Você perguntou se era todo mundo. Eu olhei e digo: sim, você é como todo mundo. Eu sou como todo mundo talvez. O que você acha?

— Daí vai depender do mundo. No seu mundo, você deve ser bem comum, eu imagino.

— Desconfio que possa estar enganada.

— Você sabe onde foi parar o seu amigo, como é o nome dele?

— Bolete, Tourete, Tourinho, Boi, Bezerro, Baby Bife, Leiser, Ki-Noia. Ele tem um monte de nomes. Você pode chamá-lo do que quiser e ele vai adorar.

De repente ouviram um grito:

— Arrá! – Ariela, aparentemente, havia encontrado o que procurava na gaveta da penteadeira. – Achei você, sua danadinha – ela disse, com uma tarântula cabeluda caminhando pelos seus braços de quase um século.

Tanto Anita quanto Russo pareciam não se importar com Ariela, como se ela não estivesse ali, ou estivesse ali há tanto tempo que era como se não estivesse mais. E Ariela, quase o tempo todo, se estivesse apenas com os dois, também não parecia dar a mínima para eles. Até que, como se levasse um susto, se dava conta de suas presenças físicas e, geralmente, não disfarçava o desagrado.

A velha escritora tinha como característica soberana a insistência quase fisiológica de não disfarçar nada. Isso havia lhe rendido fama e muita dor de cabeça, não exatamente a ela, mas aos que estiveram ao seu redor. Na frente de outras pessoas, Anita e Ariela se comportavam de forma mais viva, forçosamente interessadas no que houvesse à sua frente, com uma dignidade ácida e uma atenção displicente. Era como se esse trio tivesse uma intimidade através da qual eles pudessem fingir que não existiam, ou quase, um para o outro.

— Eu gostei dele, mas me nego a chamar o menino por esses apelidos idiotas.

— Ele gosta dos apelidos, preciso te dizer.

— Ele parece gostar de você também. Vi que ele te olha como se fosse um pai.

— Ele é viciado, Anita. Quanto a isso, não há dúvida. Talvez isso corrompa qualquer boa intenção que ele tenha por mim. Mas eu também vejo ele um pouco como uma espécie de filho.

— Isso é bonito. Posso vestir minha roupa de novo?

— Claro. Você agora vai procurar o menino, se bem te conheço. E vai cuidar dele, suponho.

— Fiquei preocupada com ele, sozinho, no meio dessa gente sem coração – disse Anita, piscando o olho.

Então Russo começou a se maquiar. Ariela havia ido ao banheiro com sua aranha e Anita vestiu seu maiô, retocou a maquiagem, depois saiu.

ISSO É UMA PERGUNTA?

Anita dirigiu-se ao banheiro principal, onde esperava encontrar Leiser vendendo drogas, porque era o que muitos estavam dizendo no caminho, que tinha um garoto vendendo drogas no banheiro, um garoto muito estranho. Quando chegou na frente da porta, não a abriu imediatamente. Encostou a orelha na porta. Tentou escutar. Era muito difícil discernir o que diziam, mas eram várias pessoas que falavam. "NÃO VALE MORRER!" – em instantes ela escutou, e ficou sem entender. Foi quando abriu a porta, um tanto apreensiva.

— *Clube da Esquina* ou o disco branco do João Gilberto? – gritou o gordo apontando diretamente para o sujeito magro, observado por Leiser, que tinha a menina, apenas de calcinha e sutiã pretos, deitada no seu colo, com um dos braços em volta do seu pescoço. O gordo estava de pé, o magro sentado, encostado na parede, ambos com os maiôs arriados até um pouco abaixo da cintura.

— João Gilberto, sem dúvida nenhuma – disse o magrinho, cruzando os braços.

— Como assim? – disse a mulher. – *Clube da Esquina* é o melhor disco do mundo!

O magrinho então olhou para Leiser.

— E você? Não vale morrer!

— Não conheço esses discos – disse Leiser, com arrogância. – Mas o melhor disco do mundo é com certeza *Sobrevivendo no Inferno*, dos Racionais MC's.

— Eu AMO esse disco – disse Anita, fazendo sua introdução na conversa.

Todos se olharam, depois olharam para Anita e soltaram uma estrondosa gargalhada – um pouco perversa, porque longa demais – que parecia coreografada, como o clímax de algo. Leiser estava apenas com sua jaqueta, mais nenhuma outra peça de roupa. Anita olhou diretamente para ele, que não fez nenhum esforço para se cobrir, e disse:

— O Russo pediu que eu viesse vigiar você.

— Então eu dei uma sorte danada – disse Leiser, e levou com delicadeza sua mão para dentro da calcinha da mulher que estava no seu colo. Ela se remexeu e fechou os olhos e mordeu os lábios. Leiser ficou com a mão ali, friccionando.

— Sua ratazana, já grudou no garoto – disse Anita olhando para a mulher e rindo. Então a própria Anita tirou seu maiô e ficou nua em pelo. Aproximou-se saltitante da banheira, tirou do gelo uma garrafa de champanhe que entregou ao gordo. Depois pulou sobre a mulher que estava no colo de Leiser, causando uma forte pressão. Ela e a mulher se beijaram e se acariciaram mutuamente como velhas amigas. Com o peso das duas mulheres sobre si, Leiser foi obrigado a espalmar as duas mãos no chão atrás das costas.

— Eu procurei essa garrafa por uma eternidade – disse o gordo, enquanto desenroscava a rolha. Ouviu-se um estalo e ela voou para longe. Todos bateram palmas, menos Leiser, que apenas sorria, de olhos fechados. Pareciam uma família hippie de um outro planeta.

O magrinho se levantou e serviu uma taça para cada um, como um perfeito cicerone. Quando se deu conta, Leiser percebeu que estava mais uma vez ereto. Seu pau latejava e doía, estava vermelho e inflamado.

— Eu acho que estou com alguma coisa no pau – ele disse enquanto inspecionava com minúcia o órgão intumescido.

— Deixe eu fazer um curativo nele pra você, querido – disse a mulher que não era Anita, mas parecia sua amiga, talvez sua antagonista na cena literária, pensou Leiser.

— Uma coisa que eu pensei agora é que eu não sei ainda quem são vocês – disse Leiser, olhando por sobre as duas mulheres em direção aos homens.

— É que somos todos figuras sem importância – disse o magrinho.

— Fale por você, querido. Sou Fran Coda, poeta e tradutor – disse o gordo, como um escoteiro se apresentando num acampamento.

— E você, meu bem? – disse Leiser, olhando a mulher que estava agachada na altura do seu colo e passava delicadamente a língua na cabeça do seu pau. Ela se virou para ele como faria um bicho com penas. – Você pode me chamar do que quiser, menino. Mas muitos me chamam de Jana Luna.

— Ela é performer – disse o magrinho.

— E você não vai dizer pra ele quem você é? – disse Anita, que olhava fixamente para o movimento de Jana Luna sobre o pau de Leiser.

— Eu sou o seu pior pesadelo – disse o magrinho, imitando um robô.

Todos riram, mas não por muito tempo dessa vez.

— Muito prazer – e o magrinho apertou a mão de Leiser de forma brincalhona. – Meu nome é Lagartixa Nick.

— Esse é um belo nome – disse Leiser, puxando a mão do magrinho com força para baixo e jogando seu corpo estreito direto no chão.

— Ele é dono da maior fortuna do país – disse Anita.

— Dono não, herdeiro... Quem sabe – disse Lagartixa Nick enquanto passava as mãos nos joelhos, sentando-se no chão ao lado de Jana, Anita e Leiser.

— Único herdeiro, aliás – disse o gordo de pé. – Por que você acha que eu ando com ele?

— Então imagino que seu pai deve ser o Crocodilo Nick – disse Leiser, forjando um bocejo e olhando com tristeza para o chão. – Nossa, que desinteressante! – e tirou a cabeça de Jana de cima do seu corpo, como se ela fosse uma almofada. Então se levantou e disse, primeiro para Jana, depois para os dois homens, numa reverência:

— Senhorita, senhores... Acho que meu serviço foi cumprido aqui. Chegou minha cuidadora, como vocês podem ver. Peço que me deem licença e tenham um bom fim de noite. Foi um prazer inenarrável estar com vocês.

Ergueu-se com alguma dificuldade, mas sem aparentar, e foi até a cabine vestir sua roupa, pegar suas coisas. Lá dentro, percebeu o que tinha feito com mais atenção. Os trinta papelotes de Siberian Ice permaneciam intactos no bolso da jaqueta cossaca. Na sua bolsinha particular, havia ainda sete papelotes de pó comum. Enganou os filhinhos de papai sem nem mesmo hesitar, agindo com total naturalidade. Venceu na trama da vida, por alguns instantes, que agora festejava por dentro, no auge do seu cansaço. Portanto, vendeu quarenta papelotes ao preço altíssimo do pó especial e, com isso, tinha o dinheiro dos trinta papelotes que havia recebido do russo, com uma margem de lucro que lhe pareceu abissal, mais dez papelotes que restavam para seu uso pessoal.

Sem saber por quê, pensou mais uma vez no ceguinho. Ele permanecia voltando à sua mente, como se, de alguma forma, sua presença estivesse próxima. Ficou confuso, não sabia o que pensar, mas achou que devia decidir alguma coisa. Ficou ali dentro, em silêncio, com os olhos espremidos e as mãos na parede, até que ouviu uma batida na porta e depois a voz de Anita:

— Tudo bem por aí, querido?

A porta se abriu e dela saiu uma figura acinzentada. Anita se espantou, como se estivesse diante de outra pessoa. De fato, era como se Leiser tivesse entrado na cabine um e saído outro.

— Eu não tô muito bem – ele disse, com a mão na testa que transpirava, por mais que fizesse frio naquele momento.

— Você tá meio esverdeado – disse Anita.

— Eu esqueci meu nome.

— Como assim?

— Meu nome verdadeiro, meu nome de batismo. Esqueci completamente.

— O Russo me falou que você tem um monte de apelidos.

— Pois é. Mas tenho um nome também. Um nome que minha mãe me deu. E que eu acabei de esquecer – disse Leiser com o cenho franzido, olhando para o chão. Depois deu uma gargalhada curta e alta, que fez Anita dar um salto para trás. Olhou para ela como um vilão de cinema, daqueles bem canastrões.

— Você tem medo de mim, Anita?

— Eu sinto que deveria ter, mas não tenho. Não tenho medo nenhum de você. Mas tenho algo comigo, que não sei o que é, e que me faz pensar em você. Talvez a gente seja um pouco parecido.

— E você consegue saber disso assim em tão pouco tempo...

— Isso é uma pergunta?

— Não sei.

— Eu saco bem as pessoas, eu acho.

— Será que é por isso que você escreve poesia?

— Acho que não. Pra ser sincera, acho que só escrevo poesia porque sou rica. Pra limpar minha riqueza. Ou da minha família.

— Engraçado – disse Leiser, pensativo.

— Engraçado o quê?

— Eu pensava que a pessoa escrevesse poesia justamente porque é pobre, pra dar um sentido à pobreza, pra que a pobreza não mate a pessoa.

— Isso acontece com os grandes poetas. Os ruins, em geral, são ricos como eu. Ou no mínimo têm a vida mansa.

— Eu não acho que você seja ruim. Na verdade, um cara veio aqui e leu um poema seu pra mim.

— E o que você achou? Diga sinceramente.

— Pra ser honesto, no começo não gostei. Não gosto de palavras pomposas, como "urdidura". E acho que você usava essa palavra logo no primeiro verso.

— Uma pena que eu não conhecia você quando publiquei aquela porcaria.

— Sabe, Anita, eu queria ter medo de você. Na verdade, eu queria ter medo de alguma coisa. Eu queria que a vida fosse tão preciosa que me desse medo de perder ela, a vida.

— Talvez você tenha medo do Russo.

— Eu tinha, não tenho mais. Nem dele.

Leiser olhou finalmente para Anita e viu que ela ainda estava pelada. Observou com atenção seus pelos pubianos descoloridos, a maneira natural como ela mexia seus membros estando completamente nua. "Como alguém que estará para sempre muito próximo do seu nascimento", ele pensou. E gostaria de ter anotado aquilo, algo que esqueceria rapidamente.

— Eu já vi muitas meninas de cabelo loiro e pentelho preto – ele disse. – Mas nunca tinha visto o contrário. Até agora.

— Você tem um olhar muito interessante das coisas. E fala tudo que pensa sem desvios, é muito estranho.

Ambos se abraçaram longamente, como dois irmãos. O sexo de Anita ficou aceso, mas sua cabeça estava tranquila, era como se estivesse dividida e o prazer viesse justamente de tentar sustentar essa divisão. Foi então que ela teve uma surpresa, como não tinha há muitos e muitos anos. Leiser segurou seu rosto com as duas mãos e, lentamente, começou a chorar, até que se encolheu sobre as pernas e abraçou os joelhos, chorando com um desespero sufocado, envergonhado e, ao mesmo tempo, de alívio. Ali ele havia se tornado um balão cheio de ar em que não haviam dado um nó. E que agora explodia finalmente, como um freio divino diante da iminente catástrofe de sua completa dissolução.

— Meu amor, vai ficar tudo bem – disse Anita, que pôs o menino no seu colo e começou a alisar seus cabelos. – Eu posso te chamar como você quiser.

— Acho que eu tô ficando maluco.

— Não se preocupe muito com isso. Não vale a pena. Olha pra mim.

— Você é rica.

— E, no entanto, sou tão triste. Você não é triste.

— Então eu sou um maluco-beleza. Que maravilha!

— Você é ainda muito novo. Não precisa saber quem é. Depois vai se sentir obrigado a inventar alguma coisa. Mas não ainda. E você parece feliz! É cheio de vida, isso é visível.

Ficaram em silêncio por um instante. Depois Leiser falou baixinho, já mais calmo, soluçando devagar:

— Às vezes, eu sinto que não sou gente.

— A verdade é que somos todos bichos. Essa coisa de ser gente não passa de uma construção simbólica.

— Isso é pomposo.

Anita deu uma risada muito parecida com a que Leiser havia dado há pouco.

— Sim, tenho que admitir. Mas é verdade. Às vezes, a verdade é um pouco pomposa.

— Acho que entendo o que você quer dizer. Como agora, por exemplo. Eu me sinto muito bem agora, aqui, no seu colo, com sua mão no meu cabelo. Essa é uma verdade pomposa.

— Você se contenta com muito pouco, garoto. Vamos, coloca uma calça, veste essa jaqueta e vamos dar uma volta pela festa.

— Eu posso levar você pra jantar...

— Não sei se está me convidando, mas são três da manhã agora.

— Eu acho que preciso dormir um pouco.

— Calma, você tá um pouco confuso. Primeiro, vamos tomar uma garrafa inteira de água.

— DESDE QUE NÃO SEJA FRANCESA! – gritou Leiser, assustando Anita.

— Tudo bem, então. Água da bica. Pode ser?

— Num copo com bastante gelo.

Vestiram-se, tomaram água, beijaram-se de forma contida, como um casal de longa data, e suas línguas estavam ambas geladas. Anita passou um tempo arrumando o cabelo de Leiser numa franja reta que cobria sua testa juvenil. Quando saíram pela porta, estavam de braços dados. Anita estava calmíssima, segura de sua própria presença em sua própria casa. Leiser estava apenas exausto. Apoiava-se com todo seu peso no braço de Anita.

O QUE FAZ A FOICE

Não seria uma surpresa que importantes figuras do meio cultural estivessem naquela festa, mas nenhuma delas era tão importante, naquele exato momento do curso da história, quanto Rogério Dalcut. Era o escritor mais vendido do país, tendo batido o recorde de vendas que se mantinha desde os anos sessenta e era de Saulo Quevedo, hoje em dia um autor aposentado que mantinha uma equipe de jovens autores-fantasmas para seguir com sua produção. Talvez essa fosse a grande diferença entre os dois. Enquanto Saulo era um perfeito burguês e um esbanjador – havia comprado um castelo medieval, dentro do qual praticava arco e flecha e falcoaria –, Dalcut era filho de dois ribeirinhos, uma indígena e um negro, nascido no lugar mais miserável e esquecido do país.

Desde o nascimento, Rogério esteve destinado a coisas importantes. Não seria um exagero dizer que Rogério Dalcut trazia vivo em suas veias o sangue de toda uma enorme devastação que precisava ser saldada. Ele personificava a causa de vida daqueles que não viviam mais e eram os personagens fundadores daquele país. Nisso Dalcut era imbatível, incontornável e, acima de tudo, merecedor. Isso deixava uma boa parte da classe literária descontente, sobretudo os intelectuais brancos de esquerda, de ascendência, em geral, europeia, que acusavam Dalcut de ser um oportunista histórico. Mas a larga maioria dos outros escritores se ressentia em silêncio e o aplaudia em público, invejando Rogério, sobretudo, por suas conquistas financeiras.

Havia algo de muito precioso – mas também perigoso, se nas mãos erradas – que era abundante em Dalcut: sua bondade inata, seu total desapego mundano, sua honestidade plena, seus olhos marejados ao falar sobre as coisas importantes da vida. Por assim dizer, Rogério era um homem transparente. Essa qualidade, num mundo afogado em cinismo e perversão, era algo que valia ouro e ele sabia disso: aquele era o limite do seu particular cinismo, que passava despercebido, porque a multidão que logo se formou em torno do seu nome não estava de modo algum procurando por isso nele.

O mundo terrível, branco e patriarcal precisava de um porta-voz que fosse exatamente o oposto do que esse mundo representava, o oposto do que ele praticava. Para permanecer viva e no topo da pirâmide social, a elite que comandava esse mundo precisava financiar algo que fosse a sua antítese e que, acima de tudo, parecesse legítimo. Não valeria nada na luta pela manutenção do poder cooptar alguém através de suborno ou criar um antagonista artificial. Homens pequenos com mau hálito, calvos ou com perucas, narizes enormes e rostos vermelhos de ganância e lascívia, olhavam para Rogério como algo que podia os salvar do colapso, num mundo que parecia cada vez mais impossível tão somente porque esses homens existiam da forma como existiam: concentrando, comprando, pilhando, matando. Ele poderia ser a salvação do espírito desse mundo, que pagaria o quanto fosse necessário para se colocar no centro das pautas progressistas e lucrar com elas. Assim, a elite financeira exercia sua melhor publicidade: convocando as pessoas contra as práticas desumanas que ela mesmo havia estimulado e que havia gerado, noutros tempos e ainda agora, sua fortuna incalculável e sua influência política.

Essa estratégia, no mundo desta narrativa, devia englobar todas as pessoas, sobretudo os bons de coração, que se tornariam estandartes economicamente portentosos e um escudo social contra as práticas de pessoas que pagavam por isso e necessitavam de proteção simbólica. Assim, a mulher branca rica devia ser a maior especialista em determinado escritor negro miserável. O dono de uma livraria se tornava gerente de um frigorífico de concentração cultural. Nesse contexto, era como se Rogério se tornasse uma espécie de purificador de almas. Todos os que liam *O que faz a foice* – seu único livro até aqui, com o qual ele havia arrebatado todos os prêmios literários disponíveis e ficado rico – ou, mesmo, os que não liam seu livro, mas o compravam da mesma forma que um bêbado pode comprar uma Bíblia, andavam com ele na bolsa ou debaixo do braço como um talismã da sorte ou símbolo direto de certa distinção moral.

Talvez a maior arrogância de Rogério Dalcut – que teria um preço a ser pago num futuro não muito distante – tenha sido não desconfiar de tão privilegiada posição. Aceitou tudo como se fosse do tamanho do seu mérito e, nisso, apesar de toda inveja que circulava ao seu redor através de elogiosas máscaras, cometeu um grande erro. Ninguém tem o mérito de estar tão acima de todos. Mas ele logo comprou um cão de raça e se mudou para um bairro nobre da cidade, cercado e protegido por seguranças particulares. E o que havia surgido de um orgasmo ligeiro, uma vontade de comer na mesma mesa que aqueles que trucidaram sua árvore genealógica, uma curiosidade tacanha, como talvez ele pudesse pensar de si próprio, um homem vaidoso e limitado, que não passava ele mesmo de um sujeito tacanho; aquilo começou a cobrar uma pesada barganha pelo que ele tinha de mais bonito, sua vontade ansiosa de pertencer ao mundo, junto com todo mundo, nem menor, nem maior do que ninguém. Mas nada disso aconteceu, esse momento em que se para e se pensa. Ou melhor, faltou que apenas isso acontecesse, essa autocrítica, esse *muito bem, é o que está acontecendo, preciso encarar essa mudança de frente,* e tudo poderia ter tomado um rumo completamente distinto.

Porém, quem poderia dizer que a riqueza e o sucesso fariam mal? Era o caso particular de Rogério, mas ele não dizia isso a ninguém, que seu sucesso era um fracasso de tudo que ele amava. Porque Dalcut havia sido alçado ao papel de representante de um povo inteiro, que era um povo partido em vias de extermínio. Então, num primeiro momento, na onda das premiações que o colocaram da noite para o dia nas capas de todos os jornais e nas conversas entre pessoas do mundo literário, preferiu pensar que aquilo fosse uma espécie de depressão pós-parto, de melancolia da vitória. Mas, depois, foi ficando claro que aquela era uma condição que se intensificava conforme aumentava sua notoriedade como escritor e militante das demandas populares.

Foi só então que começou a doer. Sua editora era um fio bonito de cabelo na cabeleira do maior banco do país e um dos maiores do mundo. Aquilo começou a doer fino, como uma agulha entrando no buraco do ouvido. Lentamente e sem parar, uma agulha sem fim.

Ainda tentou alguns tratamentos em spas para artistas. Foi a Cuba, mas ficou num resort. Meditou no Rio Ganges, mas dentro de um navio de luxo. E a única coisa que mudou foi ter se tornado, aos poucos, um bebedor compulsivo, quando passou a flertar em segredo com jovens rapazes que, na verdade, não eram muito mais jovens do que ele mesmo. Mas tudo de forma clandestina. Suas conquistas o haviam transformado num velho terminal, um espião, um traidor, uma pessoa de vida dupla que não tem, na verdade, vida nenhuma.

Pensava nisso na manhã do dia da festa na casa de Ariela Di Gozzi, à qual tinha sido convidado com todas as honras, através do seu empresário. Já era ridículo quando eu tinha um agente literário, ele pensava em meditação, agora tenho um empresário.

Rogério havia pegado no sono na varanda imensa, cheia de plantas, da sua cobertura, quando faltava um quarto para terminar sua garrafa de vinho branco. Ficou ali mesmo, na extensa varanda, em frente ao Oceano Atlântico, deitado numa espreguiçadeira. Foi acordado pelas lambidas do seu cão no rosto. Vestiu um roupão, demorou para encontrar os chinelos, depois se arrastou como um ancião até o banheiro da sua suíte de cem metros quadrados quase sem adornos, exceto pelas paredes num tom de azul turmalina. Não havia quadros, não havia livros, não havia nada ali que pudesse contar a história de alguém, e Rogério ficou por um tempo, sentado na privada, tentando lembrar as feições do corretor de imóveis que vendeu para ele aquele apartamento, mas não conseguiu se lembrar. Não lembrava nem mesmo quanto custou aquilo. Era como se ele fosse alguém que visita o apartamento de um famoso escritor, o mais famoso de todos os tempos, ao ponto de muitos terem orgulho de serem da mesma época que ele.

Deu a descarga, depois se apoiou com as duas mãos na pia de granito, em frente a um enorme espelho, preso diretamente na parede, sem moldura. Tinha trinta e cinco anos e estava esgotado, no final da linha da vida. Por que aquilo tinha acontecido com ele? Era um sofrimento tão solitário, porque seria vergonhoso compartilhar com alguém. No topo do mundo não se via nada. Talvez por isso os milionários pensem tanto em ir até Marte, pensava Rogério Dalcut, enquanto apalpava as bolsas de gordura que começavam, dia após dia, a devastar seu rosto ameríndio.

Ultimamente vinha pensando que se tornava cada vez mais parecido com um pinguim. Até mesmo sua caminhada era a de quem não vê sentido algum numa perna após a outra. Espantava-se consigo mesmo a todo momento. Como poderia estar tão triste assim? Quando era pobre, um completo desconhecido, sentia-se muito triste também, mas era uma tristeza fácil de compartilhar e muito justificada, clamorosamente dividida com outras pessoas que também se sacrificavam. Depois do sucesso, não há mais nada. A vida havia se tornado insossa e sem surpresas. Porque as pessoas passaram a reagir à sua presença nos lugares públicos como se ele fosse uma estátua de si mesmo. E na sua estátua de si estavam todos os homens que não mediam esforços para destruir o que ele trazia pulsando no seu sangue.

Foi nesse espírito que seguiu até a praia, para caminhar um pouco, sentar-se na areia, esfriar a cabeça, esperar aquela sensação de sufocamento existencial passar. Tinha tempo e dinheiro, coisas muito raras nos dias correntes, mas não tinha alegria. Era um boneco na mão do mundo. E fazendo o que mais amava! Como podia ter acontecido essa corrupção de algo que era a única coisa realmente bonita dentro dele? Agora era famoso, as pessoas se aproximavam e tiravam fotos, como se fosse um homem que aparece numa novela da televisão. Isso o deixava humilhado, porque ele gostaria que as pessoas se espantassem, tinha desejo de entortar as cabeças de toda gente, sobretudo os ricos e brancos. Contudo, aconteceu o exato oposto: os brancos e ricos o tinham comprado e dado a ele um papel que os engrandecia como elite consciente. Os brancos tatuaram seu nome original na pele do espírito, que era fina e assim continuaria, mas engrossava razoavelmente através da proximidade com Rogério. E todos, de repente, queriam estar com ele. E já não era mais possível medir quem eram aquelas pessoas, que apareciam em hordas, como que saídas das latas de lixo e dos bueiros. Então, Dalcut passou a dar beijos e abraços sem mais prestar atenção. Perdeu a forma toda peculiar que tinha de avaliar o caráter de uma pessoa por vez. Isso não era mais possível e, depois da publicação do seu livro, nunca mais seria. Mas agora, bastava ele atravessar a rua, enquanto era ainda bem cedo, e não iriam incomodá-lo. Vestiu seus óculos escuros, boné, máscara antiepidêmica, calça de flanela, chinelo, e seguiu com a camisa no ombro pela porta de serviço do prédio, sem falar com ninguém.

Era muito bom estar sozinho, isso ajudava a desacelerar o coração, pelo menos. A praia estava quase completamente vazia, com exceção de uma pessoa que estava sentada bem perto do mar. Foi caminhando sem saber o que fazia, para onde ia. Quando se deu conta, a pessoa solitária estava bem mais perto. Rogério apertou o passo e a ultrapassou, seguindo diretamente até o mar, onde ficou chutando água com desleixo, depois enterrou os pés na areia molhada, esperou por alguns minutos. Finalmente virou-se e, discretamente, olhou para a pessoa além dele.

Era um homem que parecia muito novo, sem camisa, de calça de sarja encardida e muito velha, além de justa demais. Não que o homem fosse gordo, pelo contrário: tinha o corpo de um surfista, as costas largas com a cintura fina e as pernas torneadas, mas esguias. Na verdade, Rogério percebeu depois de desviar o olhar, com medo de ser interpelado ou constrangido pela presença do estranho, que aquele homem tinha uma beleza estonteante. Era muito estranho, porque, quando olhou novamente para ele, a cerca de dez metros dele, Rogério teve a nítida impressão de que o rapaz não tinha percebido que ele estava ali.

Era a primeira vez em muito tempo que Rogério tinha a sensação de não ser percebido, e aquela impressão refrescou sua mente como pedra de gelo despejada numa panela quente. Deu mais alguns passos tímidos na direção do homem, na verdade um garoto, que tinha a pele cor de oliva, de uma oliva brilhante, que Rogério só tinha visto nas reproduções das divindades hindus em Varanasi. Mais perto, percebeu que, ao lado do garoto, que mirava o horizonte sem nem mesmo virar a cabeça na direção do escritor, havia uma caixa e uma placa em que se lia: UMA CANETA / DOIS CONTOS. Mas não havia nenhuma caneta ali, só um monte de lixo e folhas de árvore.

— Ei, rapaz, tudo bem?

Não soou natural a si mesmo. Nunca tinha usado a palavra "rapaz".

— Olha – disse o garoto, – eu realmente não posso reclamar.

O garoto continuava mirando o horizonte. Rogério tirou os óculos escuros e a máscara, sentou-se na areia ao lado dele. Tentou olhar o que ele olhava. Logo desistiu e virou-se para o garoto. Era realmente um espetáculo. A mandíbula quadrada e uma fina penugem no lugar da barba. Aquela mandíbula podia puxar um carro, pensou Rogério sem entender por quê. Então disse:

— O que você vê?

— Não vejo nada, pra falar a verdade – disse o garoto e abriu um sorriso de dentes tão brancos quanto as nuvens de um dia perfeito. Os dentes também eram perfeitos, alinhados, e os dois da frente um pouco maiores, com enormes caninos.

— E mesmo assim não se sente triste. Queria saber fazer isso.

— Não ser triste?

— Não ver nada e ser feliz.

— Agora ouvindo você falar, pareceu difícil.

— Qual o seu nome?

— Pode me chamar de Reizinho.

— Reizinho! Combina demais – disse Rogério soltando uma gargalhada infantil, da qual quase imediatamente se envergonhou.

— Ou me chamam assim, ou de ceguinho.

Rogério engoliu em seco quando percebeu do que se tratava.

— Você me desculpe, eu realmente não tinha percebido.

— Isso é porque eu não tenho olho de cego.

— É verdade, acho que é por isso mesmo. E o que você faz aqui a essa hora, Reizinho?

— Agora eu não tô fazendo nada mesmo.

— Mas e antes, você fazia alguma coisa antes?

— Eu vim vender caneta na praia. Antes eu vinha com a minha mãe. Mas agora ela morreu e eu venho sozinho.

— Sinto muito – disse Rogério, com ar preocupado. – E faz quanto tempo que ela morreu?

— Acho que foi ontem ou anteontem, agora fiquei na dúvida.

— E você conseguiu vender as canetas, imagino.

— Um rapaz me disse que eu tinha ainda quinze canetas. Mas isso foi ontem. Depois ninguém mais falou comigo. A não ser uma senhora, que me deu comida.

— Olha, eu uso muitas canetas, posso dar uma olhada?

— Fica à vontade, senhor.

— Nada de senhor, não sou muito mais velho que você.

— Mais uma vez eu me enganei. Eu às vezes imagino as pessoas com a idade diferente da que elas têm. Eu acho estranho, mas acontece sempre. Pensei que você fosse um senhor de idade.

Rogério parou, refletiu, virando-se para o mar.

— Acho que talvez eu tenha me tornado.

— Mas como, se você é novo? Tem quantos anos?

— Trinta e cinco, e você?

— No máximo, vinte e cinco.

— E no mínimo? – disse Rogério depois de uma risada.

— Vinte.

— Você me parece mais novo que isso.

— Acho que isso é porque eu sou um pouco besta – disse Reizinho com uma naturalidade constrangedora.

— Não acho você besta. Ou talvez sejamos todos – disse Rogério, reflexivo.

Vasculhou a caixa e encontrou cinco canetas largadas, que provavelmente ninguém havia visto para poder roubar. Pegou todas.

— Espera um pouco, não tenho dinheiro – disse Dalcut.

— Não tem problema. Me dá um prato de comida.

Rogério ficou em silêncio, encarando o cego que olhava sem ver o horizonte, digerindo aquela frase. De repente, falou:

— Tive uma ideia. E se eu fosse em casa, que é aqui do lado, pegasse a carteira, tirasse dinheiro, voltasse, comprasse as canetas e te levasse pra almoçar. O que você acha disso, Reizinho?

— Eu acho uma ótima ideia – disse Reizinho num amplo sorriso. – Agora?

— Agora.

Então se levantaram e Rogério limpou a areia da sua bunda. Ajudou Reizinho a se limpar também. No caminho, tiveram este diálogo:

— E você faz o quê?

— Sou escritor.

— Nossa! Acho que nunca conheci um escritor antes.

— Não tem nada de mais.

— Bom, eu nunca li um livro. Porque, quando eu fiquei cego, não tinha dado tempo de aprender a ler. Então eu acho que deve ser muito legal poder escrever, pra depois alguém ler.

— Tem razão. É mesmo algo muito legal. Mas é muito complicado também. Pelo menos pra mim.

— Por quê? Você não escreve bem?

— Acho que não é isso. Não sei se escrevo bem. Na verdade, isso não importa muito. Eu escrevo, ou escrevia, porque me dá, ou me dava, um prazer enorme, sabe? Mas agora não sei mais.

— Fico pensando o que é um prazer enorme pra mim.

— Uma coisa que a gente gosta muito de fazer. Você, por exemplo, o que gosta muito de fazer?

— Ah, eu gosto muito de dormir, de sonhar dormindo – disse Reizinho com súbita alegria.

Então, chegaram ao prédio de Rogério Dalcut. Por um instante, ele não soube muito bem o que fazer. Olhou para os lados e depois para Reizinho, que seguia de braço dado com ele por trás de um sorriso.

— Por que você não sobe comigo, toma um banho quente, eu te empresto uma roupa bonita, eu mesmo posso tomar um banho, depois a gente vai comer?

— Acho uma boa. Quantos livros você escreveu?

— Um só.

— E como ele chama?

— *O que faz a foice.*

— Desculpa perguntar, mas o que é uma foice?

— É tipo uma faca gigante, muito afiada e curva, que as pessoas usam pra cortar mato.

— Parece uma coisa perigosa.

— Tem esse lado também.

Entraram no elevador. Rogério apertou o botão da cobertura.

— Isso é uma pergunta? – disse Reizinho subitamente.

— O quê?

— O que faz a foice. É uma pergunta?

— Olha, pode ser. Na verdade, não sei.

— Eu também faço um monte de coisas que não sei.

Chegaram. Rogério girou a chave e logo apareceu seu cão mastim napolitano, pesado e pelancudo, que pulou sobre Reizinho o levando ao chão.

— Sophia Loren, não faça isso! Muito feio – disse Rogério, de forma enérgica, mas sem conter o riso, enquanto Reizinho, de costas no chão, era lambido pelo cão, na verdade uma cadela, e ria animadamente.

Finalmente, Rogério conseguiu conter Sophia Loren e levantar Reizinho do chão. Levou o rapaz até uma cadeira baixa que estava perto da entrada e depositou seu corpo com cuidado sobre o assento.

— Vou buscar uma toalha pra você. Você acha muito doido se eu escolher uma roupa pra você também? Quer dizer, tem algum tipo de roupa que você gosta mais de usar?

— Qualquer roupa é boa pra mim, obrigado – disse Reizinho, massageando a cabeça de Sophia Loren, que tinha gostado muito dele. Mesmo sendo uma cadela, talvez ela soubesse de algum modo que estava diante de alguém muito bonito dentro da escala de beleza da sua espécie. Rogério desapareceu por um longo corredor escuro enquanto Reizinho ficou ali com Sophia Loren, que havia se deitado aos seus pés, com a língua de fora, extasiada.

Dentro do seu closet, Rogério fechou os olhos e imaginou que roupas poderiam ressaltar ou, ao menos, não atravancar tamanha beleza. Abriu os olhos e começou a abrir gavetas, vasculhou entre cabides e, por fim, escolheu um colete verde esmeralda, que havia se tornado justo nele, mas se moldaria perfeitamente ao corpo esbelto de Reizinho e seria, por dentro de tudo, o destaque da sua vestimenta, e uma jaqueta aberta de brim escura, com a gola grossa, toda em veludo grená, iria por cima de tudo. A calça era de veludo preta folgadona, num estilo bombacha, que afunilava na altura dos calcanhares. Para completar o figurino, uma sandália italiana trançada com tiras de couro estreitas e em número suficiente para quase dar a ela uma aparência de sapato fechado. Tinha um cano um pouco mais alto, também de couro queimado. Nunca tinha usado essa sandália, estava dentro da caixa e, quando a recebeu de presente, não lembrava agora de quem, pensou sobre como era extravagante e como as pessoas talvez estivessem começando a pensar que ele era um tipo excêntrico. Por baixo do colete, Reizinho vestiria uma camisa de seda vietnamita que Rogério havia comprado em Saigon, numa viagem triste, porque meramente turística. A camisa tinha os botões de madeira perolada, cor de caramelo. Meias novas e uma cueca boxer da Marks & Spencer.

Voltou radiante com tudo aquilo na mão, sentindo uma estranha energia maternal que emanava por aquele menino cego, tão menino quanto ele mesmo. Quando chegou na sala, encontrou Reizinho aninhado em Sophia Loren no chão de mármore, como dois integrantes da mesma matilha. Os dois dormiam tranquilamente.

Rogério sentou-se na poltrona onde antes estava Reizinho e ficou olhando aquela cena de ternura. Acendeu um cigarro e começou a fumar. A fumaça despertou Sophia Loren, que se ergueu sobre as quatro patas e veio lamber a mão do seu dono. Quando abriu os olhos, Reizinho parecia olhar para Rogério quando disse:

— Desculpa, acho que acabei pegando no sono.

— Imagina! Se é o que te dá mais prazer, faça à vontade.

Reizinho ficou sentado no chão sem dizer nada, com os braços apoiados nos joelhos. Então Rogério disse:

— Trouxe umas roupas pra você vestir e uma toalha. Quando você quiser, te levo até o banheiro.

— Depois a gente vai comer?

— Depois a gente vai comer.

— Ótimo. Pode ser agora, então.

— Isso é uma pergunta?

— Não, quer dizer, não sei – disse Reizinho, coçando a testa, depois sorriu.

— Eu te levo lá agora, então. Escuta: eu posso te chamar de Rei? Acho Reizinho legal, mas é muito comprido. Além do que, vão achar que a gente é namorado.

Reizinho deu uma longa gargalhada, levando a cabeça para trás.

— Essa foi boa – ele disse. – E não teria problema nenhum, desde que você seja bonito. Você é bonito?

Rogério Dalcut corou.

— Acho que ninguém nunca me perguntou isso.

— Não precisa responder, se não quiser.

— Não, eu vou responder. Eu quero responder. Talvez eu seja bonito, sim. Ou pelo menos já fui bonito. Agora não sei se sou mais. Certamente não tão bonito quanto você.

— As pessoas dizem que eu sou bonito e eu fico imaginando como. Fico imaginando o que é uma pessoa bonita de verdade. E que talvez seja como eu mesmo. Isso é bem engraçado de pensar.

— Eu duvido que as pessoas achem isso engraçado quando olham pra você – disse Rogério. – Aqui sua roupa, escolhida a dedo, e sua toalha de banho. Eu te levo até o banheiro de hóspedes e tomo banho no banheiro do meu quarto.

— Desculpa perguntar, mas quantos banheiros tem aqui?

Rogério percebeu que nunca havia pensado nisso antes. Demorou um pouco, contando mentalmente, para responder.

— Rapaz! São sete banheiros. Na verdade, cinco banheiros e dois lavabos.

— Nossa, quanto banheiro! Sua família deve ser muito grande.

Aquilo, de algum modo, calou fundo dentro de Rogério. Mas ele não demonstrou se abater. Podia até exibir sua fragilidade cada vez mais evidente de si para si, mas não ainda aos outros.

— Ela era muito grande, mas bem antes de mim. Muito tempo atrás, ela era enorme. Agora meus pais morreram.

E todo mundo antes deles. Ficamos eu e uma prima muito distante, de terceiro grau. Descobri isso outro dia, aliás. Então sou basicamente eu. E Sophia Loren, claro.

— Quantos anos tem a Sophia Loren?

Era uma boa pergunta. Ele já havia recebido a cadela crescida.

— Deve ter uns dois anos, mais ou menos.

Então pensou que a existência da cadela em sua vida tinha o tempo da sua fama e riqueza. Talvez fosse por isso que não conseguia amar Sophia Loren de verdade, porque ela era um símbolo de falsa vitória, um ouro de tolo, uma faixa de chegada, uma medalha no peito, mas não algo pelo que se pudesse viver. Aquilo amargurou profundamente Rogério, que pensou em dar imediatamente Sophia Loren ao rapaz na sua frente, entregar a ele as chaves da sua casa, do seu carro, mais precisamente dos *seus* carros, e sair ele mesmo por aí, furar os olhos no caminho como Édipo para se tornar um cego andarilho.

Levou Rei até o maior banheiro da casa, que fazia conexão com um salão de esportes com sauna, piscina aquecida e uma banheira de hidromassagem para quatro pessoas com folga. Ficou um tempo parado na frente do novo amigo, sem saber exatamente o que fazer. Então disse:

— Aqui estamos. Acho que vou tomar o meu banho no chuveiro aqui da sauna. Você quer alguma ajuda?

— Me leva até o chuveiro, por favor.

Rogério tocou levemente o braço de Rei, que se conteve e disse:

— Primeiro deixa eu tirar a roupa, rapidinho.

E, rapidamente, se desfez da calça suja. Aquilo era basicamente, naquele momento, toda sua roupa, fora os chinelos de dedo, que havia deixado, como um rapaz pobre e educado, na porta do banheiro. Rogério desviou o olhar para o lado quando Rei tirou a calça, tampando os olhos com a palma da mão. Mas, movido por um ímpeto incontrolável de curiosidade, até aqui puramente estética, voltou a olhar para o corpo do rapaz. Sua boca se abriu vagarosamente e assim ficou, escancarada.

— Você tá aí? – Reizinho interrompeu a contemplação embevecida de Rogério.

— Sim, claro, aqui meu braço.

Levou o rapaz até o box de vidro grosso, que abriu. Disse:

— Cuidado pra não tropeçar – e Reizinho estava lá dentro. Abriu a torneira de água quente, que quase imediatamente começou a produzir vapor. Logo, Reizinho se aproximou do som que fazia a água corrente e sumiu de baixo da nuvem de vapor.

Os olhos de Rogério lacrimejaram em contato com a limpa e cheirosa transpiração que aos poucos tomava o banheiro. Então, ele tirou a roupa e, em vez de seguir até a sauna, entrou no boxe atrás de Reizinho e ficou de pé observando enquanto ele se ensaboava. Sentiu-se, de repente, muito sujo e pervertido. Mas pensou não ser notado, até que ouviu Reizinho dizer:

— Você veio também.

— Isso é uma pergunta? – disse Rogério, e os dois riram juntos.

Com dois passos, Rogério tocou com seu próprio pau, que já estava excitado, a coxa de Rei, que seguiu se ensaboando, dessa vez agachando-se para lavar os pés. No que fez esse movimento, Rogério abraçou Reizinho por trás e sentiu com as duas mãos o pau do rapaz, que não estava duro, mas era grande demais para ser real, certamente o maior pau que havia visto na vida fora dos filmes de sacanagem ou dos inferninhos gays que frequentou, incógnito, ao redor do mundo, já que agora era impossível fazer essas expedições noturnas em seus próprio país, por conta dos paparazzi e da homofobia homicida local.

Encheu as duas mãos com aquele pau, ensaboando devagar, até que ele foi crescendo e ficou realmente descomunal, virado para o lado por conta do próprio peso. Rogério ficou de cócoras, abriu as duas nádegas de Reizinho – duras como pedras – com os dedos e enfiou a língua ali. Ficou um tempo fazendo movimentos rotacionais com a língua até que ouviu Reizinho dizer:

— Nossa, isso é muito bom!

Então se levantou e disse no ouvido do outro:

— Agora você me acha bonito.

— Se isso for uma pergunta, ainda não sei – disse Reizinho. – Muitas vezes eu me engano.

Então, Rogério cuspiu nos dedos de uma das suas mãos e passou a saliva no próprio sexo para, com fôlego descompassado, penetrar Reizinho por trás, primeiro lentamente, mas cada vez mais rápido, num ritmo firme e progressivo. Por uma pequeníssima fração de tempo, enquanto gozava, rápido demais, é verdade, mas também de forma total, o êxtase do orgasmo levou tudo embora – aflições, dúvidas, inseguranças – e, no auge de um milésimo de segundo, não havia mais uma posição que ele devesse ocupar, não havia uma escalada aos picos da fama e da notoriedade, nada mais a dizer ou fazer para marcar a história do mundo com sua presença. Um novo marcador, ele pensou, mais elevado do que todos os outros. Aquele esperma que jorrava violentamente de dentro dele como a mais vigorosa produção do seu corpo, muito maior que toda literatura que poderia um dia produzir, era o grande divisor que faltava em sua vida e o maior presente que tinha a oferecer, pois, com aquele orgasmo cheio de uma ternura inédita por alguém que recebia seu elemento, Dalcut recuperava num instante seu amor próprio e pelo mundo, algo que muitas pessoas queriam receber, mas ninguém na verdade podia, porque ele mesmo vinha se tornando uma parede contra tudo em volta. Mas agora tudo que tinha de mais valioso estava sendo transportado diretamente ao corpo carnal de um ser de outro mundo, um catalisador, ele pensou enquanto ainda resfolegava, de olhos fechados e chorando um pouco, com a certeza de que algo havia terminado para dar início a uma nova forma de viver.

Depois de esvaziado, Rogério não sabia mais o que estava fazendo, nem da sua vida, tampouco do seu dia, que havia dado uma guinada da qual jamais poderia suspeitar: apaixonar-se por um mendigo cego, que se chamava Reizinho e era a pessoa mais bonita de todos os tempos, por dentro e por fora. Sorriu infantilmente quando abriu os olhos e percebeu que Reizinho se ensaboava outra vez, com uma dedicação compenetrada, típica em certas crianças caprichosas.

— Você gosta mesmo de tomar banho – disse ao companheiro, sorrindo.

— É uma coisa tão boa, a água – Reizinho respondeu, com seriedade.

— Sabia que a pessoa é quase toda feita de água?

— Não sabia, mas é fácil de pensar, agora que você falou.

Por fim o próprio Reizinho desligou a torneira, depois de tatear um pouco a parede, e começou a pular e sacudir pernas e braços. Nada em seu semblante denotava que ele tinha acabado de ser sodomizado. Seu pau visivelmente não estava duro, mas tinha, em descanso, o tamanho de um pau grande ereto. Sacudia-se no ar como se fosse um animal à parte, fazendo um som de pele se chocando com água.

Rogério apanhou as duas toalhas, largou uma num gancho preso à parede e, com a outra, começou a enxugar levemente o corpo ainda úmido de Reizinho, que espalmou as mãos abertas contra a parede e abriu bastante as pernas esticadas, fazendo Dalcut pensar no Homem Vitruviano de

Leonardo da Vinci. Terminados dorso, axilas, braços e orelhas, Rogério agachou-se como um súdito diante de um rei, de fato e direito, e passou a dedicar-se às pernas, aos pés, que apoiou um de cada vez na sua coxa, pés com dedos curtos e perfeitos, pés de estátua grega, com o dedo mindinho levemente recolhido em relação aos demais. Depois cuidou com esmero de cada pequena reentrância, debaixo das bolas, perfeitas como as das árvores de Natal – então Rogério pensou, vagamente, na sua família desmantelada –, depois secou virilhas e umbigo, sacudindo a cabeça lentamente, um pouco sem acreditar. Então ficou alguns minutos apenas secando aquele pau de almanaque.

— Assim vou pensar que sou mesmo um rei – disse Reizinho.

— Pra mim você já é – respondeu Rogério de forma totalmente espontânea. Então percebeu que havia perdido o medo da vida, voltando a ser como era antes de ser famoso, o jeito de ser que, gostava de pensar, o havia tornado famoso, mas que depois havia desaparecido, se corrompido, tornando-se outro, desprezível, esperado, óbvio, mundano. Recuperava naquele momento, portanto, um pouco de franqueza consigo mesmo e, de repente, sentiu que poderia voltar a falar o que pensava e a fazer o que quisesse.

— Eu casaria contigo hoje mesmo – disse como quem toca adiante um jogo da verdade.

— E dois homens podem se casar, por acaso? – questionou Reizinho.

— Hoje em dia, tudo é possível – rebateu Rogério com um gesto dramático, lançando a mão para cima.

— Acho que você ficou bem feliz de repente – disse Reizinho. – Isso me deixa feliz também. Agora podemos nos arrumar e comer? Minha barriga tá roncando.

O ACERTO DE ROUSSEAU

Durante o almoço em que Reizinho comeu frutos do mar pela primeira vez e do qual desfrutaram como se fossem dois irmãos ou dois namorados ou dois melhores amigos ou dois irmãos que fossem, ao mesmo tempo, namorados e melhores amigos, conversaram muito sobre suas famílias. Reizinho falou da sua pobreza descomunal e de como ela não afetava sua maneira de sentir as coisas com esperança, que acreditava na força da vida e das pessoas, no futuro, no destino, na sorte quando a cabeça está aberta para recebê-la. Quase como antítese, Rogério falou dos seus pobres pais, que não eram miseráveis como a mãe de Reizinho ou seu pai desconhecido, mas estavam mais próximos dos pais de Reizinho do que ele mesmo, Rogério, estava daquele jovem e inusitado amante. Parecia a Dalcut que de modo algum os dois ali, naquele momento de suas vidas, poderiam ser aceitos como próximos. O abismo que os separava era escuro e fundo demais naquele momento.

Rogério sentiu-se artificial porque falava de sua mãe e de seu pai como se fossem pessoas para ele situadas acima da sua capacidade de descrevê-las. Havia algo na constituição do sangue em suas veias que o diluía rapidamente, tornando-o ralo. Com isso, ele se tornava também uma visível farsa no seu modo de entender as coisas, porque precisava seguir sendo sustentado sem significar mais nada. Sentia-se talvez como um político que não faz um bom trabalho e mesmo assim luta por sua reeleição. Todo identitarismo que conduzia suas ações e sua escrita derretia diante dos seus olhos espantados – agora desviados em alívio para a beleza radiante e a boa vontade (a boa-nova) de um garoto como aquele, que vinha de um lugar parecido, mas que era muito mais vivo do que ele e, ainda por cima, cego – conforme a relação que tinha com suas origens tornava-se cada vez mais, em atos e repetições, distante, como um busto de metal, como um quadro na parede ou uma pulseira no punho feita com miçangas de vidro, haja vista a forma como via seus progenitores: totens empoeirados através dos quais alguém desenraizado se faz valer na vida.

Pouco antes de saírem do restaurante – ambos satisfeitos, bêbados e com um pouco de sono, mas alguém que olhasse com atenção ligeira poderia dizer que estavam levemente melancólicos – em direção à residência dos Di Gozzi, Reizinho perguntou, de um modo tímido, com a mão no braço de Rogério:

— Não vai mesmo ter problema se eu for na festa?

— De forma alguma. Você é meu convidado.

— Então eu posso te pedir uma coisa, se não for incomodar?

— O que você quiser – disse Rogério, com uma certa impaciência embevecida.

— Já que você me vestiu tão bonito como você disse, será que não podia me arrumar um pedaço de pau?

— Um pedaço de pau?

— É, pra eu fazer como se fosse a minha espada de rei.

— Acho que tenho algo que pode servir – Rogério falava como uma criança esperta que participa de uma gincana.

De volta ao apartamento, saiu correndo pelos corredores, escorregando enquanto chorava de alegria, escorando-se pelas paredes, só de meias: no mais, totalmente nu. Trouxe uma bengala brilhante e conservada, talhada em madeira de lei escura e prodigiosamente decalcada com símbolos ocultistas, e que trazia uma caveira de prata maciça na ponta superior. Quando comprou aquela bengala, havia menos de três meses, em um leilão de artigos pessoais de grandes personalidades, disseram que havia pertencido ao famoso ocultista Aleister Crowley.

Entregou a bengala ao amigo e pediu para tirar uma foto dele vestido como estava, empunhando a bengala. Com seu telefone celular, bateu a foto, então se lembrou repentinamente da pessoa que o havia convencido a comprar aquela bengala, dando certeza de que era um artefato original.

Núbia Manolazzo era talvez a melhor amiga de Rogério, mas havia pelo menos uma centena de pessoas menos interessantes com quem, no último ano, ele havia passado a conviver muito mais do que com ela. De todo modo, esse afastamento não parecia afetar muito a qualidade da presença de Núbia na vida dele, que era, para dizer o mínimo, intensa.

Núbia era uma inquieta e pequena figura excêntrica com uma vasta cabeleira encaracolada preta e um leve buço abaixo de um nariz romano. Suspeitava-se de que sua família fosse de origem calabresa, parece que de uma vasta linhagem de lavradores e punguistas ciganos. Andava sobre seus pés desde muito cedo. Usava jaquetões de brim tingidos artificialmente com cores extravagantes, óculos enormes e antiquados de lentes muito grossas, geralmente com shorts muito curtos e tênis esportivos. No frio, usava calças de moletom ou saias kilt com meias-calças de lã. Quando tinha quinze anos, já vivia por conta própria, dormindo com poucas coisas aqui e ali, na casa de pequenos e ricos colecionadores de quadros, tão excêntricos quanto ela, para quem comprava pães doces e outras guloseimas na mercearia, sendo a maioria constituída por diabéticos em fase terminal. Também escutava longamente, com paciência e devoção, seus monólogos sobre o futuro das artes visuais, em troca de comida e de um teto provisório.

Munida de uma inteligência cortante, personificava uma espécie muito rara de escritora: que pouco aparece, mas, quando o faz, é sempre com algum estrondo. Sua língua ferina muitas vezes havia deixado Rogério em saias justíssimas, mas também o havia protegido de uma certa artificialidade do mundo literário, que resulta mortal para pessoas muito sensíveis e idealistas.

Núbia não se dizia escritora, apesar de escrever poemas de mão cheia. "Meus góticos andinos", era como ela gostava de se referir a eles. Declarava-se uma pesquisadora da abundância no meio literário, com intuitos anarquistas programáticos. Formou, aos poucos, um grupo de poetas que as pessoas, na conversa de boca pequena do metiê literário, começaram a tratar como ultravanguardista, chamando, pejorativamente, de Ashberianos, ou Poetas Casamenteiros. Então Núbia sugeriu que adotassem aquele nome. O grupo tinha, de fato, na figura de John Ashbery, o poeta estadunidense, uma espécie de Cristo, enquanto Frank O'Hara poderia ser considerado seu João Batista.

Manolazzo defendia a teoria de que havia uma única espécie revolucionária de poeta: aquela que se dedicava a usurpar – por meio de um contrato, em geral de casamento, ou mesmo um contrato implícito de poder psicológico – a riqueza e o prestígio de uma determinada burguesia decadente, mas acumuladora, ainda que muito próxima de sua completa extinção. Essa espécie rara de poeta revolucionário faz isso a fim de sustentar financeiramente sua produção literária contra esse mesmo poder de que tira o sustento. Assim, a energia produtiva sai de um lugar decadente e gangrenado para outro, criativo e solto, como sangue saudável. A mais eficaz teoria política de classes – era o argumento de Núbia – havia sido escrita em contexto semelhante, com a chave Marx-Engels como suprassumo da representação da sua teoria, ou seja: uma revolução que se alimenta dos escombros do mundo que põe abaixo. Literalmente, Engels, com o dinheiro da indústria de sua família, dá de comer a Marx e sua família para que ele produza a compreensão filosófica de como o mundo poderá se ver livre do domínio de pessoas como Engels e seus pais e tios e avós e muitos antes deles. Então, o gênio se move adiante e usa como impulso o fim do mundo que abandona para trás. Como uma espécie sábia faria. Como as espécies que se mantêm na existência planetária há mais tempo sempre fizeram. Como um fungo ou um vírus que se espalha e toma conta de tudo.

Quando Rogério, às gargalhadas, havia perguntado "Mas quem são os Ashberianos, afinal, e por que esse nome tão esquisito?", era como se Núbia Manolazzo fosse uma candidata que tivesse aquela exata pergunta escrita e respondida em seu caderno de anotações para debates, em que havia escrito o trecho abaixo, para dar um exemplo:

> *Acontece que escritores como John Ashbery e Frank O'Hara, além de tantos outros que deixaram sua marca na história da literatura e que, por assim dizer, tocaram o fio de prata, apesar de serem lembrados como elegantes e aristocráticas figuras, vieram de um lugar considerado inferior pela intelligentsia, do seio de famílias compostas de retirantes camponeses, expatriados falidos cheios de*

pose que, no caso dos dois citados, eram a ralé irlandesa que chegava da Europa com uma mão na frente e a outra atrás. O'Hara, então, nem se fala! Um sobrenome desse já é um canivete na mão pronto para rasgar sua pele num beco escuro. Esses jovens e ambiciosos escritores homossexuais, párias por natureza, que poderiam facilmente acabar mortos esfaqueados num banheiro público, fizeram exatamente o contrário e sobreviveram. Não só isso, aprenderam a viver muito bem, a ser mais um lobo na matilha que os engoliria vivos. Ashbery apresenta O'Hara a um sujeito envolvido no alto escalão da arte contemporânea, que se torna seu companheiro e, por sua vez, o próprio Ashbery também se casa com um homem desse tipo. Vivem felizes, escrevem poemas, às vezes criptográficos, mas sempre cheios de energia. Seus melhores poemas são dessa fase pós-matrimônio. Tudo bem que O'Hara morre de forma ridícula, atropelado por um bugre na areia da praia. Talvez estivesse bêbado ou de ressaca ou talvez fosse infeliz, mas isso não importa, porque é de cunho pessoal, emocional, não sustenta uma conjuntura de classe. Quando se morre de forma ridícula, mas se tem para onde voltar, como ser enterrado e passar por todo esse processo doloroso e tão burocrático quanto se tornou a morte para nós, isso é ainda muito melhor do que morrer de qualquer forma e não ser nada além de carne perecível, indigência e fardo, a forma mais ridícula de morte (vide Modigliani, Mandelstam, Vallejo, para citar três diferentes temperaturas mentais). O que importa nesta análise é que esses poetas homossexuais dos antiquados anos cinquenta puderam ter uma vida digna porque souberam usurpar de uma riqueza que nunca, de nenhuma forma, seria deles, nem mesmo uma lasca dela. Tornavam o soberbo improdutivo na sua máquina literária das pulsões de vida.

Pelo telefone, Rogério enviou à sua amiga uma foto de Reizinho vestido para a festa com sua bengala ocultista, sem legenda. Em resposta, recebeu o texto acima. Era muito comum Núbia responder mensagens aleatórias com textos que estivesse produzindo no momento. Ela dizia que, assim, tudo permaneceria vivo como tentáculos com suas pontas nervosas na cabeça de uma outra pessoa além dela. Em resposta, Rogério escreveu uma mensagem: "Então o que você diz basicamente é que o poeta é uma puta, cara".

Núbia respondeu: "Isso é uma pergunta?", o que fez Rogério corar como alguém que recupera a sorte subitamente.

Ele escreveu apenas: "Vai comigo na festa da Anita?".

Núbia perguntou: "Onde achou o Zé Pilintra?".

Ao que Rogério respondeu: "Um carro vai estar na porta da sua casa em trinta minutos. Imagino que pode vir exatamente como está. Afinal (risos), é uma festa à fantasia".

"Com a única condição de que me conte tudo sobre o seu primeiro amor", apareceu escrito na tela do telefone de Rogério. Ele escreveu: "Acho que às vezes você é capaz de uma boa intuição. Esteja pronta".

A última mensagem de Núbia era: "Diga apenas uma coisa: é poeta?".

Ao que Rogério respondeu: "Direi apenas que é muito mais do que isso, e muito menos também. Certamente você vai gostar dele. Se olhar bem pra foto que te enviei, perceberá que já gosta dele, gosta muito, como alguém próximo e querido ao lado de quem a gente se sente em paz".

Não houve uma resposta imediata. Rogério voltou à sua suíte e lá estavam mais uma vez Reizinho e Sophia Loren, enroscados em seu ninho de amor feito no chão de mármore, dormindo com placidez. A coisa mais amável em relação a esse menino cego – anotou no seu caderno vazio de anotações – era que toda selvageria nele é doce, sua animalidade passa por um filtro de pureza universal, como se aquela fosse a origem do ser humano pré-moral. Ao contrário dos meus pares escritores considerados "selvagens", com suas gritantes opiniões compulsivas sobre todas as pautas importantes do mundo, opiniões cheias de saliva e nenhuma experiência sensível real, esse garoto que dorme é a personificação do que poderia ser – e deveria ser, diante daquela visão – chamado para sempre de O Acerto de Rousseau.

O interfone do apartamento tocou. Era Núbia que chegou e dizia:

— Vem me buscar aqui embaixo. Preciso falar contigo sozinho. – Rogério quase sempre fazia o que Núbia pedia, às vezes aborrecido, e ela sabia disso e dizia sempre, da forma mais franca possível, o que precisava que ele fizesse.

Na portaria, Rogério encontrou o corpo franzino de sua amiga pisando ferozmente na grama de um jardim ornamental fechado por uma grade não muito alta, mas que ela, com seu tamanho, precisaria ter escalado. Quando chegou bem perto, ele disse:

— Aqui tinha uma placa de não pise na grama.

— Tinha, do verbo agora-não-tem-mais – disse Núbia com fogo nas pupilas, mirando de repente seu amigo tão profundamente nos seus olhos ainda marejados de amor, que ele teve que conter seus passos até estacar.

Ela jogou algo por cima e pulou com agilidade a grade para o lado de fora. Depois, deu um longo e apertado abraço no seu melhor amigo. Ali, imediatamente, percebia-se um amor genuíno e grande, naquele abraço apertado que pega um pouco da orelha, que quase leva os dois corpos ao chão, com beijinhos melados no nariz e no queixo da pessoa amada e carinhos nos seus cabelos. Quando se soltaram, Rogério percebeu que a coisa que Núbia havia jogado por cima da grade era a placa de não pise na grama.

— Você continua colecionando placas de rua, amiga? – ele perguntou com curiosidade, mas também com um leve toque de reprovação adulta contra uma criança.

— Digamos que, perto do que você acabou de fazer, roubar uma placa de rua é fichinha – disse Núbia em resposta, com um tom de voz bem mais alto do que o normal, o que para ele era o tom convencional dela. Seguiram abraçados até o hall de entrada do edifício, quando se voltaram um ao outro. Rogério falou primeiro:

— Escuta, antes de você falar, eu quero te pedir uma coisa: trate bem o rapaz que está lá em cima dormindo. Ele adora dormir, sabia? É a coisa que mais gosta de fazer. Ele pode parecer estranho à primeira vista, mas eu posso te jurar que é uma pessoa formidável. E eu sinto uma coisa muito estranha, que é a sensação de que ele trouxe junto com ele a minha sorte de volta.

— A sua sorte é seu maior problema, meu nobre amigo – disse Núbia Manolazzo, com um tom experimentado e sábio.

— Sim, você tem razão, eu consigo acompanhar seu raciocínio. Só que não é dessa sorte que eu falo. Eu falo de um outro tipo de sorte: uma sorte que não dá nada, não traz nada de presente. Eu falo de uma sorte que apenas é. E, sendo o que é, ela me faz tão bem, mas acho que realmente ainda não sei explicar. O que sei dizer é que, nas últimas horas, com esse rapaz que se chama Reizinho (veja você, REIZINHO!) eu fui mais feliz e realizado do que em todos esses últimos anos, quando tive tanto dessa sorte que você diz.

Rogério então pensou que talvez estivesse mesmo confuso. Lembrou que era Núbia quem queria falar com ele em particular. Então disse:

— Mas era você que queria me dizer alguma coisa.

— Sim, mas agora são duas coisas – disse Núbia. – Depois de ouvir a sua introdução, surgiu uma segunda coisa. Talvez mais importante do que a primeira.

Então ela acendeu um cigarro e Rogério a puxou pelo braço até a área de serviço do prédio, que tinha uma parte aberta.

— Não pode pisar na grama, não pode fumar – disse Núbia com enfado.

— Fale de uma vez, mulher – disse Rogério Dalcut, roendo as unhas.

— Um: esse homem na foto que você mandou é um homem cego. Creio que você já saiba disso e que pense que não é perceptível, talvez não à primeira vista, talvez não a uma pessoa desatenta. Eu percebi. Não que isso não seja um empecilho, tendo em vista que você está apaixonado por ele mesmo assim. Mas, socialmente, será o princípio de uma grande confusão. Me diga uma coisa, ele é pobre?

— Acho que é muito pobre, mas o que isso tem a ver?

— Se for pobre e cego, vão achar que inventaram esse homem pra você, vão pensar que esse homem, que além de tudo é lindo, foi uma coisa que trouxeram para colocar sua vida mais uma vez na boca do povo, a título de vendas de livros e publicidade.

— Você se refere a quem?

— Ao seu honorável público leitor. Não sei se você já percebeu, mas daí vem a segunda questão, que me surgiu agora. Quer saber qual é?

Rogério ficou apenas olhando, absorto.

— É o seguinte: pode ser que muita gente desconfie, mas não existe uma declaração oficial sua dizendo que você é gay. Daí, de repente, você aparece com um homem. Um homem lindo, muito bem, ninguém esperava menos, mas, ainda por cima, um homem pobre, cego e gay.

— Eu não sei se ele é gay. Ele não parece gay.

— Então é platônico?

— É e não é. Na verdade, nos conhecemos tem umas cinco horas.

— E você já quer se casar com ele ou desfilar com ele por aí.

— Isso é uma pergunta? Porque, se for, eu quero sim, eu quero demais. Sinto que faria qualquer coisa com ele. Que passaria dias sem dizer nada ao lado dele. Acho que nunca senti isso. Ele parece um... uma espécie de santo. Mas eu não penso em aparecer com ele por aí de braço dado da noite pro dia, se você quer saber.

— E, no entanto, ali está ele, tirando uma soneca, prontinho pra festa. Vem cá: vocês fizeram sexo?

— Núbia! Aconteceu uma... coisa, no chuveiro. Não foi exatamente sexo. Foi algo um pouco, sei lá, trágico de alguma forma. Porque eu era um antes e sou completamente outro depois, agora. Eu não sei muito bem o que estou dizendo. Foi como se duas coisas separadas se unissem por uma essência compartilhada. Ou como se houvesse uma coisa só, há muitas eras, que se quebrou e girou por mundos e corpos para, através dos nossos corpos, se reunificar ao que era originalmente.

— Você bebeu?

Rogério deu uma longa gargalhada.

— Sim, bebemos duas garrafas de vinho. O menino não tá acostumado. Por isso capotou. Ele é tão bonito dormindo. Acho que consegue ser mais bonito dormindo do que acordado.

— Mas, então, você vai fazer o quê? Se esconder com ele nessa cobertura? Dopar o garoto com vinho ou remédios e ficar vendo ele dormir? Andar furtivamente pelos inferninhos com ele? Não me parece justo nem algo que vá te fazer muito bem.

— Por hoje eu penso apenas em me divertir com ele e contigo na festa da Anita Di Gozzi.

— Para isso, queria *eu* ser a cega – disse Núbia tragando uma forte baforada e soltando a fumaça pelo nariz.

— Ai, que horror! Como você é má.

— Eu apenas observo bem as coisas. Melhor do que eu gostaria, às vezes.

— Eu gosto da Anita – disse Rogério de modo gentil. – Ela, pelo menos, é autêntica dentro de um meio totalmente artificial. Eu vejo Anita como alguém com alguma empatia ainda, algum senso de humildade, de reverência até, pela presença do outro. Gosto disso nela. Ela faz você se sentir especial pela atenção devotada que ela te dá.

— Nossa, quanto AMOR – disse Núbia com um bocejo. – Isso me lembrou uma terceira questão, muito frustrante, a mais frustrante das três, no caso, que é o fato de que esse Reizinho não é um poeta. Porque se fosse, ele seria como uma espécie de profeta da minha teoria. Seria o Cristo ressuscitado, por assim dizer, porque, se eu posso perceber, você vai trazer esse garoto pra morar aqui e, se puder, vai casar com ele, de papel passado e tudo. Ele *tinha* que ser um poeta! – ela disse dando um soco na palma de sua mão pequenina.

— Talvez ele ainda possa vir a ser – disse Rogério de modo divertido, tentando ao mesmo tempo estimular sua amiga a um novo pensamento.

— Um poeta cego, lindo e pobre, talvez não gay, mas talvez sim – ela disse fechando brevemente os olhos. – Olha, isso pode ser uma ideia sensacional! Um poeta cujo pensamento, o raciocínio, a forma de construir as imagens, passe por outro eixo, que seria o eixo do primeiro espanto com cada coisa, de uma forma totalmente nova, numa perspectiva pré-imagética...

— Pronto. Acho que agora você já tem algo para tratar com ele. Fico feliz.

— E eu devo chamar ele como? Reizinho?

— Chame de Rei. Eu dei a ele esse apelido mais econômico.

— Mas não menos constrangedor. Não gosto da ideia de estar andando com um rei de qualquer espécie.

— Por favor, faça um esforço. Por mim.

— O que você não pede chorando que eu não faço rindo – disse Núbia por fim, antes de Rogério girar a chave para que entrassem.

Sophia Loren apareceu correndo e, numa poltrona em frente à varanda, estava sentado Reizinho, que se levantou naturalmente e se virou com as mãos no bolso, abrindo um sorriso de uma tranquilidade que parecia acalmar imediatamente quem olhasse para ele. O sorriso de Reizinho era como um alívio da dor de viver no mundo em que se vive. Foi o que pensou Núbia Manolazzo, que se encaminhou com a mão estendida na direção do rapaz. Vendo que ele não percebeu sua mão, ela fez carinho no focinho de Sophia Loren e falou:

— Rei, querido, eu sou a Núbia. Imagino que o Rogério tenha falado alguma coisa de mim.

— Oi, Núbia – disse Reizinho, levando as mãos à frente, como quem quer pegar algo. Então, Núbia colocou seu corpo ali naquele espaço e os dois se abraçaram – Ele disse que você é a pessoa mais importante que ele tem na vida.

— Acho que é o bastante para mim, cavalheiro – disse Núbia, com uma vênia um pouco forçada, mas genuinamente amistosa. – Gostaria de dizer ao senhor que, com a exceção de Stevie Wonder e Ray Charles, jamais na minha vida eu conheci um homem cego tão bonito quanto o senhor.

— Não precisa me chamar de senhor. Não sou tão velho assim.

— Imagina, é um garoto! Peço mil desculpas. Vamos continuar usando Rei, ou você prefere Reizinho mesmo?

— Sinceramente, você pode me chamar do que quiser, eu não me importo com isso. E queria dizer uma coisa: sua voz é muito bonita.

— Meu querido – disse Rogério, que observava em silêncio –, não dê corda a essa megera. Ela é perigosa.

— Ele mente, Núbia? – disse Rei ainda segurando as mãos da mulher como se fosse um quiromante.

— Como um presidente da república! Com exceção da parte em que eu sou a pessoa mais importante na vida dele, o resto todo é uma grande mentira sem fim.

Núbia virou-se para Rogério. Piscaram um para o outro e ela conduziu Reizinho com delicadeza, dando o braço a ele. Então, disse baixinho em seu ouvido:

— Você acertou em cheio elogiando a minha voz. Serei sua fiel escudeira daqui em diante.

Reizinho se virou rindo e falou, também baixinho:

— Me desculpa, você fala de um jeito muito bonito, mas eu não entendo nada.

— Eu estava dizendo que sou sua, faça de mim o que quiser, entendeu? – disse Núbia, sem conter o riso.

— Deixa o garoto em paz – disse Rogério, abraçando Reizinho por trás da cintura.

— Fico imaginando uma coisa terrível – disse Núbia observando os dois juntos.

— Cuidado com o que você vai dizer – disse Rogério, tampando com as duas mãos os ouvidos de Reizinho, que se esquivou com facilidade.

— Fico imaginando um bebê que fosse a mistura genética equilibrada da presença física privilegiada de vocês dois. Seria um lindo bebezinho. Um bebezinho apolíneo e presunçoso, tenho certeza.

— E quem você acha que merecia dar à luz esse bebê, ele ou eu? – disse Rogério com malícia.

— Ah, eu adoraria que fosse eu! – gritou Reizinho. Foi a primeira vez que Rogério ouviu sua voz se elevar, mas não causava medo, a não ser por uma certa impetuosidade pueril típica de alguns loucos e crianças agitadas.

— Você ficaria mesmo lindo grávido – disse Rogério apertando contra si o corpo de Reizinho, repentinamente corado de vergonha.

— Ah, eu tinha entendido outra coisa – disse Reizinho balançando a cabeça lentamente.

— O que você pensou? – disse Rogério.

— Que eu ia poder jogar luz nesse bebê. Eu sei muito bem que não posso ficar grávido.

— Sabe quem você me lembra, Rei? – disse Núbia. – Você me lembra Hölderlin, o poeta alemão. Mas ele era louco, você não. O que faz de você, talvez, alguém ainda melhor do que Hölderlin.

Reizinho apenas sorriu, visivelmente perdido, afetuoso de um modo tímido.

— Mas Hölderlin era loiro – disse Rogério.

— É alguma coisa com os olhos – disse Núbia, numa reflexão que pareceu tê-la alçado a outros patamares mentais. – E com o jeito de ver as coisas.

— Mas eu não posso ver nada – disse Reizinho. – Deus me deixou cego pra me fazer bom. Era o que minha mãe dizia.

Então Núbia levou a mão direita ao coração e, de olhos fechados, recitou do seu jeito irreverente dois versos do poeta romântico alemão:

— A nós compete, ó poetas, permanecer de cabeça descoberta enquanto explodem os trovões de Deus.

VANGUARDA

— Quando alguém foge, não corra atrás. Quem corre atrás é cachorro ou polícia. E o desejo é também o desejo de ser desejado – discursava Toninho Saccada, envolto por dois ou três integrantes dos Ashberianos. Também observado com certa desconfiança amigável por integrantes dos Boys de Pasolini, que estavam ali e jamais se separavam.

Quando Saccada terminou a frase, ouviu-se um burburinho perto da porta de entrada do apartamento. O recinto estava escuro, apenas com luzes caleidoscópicas em tons fosforescentes, que giravam pelas paredes e eram observadas com mais atenção por todos os que haviam ingerido o cristal oferecido pela matriarca Ariela Di Gozzi, que os tirava diretamente do seu saco de veludo roxo.

Aliás, Ariela e Anita se juntaram na entrada e era possível ouvir ao longe o som de suas vozes como unhas compridas arranhando um quadro negro. De repente, muitos flashes começaram a pipocar misturando-se às luzes fosforescentes do ambiente e causando um efeito nauseante nas pessoas que estavam um pouco mais afastadas da cena ou que haviam se drogado para além da conta.

Era visível a um bom observador que os Ashberianos tinham afinidades com os Boys de Pasolini. Na verdade, como os primeiros eram mais velhos – sem limitações etárias, seus integrantes giravam entre os trinta e os quarenta anos –, eram vistos por muitos como os irmãos mais velhos dos Boys, por assim dizer, o que não era de forma alguma verdade, já que os Boys de Pasolini, que se mantinham sempre jovens, eram bem mais antigos que os Ashberianos como grupo organizado.

Assim como os Boys, os Ashberianos eram pobres e anárquicos, voltados contra os ricos, mas com um gestual totalmente distinto. Eles desejavam usurpar a riqueza em nome da literatura, com a única regra de que todos deveriam escrever poemas. Os Boys eram niilistas e pretendiam demolir e desperdiçar a riqueza acumulada por uma burguesia deselegante e mesquinha – cabe dizer que nos dois grupos havia monarquistas silenciosos –, a fim de sujar um mundo artificialmente limpo – eles consideravam a limpeza artificial algo como o germe do nazismo – com um realismo crônico que devia abolir a etiqueta dessa burguesia vigente, ao mesmo tempo que almejavam ser respeitados por ela. Os Boys gostavam de cavar sua presença juvenil nas altas rodas da vida adulta falida. De todo modo, o próprio Samir Sativo, que foi o líder mais longevo à frente do grupo – dos doze aos dezoito anos –, costumava dizer que frequentar as festas da alta burguesia decadente era como estar nas ruínas de Pompeia, com o privilégio de ainda poder ver as pessoas por ali passando e não soterradas por lava vulcânica.

O que tornava tudo ainda mais surreal era o simples fato de que todos os meninos gays que compunham essa congregação internacional, mas de fundação nacional, tinham uma arrogante convicção de que essa gente milionária sem paixão sairia de cena muito em breve. Porém, antes de isso acontecer, eles queriam ter sua selvageria adolescente levada em consideração, assim como se levam os adultos uns aos outros em seus afazeres. Por serem mais velhos, nesse ponto específico, os Ashberianos não precisavam forçar nada, estavam completamente inseridos socialmente desde o princípio, por sua idade adulta e seus modos lisonjeiros. Por conta disso, acabavam dedicando aos mais jovens e muito mais radicais do que eles próprios uma certa tendência paternalista, supondo talvez que no futuro os Boys seriam, se lapidados pelo tempo, com sorte, como eles.

Isso era motivo de grande discórdia e, algumas vezes, beirou a carnificina quando os ânimos entre os elementos mais agressivos de ambas as facções se exaltaram. Os meninos ficaram muito irritados com a suposição de que deviam algo aos Ashberianos em termos de organização político-literária. Especialmente Nêmesis, gêmeo mau do bom garoto Gênesis, que uma vez sentenciou a situação com frases muito do seu feitio:

— Os Ashberianos, quando pensam que são uma evolução de nós, só podem ser considerados assim se forem uma evolução castrada de nós. Além do mais, não estamos aqui atrás de casamento ou dinheiro. Isso fortalece o poder burguês e pontua uma enorme diferença entre nós.

De todo modo, os dois grupos não apenas se toleravam, como se frequentavam cordialmente, porque, apesar de suas diferenças, ainda eram muito mais próximos, sobretudo em sua origem pobre, do que qualquer uma das pessoas que, em geral, davam as festas para as quais eles eram convidados como atração principal: representantes vivos dessa tão requerida e rara selvageria que, entre os milionários, ou se torna algo totalmente desumano, ou se torna, aos poucos, banal. Ali, entre aqueles jovens e outros nem tão jovens assim, havia uma fome e uma sede que os ricos já não podiam sentir, sentados em suas montanhas de dinheiro e ações na Bolsa de Valores. Então, precisavam ver, apalpar, sugar, penetrar, ter aquela selvageria originária perto de suas vidas como imagem que se retém de um sonho erótico.

Havia exceções, é claro. Núbia, que era a única mulher fundadora dos Ashberianos, não tinha nada de selvagem, a não ser pela aparência displicente, ainda que fosse uma mulher, apesar de miúda, com feições clássicas que lembravam algumas estátuas do apogeu romano. Mas, no que dizia respeito ao modo de ver e analisar pessoas e fatos, Núbia era meticulosa e direta, absolutamente franca e mortal, sem precisar, em geral, tornar-se fisicamente agressiva.

"Meu pequeno Napoleão", dizia muitas vezes Rogério diante dos inflamados monólogos de sua amiga. Núbia tinha, além do mais, uma essência muito mais pasoliniana do que, propriamente, ashberiana. Esse era um trunfo especial que dava a ela praticamente uma livre circulação no coração da vanguarda político-artística da qual, pensava em seu íntimo, ela era o coringa e o diplomata, daquilo que viria pela frente, logo mais, através da evolução dos meninos homossexuais que andavam a seu lado, lutando a mesma luta, que era sobretudo uma luta de classe, mas com armas diferentes.

O gestual de Manolazzo agradava especialmente a Nêmesis, que não se agradava facilmente com nada ou ninguém. Sem nunca explicar exatamente os motivos de um tratamento privilegiado e até mesmo exclusivo – mais especial, por exemplo, em termos de afeto, do que o relacionamento com seu irmão gêmeo –, Nêmesis tratava Núbia como uma irmã mais nova, mesmo ela tendo trinta e dois anos e ele quatorze. Ela adorava ser mimada pelo menino mais mal-humorado da cidade. Sentia-se lisonjeada e muitas vezes os dois trocaram beijos de língua e apalpadelas como adolescentes numa festa do pijama. Nada foi muito além disso porque Nêmesis estava decidido a manter sua virgindade e sua homossexualidade exclusiva enquanto durasse sua atuação nos Boys de Pasolini, atuação que ele também nunca chegou a explanar de modo mais detalhado.

Quando Rogério, Núbia e um atordoado Reizinho da Pocilga ultrapassaram a camada de pessoas curiosas por um relance do maior escritor nacional, escoltados por Ariela e Anita e observados com atenção sentinela por capangas de Russo, sem que ele mesmo estivesse à vista, Núbia foi direto até o sofá onde estavam, lado a lado, Nêmesis e Leiser, totalmente chapados, em frente à parede em que se escorava o resto do grupo enfileirado. Alguns estavam descalços e outros traziam os tênis sujos por terem esmagado muitas guimbas de cigarro no chão. Nêmesis não se levantou, mas abriu um sorriso acinzentado e doentio quando viu Núbia andando em sua direção.

— Criança capeta – ela gritou, agachando-se numa vênia picaresca e dando um beijo na testa do adolescente, que apenas fechou os olhos como quem recebesse alívio de uma altíssima febre. – Então é hoje? – ela completou.

— É hoje o quê? – disse Nêmesis por trás de um sorriso desajeitado de boca aberta, que entregava sua idade quase nula. Com um olhar atordoado pelas luzes, pelo barulho, pelas pessoas exaltadas, sobretudo pela presença inesperada de Núbia e Rogério Dalcut, de quem não era particularmente fã, Nêmesis variou olhares discretos e atentos ao completo desconhecido, aliás, muito bonito e estranho, que chegara com eles. Como o diabo em pessoa, chegou a pensar. De qualquer forma, a presença de Núbia era para seu espírito atormentado como a suspensão de uma dor constante, que fazia sua cabeça ferver e seu humor se alterar. E, como o masoquista que, no fundo, ele era, acabava envergonhado por sentir um prazer comum na presença de uma pessoa querida. Era quando adotava a postura do pai zeloso.

— Quero saber se é hoje que vamos degolar essa gente toda e tomar de assalto essa bastilha fajuta – disse Núbia calmamente, mas em bom tom, olhando fundo nos olhos do amigo, que flamejaram de repente, e segurando seu queixo pontudo.

— Hoje seria um ótimo dia – ele respondeu, imediatamente excitado, sonhador, e deu a Núbia uma garrafa de refrigerante, porque os dois tinham isso em comum: não bebiam álcool. Nêmesis, talvez, ainda viesse a beber, já que era apenas um adolescente, então apenas não havia começado. Seu irmão gêmeo já tomava uns drinques, principalmente em reuniões do conselho ou em negócios externos ao grupo. Mas Núbia nunca tinha conseguido beber. Com drogas de todos os tipos, era resistente e curiosa.

Ela achava estranho o que considerava uma infamiliar afinidade entre os dois meninos, estando Leiser já no meio do caminho de idade entre ela e Nem.

Quando viu Reizinho, Leiser, que já estava entorpecido, reagiu como se tivessem arremessado uma pedra na sua cabeça. Não o reconheceu, mas teve um terrível *déjà-vu*, como se estivesse dentro de um sonho que, repentinamente, se transformasse num pesadelo medonho. Anita, vindo atrás dos recém-chegados e percebendo a agitação de Leiser, foi diretamente até ele e segurou seu braço. Ele se desvencilhou com um gesto expansivo, que colocou todos de prontidão. Ergueu-se do sofá com fúria e começou a dizer palavrões em sequência. Depois, caiu no chão e começou a estrebuchar, espumando pela boca e revirando os olhos.

Muitos se juntaram em volta dele, até que Russo apareceu espanando as pessoas como poeira. Pegou o garoto no colo e o corpo magro ficou ali estendido, com um braço pendendo, como um Cristo anêmico. Por um instante, pareceu desmaiado.

— Deve ser uma overdose – ouviu-se a voz fina de um homem ao longe.

— Melhor chamar uma ambulância – ecoou uma voz de mulher fumante.

— Por enquanto, ninguém faz nada – disse Russo, extremamente calmo, num tom firme em alto volume. – Água – ele disse, sem desviar os olhos de Leiser, com uma mão por trás do próprio corpo, apoiada na altura da cintura e aquele olhar minucioso sobre o rapaz desacordado.

— O que aconteceu? – disse Reizinho no ouvido de Rogério.

— Um menino passou mal.

— Pediram água, eu tenho uma garrafa.

Reizinho mostrou a Rogério a garrafa fechada que tinham acabado de lhe dar.

Antes que Rogério pudesse dizer qualquer coisa, Reizinho avançou, um pouco desajeitadamente, com a garrafa de água à frente como um guia. Rogério ficou paralisado, mas Núbia foi atrás de Reizinho apenas para orientá-lo até o corpo desfalecido. Ele se abaixou no chão e sentiu com a mão o rosto trêmulo de Leiser, que falou com a voz fraca, mas dando tudo de si:

— Vossa Santidade... Eminentíssimo Senhor!

Então Reizinho abriu a garrafa, despejou um pouco de água na concha que fez com uma das mãos e espalhou pela testa de Leiser, massageando-a em seguida, com muita delicadeza, vagarosamente. Todos permaneceram calados, inclusive Russo, que deu dois passos para trás, respeitosamente, ansioso pelo que poderia acontecer.

Ainda escorria espuma pela boca de Leiser e, por isso, era impossível para ele ingerir o líquido. Seu corpo tremia, com pequenos e descompassados frêmitos, e seus olhos, aos poucos, foram voltando ao lugar. Reizinho seguiu massageando a testa de Leiser meticulosamente, como se aquilo fosse parte de um ritual de purificação e cura.

Enquanto observava a cena, Núbia pensava que aquilo parecia extraordinário por conta do cuidado do gesto, o que dava a Reizinho um ar santo, mas que devia ser apenas o modo meticuloso como todo cego precisa fazer as coisas, se quiser fazê-las com êxito. De todo modo, observava aquele menino pobre, encontrado na rua e incapaz de enxergar, totalmente aberto a qualquer situação que pudesse surgir diante da sua total impossibilidade de agir dentro de um parâmetro comum à maioria das pessoas que, aliás, acostumadas a falar pelos cotovelos sobre si mesmas e suas peripécias e ascensões sociais, se mostravam perplexas diante de algo absolutamente real e, ao mesmo tempo, absurdo, mágico, desencarnado. Era como se aquele menino não tivesse passado pelo momento que todos passávamos um dia, em que dizíamos, diante de uma situação qualquer: AGORA EU SOU. Reizinho não havia dito isso a si mesmo, não havia ainda se dado conta de si e por isso era tudo tão surpreendente com ele e, por outro lado, tudo era ao mesmo tempo esperado, convencional, coerente de acordo com a mais humilde verdade. Sem ter dito a si mesmo "eu sou", Reizinho podia estar ainda naquela fase, geralmente no ápice da infância, em que nos misturamos com as coisas e somos do mesmo tamanho delas.

Enquanto essas coisas passavam pela cabeça de Núbia, Anita abraçava Russo com aflição, com as mãos cobrindo o rosto. Aos poucos, o corpo de Leiser parou de tremer e seus olhos descansaram, fechando-se em sono profundo. Mesmo dormindo, finalmente conseguiu tomar um pouco de água.

Foi só então que Rogério, diante do feito realizado, se aproximou de Reizinho e o puxou pelo braço, fazendo com que ficasse outra vez de pé. Alguns que estavam em volta pensaram que aquela era uma atitude enciumada – exagerada, portanto – diante de tais circunstâncias. Contribuía para esse raciocínio a beleza de Reizinho, que se mantinha calmíssimo, como um brâmane, mas, uma vez nos braços de Rogério, acabou também desmaiando, como se ele mesmo tivesse emprestado toda a sua energia para trazer o outro menino de volta à existência. Tiveram então que sentá-lo na poltrona e trouxeram outra garrafa de água.

Porém, logo ele retomou a consciência e perguntou por Leiser. Perguntou o nome dele. Disseram três nomes diferentes, que o deixaram confuso. Algumas pessoas tiraram o corpo adormecido de Leiser do chão e o levaram até a poltrona onde antes ele estava ao lado de Nêmesis, que se pôs de prontidão tão logo ele perdeu a cabeça.

Reizinho mais uma vez se levantou, parecia ansioso. Virou-se para os dois lados e sentiu que Leiser estava perto.

— Eu acho que conheço esse menino – disse Reizinho.

Leiser, ao ouvir essa frase, abriu os olhos e endireitou-se no sofá, ajeitando sua jaqueta cossaca. Com esforço, se levantou, enfiou uma das mãos entre os botões da jaqueta e, de olhos fechados, com estranha solenidade, pronunciou novas palavras:

— Reverendíssimo! Reconheço, eu também, a tua voz.

Nesse momento, Rogério Dalcut ficou extremamente incomodado e pensou que havia sido um erro trazer Reizinho até ali e que talvez ele fosse apenas um michê. "É a primeira vez que o detesto", ele pensava, "é quase um alívio". Depois falou:

— Rei, você conhece mesmo o Rudá? – disse Rogério, e pela primeira vez quase todos naquele espaço ouviram o nome verdadeiro de Leiser.

— Vossa Onipotência! Isso, infelizmente, não pode ser – disse Leiser, de pé, recuperada a firmeza nos movimentos do corpo, de forma solene e respeitosa. – De forma alguma eu sou esse daí – emendou logo a seguir.

— Era só o que faltava – disse Rogério, com certa impaciência, que tentou suavizar perguntando. – Mas vocês usaram alguma coisa?

Ao fundo, ouviu-se a voz de alguém, que parecia bêbado, gritar:

— Chegou o Gelo da Sibéria!

Houve um certo alvoroço e os capangas de Russo chegaram a mexer por dentro dos seus jaquetões de couro preto, mas o próprio Russo interferiu e, com um simples gesto, os fez relaxar.

— Ele acabou de ter um ataque decorrente da Síndrome de Tourette, da qual padece – disse Russo de forma pausada, como um mau ator numa peça recém-decorada.

Aproximou-se de Leiser e disse, procurando seus olhos e segurando seu rosto:

— Você sabe quem eu sou?

— Honorabilíssimo Cavaleiro da Ordem da Cruz Ortodoxa! Eu reconheço Vossa Senhoria e louvo a vossa nobre presença entre nós, seus humildes servos – disse Leiser, curvando-se quase até o chão.

— Só pode ser uma bad trip – alguém gritou lá de trás, uma voz de criança, provavelmente algum dos Boys.

Ao ouvir isso, Leiser pareceu eletrizado, como se tivesse levado um choque que recobrou sua atenção, e começou a procurar alguma coisa dentro da jaqueta. Depois de vasculhar alguns bolsos, sacou um maço de notas de dinheiro, que começou a contar alto. Russo olhou para os lados e para trás, como quem procurar bloquear a visão de algo com o próprio corpo. Estava visivelmente constrangido, o que era um duplo constrangimento na sua figura em geral altiva, digna, dona de si.

No entanto, Leiser não parecia se abalar com a presença de Russo e permaneceu, com o dinheiro fechado na mão, à procura de algo atrás dele. Finalmente encontrou o que ou quem procurava e andou em sua direção. Chegou a um metro de Reizinho, que estava em pé de braço dado com Rogério, então se jogou aos seus pés e começou a beijá-los.

Com o susto, Rogério deu um pulo para trás. Foi quando se deu conta de que talvez não amasse Reizinho, o que o deixou terrivelmente abalado. Ele mesmo, Reizinho, não se mostrou assustado, ao contrário: abaixou-se ao nível do chão e passou a mão na cabeça de Leiser carinhosamente.

— Vossa Excelência Reverendíssima! – repetia Leiser. – Sinto muitíssimo pela sua perda, pela perda da senhora sua mãezinha... Sinto terrivelmente! Aqui está, pelas canetas... O dinheiro das canetas, a coisa justa, a coisa certa a ser feita...

E despejou aos pés de Reizinho as notas de dinheiro.

— Não se preocupe, amigo – disse Reizinho. – Tá tudo bem agora, já passou.

Todos ficaram parados esperando a cena terminar, como se Leiser fosse um robô com a bateria fraca, perto do fim. E foi o que aconteceu. Ele beijava os pés de Reizinho dentro das sandálias de couro trançado, dando à cena ares bíblicos, pela visão de Núbia e mesmo de Rogério, que também ficou sem ação. Mas logo depois de Rei começar a fazer carinho em sua cabeça, sua respiração foi ficando mais ritmada, seu corpo, que exalava um forte odor animalesco de pavor absoluto, começou a mais e mais lentamente arfar, até que finalmente ele pegou no sono outra vez, com a boca aberta sobre um dos pés de Reizinho.

LIVRO DOIS

PALACETE DOS AMORES

And just remember, different people have peculiar tastes

Lou Reed

A ÚLTIMA PORCA DO CHIQUEIRO

Depois daquela festa, fiquei muitos meses sem ver Rogério, falando com ele apenas por mensagens curtas. Ele, por sua vez, não pediu satisfação. A distância se acomodou entre nós e, a partir de um dado momento, pensar no seu rosto e, particularmente, no seu rosto sorrindo para mim com seus olhos apertados de caboclo, era como pensar numa foto muito antiga, desbotada, sem uso numa caixa. Isso porque a sequência daquele dia fatídico, com a chegada repentina de Reizinho, como uma espécie de profeta do apocalipse em nossas vidas, havia alterado o nosso lance de dados particular e afrouxado os parafusos no maquinário de nosso afeto comum.

Na verdade, devo admitir que aquilo tudo havia me abalado de um modo inesperado. Então, pensei que devia me afastar de toda aquela gente, que nessas horas – porque isso acontecia comigo de tempos em tempos – sempre me parecia complicada demais, inadequada demais à minha existência mais imediata.

E, confesso, vivo muito bem sem as pessoas que amo. Conheço em mim mesma e aceito essa rara inclinação a ser mais feliz perto de estranhos. Feliz não seria o caso. Sou triste, mas unitária. Junto de pessoas íntimas, me torno pedaços de suas falhas e frustrações, uma vez que, mesmo quando são boas, é sempre isso que se destaca quando estou com elas. Fazem-me esquecer-me de mim, o que às vezes é bom, mas nunca por muito tempo. Gosto de ser mais que um pedaço dos outros. Gosto de imaginar que sou um pedaço pequeno de uma coisa enorme que é Deus, digamos, e assim consigo me olhar com mais atenção, longe de todo mundo.

Mesmo um pouco afastada, não esqueci completamente os Ashberianos, que são tudo o que tenho, sobretudo quando me sinto deprimida como agora. Nesse meio-tempo, Gaita Polaco e Silvana Khuns, que estavam conosco havia cinco e três anos, respectivamente, conseguiram uma dona de galeria e um famoso crítico de arte – critiquei, aliás, Silvana por sua escolha – e se casaram com eles. Foram casamentos com uma semana de diferença. Fui madrinha nos dois e, exausta, pensei que seria bom receber um salário de madrinha. Depois das duas festas seguidas, tive uma estafa, senti um peso ruim no corpo, fiquei andando pelos cantos sem tomar banho. Então, afastei-me completamente de tudo e todos o máximo que pude. E estava bem assim.

Mas vi que, longe de mim, as coisas não iam muito bem, ou, pelo menos, não eram o que eu imaginava. Recebi pelo correio um pacote com as trezentas folhas impressas do novo livro de Rogério. Logo de cara, vi que não tinha ainda título, nem epígrafe, nem número nas páginas, índice ou mesmo letras maiúsculas. Mas havia parágrafos e um centímetro e meio de espaçamento entre as linhas. Teria Rogério me enviado, sem querer, um rascunho? Mais do que isso: teria Rogério enlouquecido? Não era do seu feitio enlouquecer.

Mas qual seria o feitio de Rogério agora, passados tantos meses?

Não tinha nada para fazer de imediato, então comecei a ler. Havia algo que logo de cara chamou minha atenção, algo difícil de explicar sem uso de metáforas. Contudo, já que posso usá-las, era como se, escrevendo, Rogério fosse um cavalo puro-sangue selvagem que, domesticado, fazia milagres em elegância e estilo, além de sempre ganhar o primeiro prêmio em todos os páreos que disputasse. Agora, Rogério era a selvageria sem concessões. Um cavalo em pelo correndo sem rumo, sem nenhum ser humano em cima do seu lombo. Absolutamente fora do páreo, mitológico, um unicórnio lilás.

Era possível sentir o ritmo forjado pelas algemas da moral explodindo numa convulsão de frases cristalinas e verdadeiras, algo de védicas, sem nenhuma justificativa social ou cunho arrebatador. Era como se um analfabeto político pudesse ser o maior pensador do mundo. Um analfabeto político que pudesse ver melhor do que todos os especialistas e revelasse sua visão em palavras de um conservadorismo que beirava o barbarismo linguístico de nossos mais antigos precursores.

Ler aquilo foi acelerando meu coração de maneira incontrolável, de modo que – quando a narrativa se tornou abertamente pornográfica, escatológica, hedionda – precisei parar e tomar um copo de água. Aproveitei e tomei um banho demorado. Havia lido de largada cem páginas, naquela mesma tarde. O dia passou voando e me senti nauseada, doente, mesmo assim realizada, como se me tivessem sido provocados vários orgasmos em sequência e não me restasse outra escolha a não ser recebê-los em meu corpo. De fato, minha calcinha estava encharcada. Mesmo sozinha onde estava, senti-me encabulada, porque nunca tive tesão em Rogério antes, nem em seu corpo, nem em sua mente, de modo que aquilo era uma total novidade.

Quando alcancei, no início da noite, a página duzentos, fiz nova pausa e percebi que estava com um tremendo torcicolo. Liguei para Toninho Saccada e perguntei como passava a senhora sua mãe. Falei com minha prima distante na Itália também. Na verdade, ela falou em italiano, porque era só o que sabia falar. Nem mesmo italiano, mas um dialeto calabrês. Eu falei em português. Mas, no final da ligação, li para ela em italiano um poema de Pavese sobre belas colinas ao poente e assassinatos de milícia. Então, voltei ao livro, a fim de o terminar. Era como se eu fosse uma assassina serial esquartejando um corpo. Sentia-me suja e volúvel. Masturbei--me quando o livro terminou.

O primeiro fato incontornável era uma total guinada, não do estilo, mas da forma de Rogério, que se deixava levar por frases barrocas intermináveis com as respirações contidas por travessões nietzschianos e exclamações ofegantes de meninos nus e algumas meninas também, que viviam em uma comunidade totalmente horizontal onde, literalmente, se fazia o que o desejo indicasse. E se desejava tudo muito, em ondas que subiam e desciam num mar nauseante, até que o desejo se tornava algo convencional e constante, como a respiração, para finalmente não precisar mais ser uma questão. É assim que se cria, primeiro, o niilismo; segundo, o nazifascismo. Senti que talvez exagerasse um pouco e gostei particularmente disso.

Não parecia haver problemas financeiros nessa comunidade ou, pelo menos, eles não eram citados. O aceno à pobreza aparece apenas quando novos meninos chegam ao local, esfarrapados como mendigos, morrendo de fome. E, na personagem central do livro – a figura do santo ou demiurgo, que era ocupada por um menino cego muito bonito que todos os demais louvavam como guia espiritual da tribo –, pude enxergar, sem engano, as feições de Reizinho.

O livro também se valia de uma forma absolutamente reta para tratar de tudo, como se todas as coisas pudessem ser ditas da mesma forma. Tomar uma xícara de café ouvindo os pássaros na janela estava no mesmo tom de três sujeitos deflorando um menino amarrado para depois esfolar sua pele como se faz a um coelho de caça. Com essa nova maneira de escrever, Rogério abandonava radicalmente sua posição de porta-voz da nação que deu certo ou coisa que o valha. Tornava-se, ao contrário, um homem que devia ser preso ou internado num hospício, junto com pervertidos sexuais, segundo os mesmos padrões que o levaram ao pedestal. Aquele livro que, detesto admitir, era genial a ponto de ser fisicamente impactante no corpo de quem o lia, como talvez o melhor Marquês de Sade, era também a carta de suicídio de Rogério Dalcut. Pelo menos daquele que todos conheciam e em que muitos depositavam suas mais débeis esperanças.

Até aqui, Rogério era o que se poderia chamar de "um escritor com os pés no chão", como disse certa vez uma manchete de jornal, pela ocasião da sua estreia literária. Porém, o livro que eu tinha devorado no decorrer de um dia só podia ter sido escrito por alguém que flutuasse para além do seu próprio corpo. E mesmo que fosse a obra de um homem drogado, isso não diminuiria em nada sua qualidade e frescor.

Não dormi muito bem naquela noite. Sonhei que Reizinho me ordenhava e tirava leite de mim através das dezoito tetas de uma porca. Ele fazia aquilo com tanta graça e habilidade que, dentro do sonho, a pessoa que não era eu nem a porca, a pessoa que dormia para fora de mim, podia sentir um prazer que beirava o sexual. Precisei escrever o sonho no caderninho e a descrição ocupou cinco parágrafos de cinco linhas. Quando me levantei, passei a limpo aquilo no computador e enviei para o telefone de Rogério como mensagem de texto, sob o título: A ÚLTIMA PORCA DO CHIQUEIRO. Ele respondeu quase imediatamente: "Então você leu". Escrevi: "Isso é uma pergunta". Ele escreveu: "Isso é". Eu escrevi: "Isso o quê?". Ele escreveu: "Finalmente, uma pergunta sem dúvida alguma!".

Então, eu disse que precisava vê-lo, falar com ele, que iria até seu apartamento. Ele disse que não estava lá, já fazia um ano e três meses. Achei estranho porque era bem mais tempo do que eu pensava. Tive certeza de que era isso mesmo quando entendi que ele estava morando numa espécie de chácara nos arredores rurais de alguma cidade.

Supus que Reizinho estivesse lá com ele, porque Rogério parecia feliz demais quando finalmente nos falamos pelo telefone, mas, no fim das contas, não toquei no assunto. Ele falou que podia mandar alguém me buscar e me levar aonde ele estava, que sentia saudades. Eu disse que sim, é claro que sim, como diria Nora Joyce no papel de Molly Bloom. Eu não via como escapar disso depois de ter lido o que li. Tinha a intuição – que, na verdade, me pareceu óbvia – de que Rogério havia mudado sua maneira de pensar naquela chácara e tinha escrito o que escreveu movido por essa nova forma de ver as coisas. E eu precisava, de alguma forma, ver aquilo. Antes de nos despedirmos, ele me pediu, sem dar explicações, que eu fizesse uma cópia do original que havia me enviado e guardasse num lugar seguro. Eu disse "ok" e comecei a me mexer.

***

Um carro preto como um rabecão parou em frente a meu prédio e, de dentro dele, saiu um homem vestido como um autêntico chofer. O único detalhe a diferenciá-lo da maioria dos motoristas de elite era o fato de ser um homem minúsculo. Apresentou-se solenemente – tinha o corpo modelado como o de um atleta em miniatura – com o chapéu no coração e os olhos fechados, o queixo apontado para cima, e disse que seu nome era Félix. Era muito educado e tinha uma voz fina, como a de alguém que chupou gás hélio. Tentei pensar na última vez em que havia sido apresentada a uma pessoa anã. Vagamente, veio-me à mente um rapaz na Boca, numa das orgias orquestradas por Russo e os Bobalhões de Pasolini. Então, sua voz de gás hélio outra vez tomou toda a minha atenção.

— Senhorita Manolazzo, queira ter a bondade – ele disse, apontando para a porta de trás aberta.

— Você mesmo veio dirigindo, Félix? – perguntei sem malícia.

— Justamente, senhora. Tenho licença para carros, motos e caminhões. Ainda quero tirar minha licença para pilotar helicópteros – ele disse com orgulho.

— Isso é mesmo formidável, Félix! Vivendo perigosamente, meu caro, é isso aí. Fico muito feliz por você.

— A senhorita é muito gentil.

Confesso que estava muito curiosa em saber como ele faria para dirigir sendo menor que uma criança. No entanto, havia uma divisa de acrílico escuro entre os espaços do motorista e do passageiro, de modo que podia apenas distinguir uma silhueta embaçada.

No centro da tela de acrílico, havia uma portinhola fechada por um ferrolho. Puxei o ferrolho e abri a portinhola, surpreendendo Félix quando se preparava para dar a partida, mas ele não deixou de fazer o que fazia porque eu observava. Sentou-se numa espécie de cadeirinha portátil, como as que se usam nos restaurantes para acomodar os filhos de gente rica. Era de madeira, mas acolchoada, e se acoplava perfeitamente ao compacto corpo de Félix. Havia também um pequeno cinto de segurança, que ele passou em volta de si. A cadeira inteira estava presa ao banco do carro por uma engrenagem metálica de encaixe.

Quando estava tudo pronto e Félix parecia um astronauta prestes a contar Houston-um-dois-três, ele deu a partida no veículo, virou a cabeça – que, apesar do corpo diminuto, era uma cabeça que seria grande até mesmo para um corpo de tamanho acima da média – e disse:

— É um carro especial, senhora. Eu passo as marchas e acelero pelo volante, de modo que posso ter as pernas livres – então sacudiu as perninhas.

— Como num videogame! – eu disse pela portinhola. Cachos desarrumados do meu cabelo recém-lavado invadiram o espaço de Félix molhando seu ombro.

— Creio que se possa dizer isso, senhora.

— Félix, querido, você precisa se decidir: senhora ou senhorita?

O motorista, dando a partida, enrubesceu terrivelmente.

— Desculpe, senhorita. É que a senhorita tem um porte de senhora, mesmo sendo jovem como uma senhorita.

— Disso eu gostei, Gato Félix, mas, quando disser isso a uma mulher, diga "porte de rainha". Te garanto que agrada muito mais.

— Não me esquecerei disso, senhora, digo... Senhorita.

GIRINOS

Uma vez que Félix entrou na estrada, o carro passou a deslizar com veemência por curvas sinuosas, subindo um longo trecho de montanha que, ao ser percorrido, produzia nas narinas um cheiro doce de morte e ressurreição, que Núbia sentia sempre que visitava o campo. Logo ela adormeceu com o ritmo macio das curvas, porque Félix era um motorista hábil e cuidadoso. Além do mais, contribuiu ao sono a música, não muito alta, que vinha do som do automóvel: um som que parecia um choro fúnebre, mas que era muito bonito e grave, claramente um instrumento de corda, mas não um violino, por ser grave demais, nem um violoncelo, pelo mesmo motivo, e não podia ser um contrabaixo, porque deslizava com muita leveza e facilidade. Núbia cochilou pensando nisso. Imaginando que instrumento seria aquele.

Despertou quando houve uma mudança brusca no chão da estrada, que antes era de asfalto e, agora, tornava-se de terra batida. O rabecão sacolejava. Núbia abriu a portinhola e surpreendeu Félix como um domador de leões, colarinho frouxo, chapéu no colo, encharcado de suor, tentando controlar aquele monstro de ferro e aço no chão de terra, que tinha virado lama. O rabecão deslizava na lama como um navio em apuros. Chovia torrencialmente. Trovoadas pareciam rachar montanhas ao meio não muito longe. Depois de uma dessas trovoadas de causar eco, Núbia fez o sinal da cruz e gritou:

– Porém a nós compete-nos, Ó POETAS, permanecer de cabeça descoberta enquanto passam as trovoadas de Deus!

Então, ela enfiou a mão pela portinhola, apanhou o chapéu no colo de Félix e colocou na sua cabeça descabelada. Dentro do sobretudo azul turquesa com enormes botões de madrepérola, Núbia ficou parecida com um troll, gnomo ou duende.

— Não se preocupe, senhorita Núbia. Falta muito pouco. E tenho tudo sob controle.

— Você me passa uma enorme segurança, Félix. Queria que soubesse disso.

— É uma honra e um prazer, senhora – disse Félix, após ter mordido a língua quando o carro se chocou contra um pedregulho. Lágrimas escorreram pelos seus olhos atentos, mas ele nem mesmo piscava. Permanecia sorridente, apenas mantinha o cenho franzido em posição de alerta.

— SENHORITA! – gritou Núbia gesticulando com os braços, à moda italiana.

Félix olhou para trás, por dentro da portinhola, procurando os olhos de Núbia.

— Sinto muito, senhorita – disse o motorista seriamente. – Foi uma desatenção minha.

Nesse momento, o carro perdeu completamente sua pouca estabilidade por um segundo ou dois e as rodas pararam de responder aos comandos do volante. O rabecão deslizou de lado por todo um declive de cerca de cem metros, com Félix girando o volante de um lado para o outro como fazem as criancinhas nos brinquedos dos parques de diversão.

Núbia encostou-se ao assento e pegou seu telefone celular. Ligou a câmera e apontou para si própria, de forma trêmula, por causa dos solavancos do carro. Começou a falar:

— Olá, pessoal! Bom, parece que vamos morrer. Estamos aqui, o bravo Gato Félix e eu – e virou a câmera para filmar a portinhola aberta e o dilúvio que podia ser visto caindo como pedradas sobre o vidro dianteiro do carro, enquanto o para-brisas lutava contra a chuva como um palestino faminto diante do bem alimentado exército israelense. – Estamos a caminho da chácara de Rogério Dalcut, com seu livro novo nas mãos – e filmou o calhamaço que trazia a seu lado no banco do carro – e, talvez, não sobrevivamos por conta da tempestade e da estrada perigosa. Para o caso de isso acontecer, peço que acessem, cedo pela manhã, o site do IML, que é um desdobramento do site da Polícia Civil, para encontrar o registro de nossos corpos e informar aos amigos mais chegados e à família, no caso do Félix. Você tem filhos, Félix?

Então, atravessou a portinhola com a câmera, que sacudia tremendamente, pixelando, entrando e saindo de foco, e filmou Félix ao volante, com o matagal ao fundo. Repentinamente o carro parou, meio de lado, com muita lama acumulada na porta do motorista. A cabeça de Félix deu um tranco para frente e para trás que fez com que ele ficasse semelhante a um boneco de ventríloquo. Com ternura e afeição, mas não com menos estranheza e até com um pouco de medo, ele disse olhando para a câmera apontada para o seu rosto:

— São três filhos, senhorita: duas meninas e um menino. Mais dois cachorros. E um papagaio chamado Azevedo.

Então, Núbia voltou a câmera para seu rosto e deu uma grande gargalhada, dizendo:

— Azevedo é um ótimo nome para um papagaio, Félix! E, pelo visto, chegamos com vida, de modo que podem ignorar o chamado realista e tomar este pequeno trecho dramático de nossas vidas, ainda em atividade, como um poema passageiro feito sangue.

Desligou a câmera e imediatamente manuseou o aparelho para publicar o vídeo na sua rede social com efeitos estilizados. Depois, guardou o telefone no sobretudo.

— Foi um prazer deslizar com você, Félix – ela disse com certa melancolia, depois de ver Anita Di Gozzi esperando em frente à casa debaixo de um enorme guarda-chuva.

— Digo o mesmo, senhorita. A senhorita é muito gentil e uma ótima companhia. Envie, por favor, meus cumprimentos ao senhor Dalcut. E tenha uma boa estada, espero que o tempo melhore.

— Pior já não pode ficar, meu querido – ela disse abrindo a porta e olhando diretamente para Anita, que se aproximava alegremente. Como Núbia tinha visto Anita antes de ser vista por ela, sabia que aquela alegria espontânea era como o botão de uma máquina que se liga quando é necessário. Antes, Anita trazia o cenho comprimido e a boca retesada. Mas bastou que visse Núbia para que uma alegria contagiante explodisse em suas feições. Contagiante, mas que a Núbia Manolazzo não contagiava. Elas se bicavam por motivos confusos que envolviam um triângulo em que Rogério, apesar de ser o mais feminino dos três vértices, era o objeto masculino de desejo de duas mulheres masculinas e perspicazes, mas antagônicas, representantes de ideias opostas sobre como viver e morrer. Claro que a coisa toda não esquentava ao ponto da fervura. E elas se aturavam em banho-maria, embora não sem queimaduras leves.

— Que sobretudo lindíssimo o seu – disse Anita enquanto oferecia, à porta do rabecão, o guarda-chuva para abrigar a convidada.

— Eu ganhei em troca de uma faxina que fiz pra uma amiga sua – disse Núbia sem afetação.

— Que coincidência! Eu tenho mesmo várias amigas que compram nos mercados de pulga e lojas de segunda mão. Pode ser qualquer uma delas, realmente – disse Anita, enquanto, com muita seriedade e compenetração, passava a mão no sobretudo de Núbia.

— É verdade. Vocês ricos têm essa fixação na sujeira dos pobres, não é mesmo? Mas é bem mais provável que alguma amiga sua tenha comprado essa peça na Feira da Ladra. Acho que tem mais a ver com a atual conjuntura.

Seguiram de braços dados, embaixo do grande guarda-chuva, contornando uma trilha feita de pedras grandes e lisas, com aparência de escorregadias. Isso as obrigava a não serem ríspidas demais, afinal, ambas se apoiavam uma na outra para não escorregar. Quem olhasse a cena de longe pensaria que as duas falavam de algum amigo em comum que havia acabado de morrer, ou de uma preocupação que ambas nutriam sobre algum assunto importante relacionado à política nacional. Enquanto uma falava, a outra sorria. Depois, ficava séria para falar ela mesma, enquanto no rosto da primeira se abria o mesmo sorriso da segunda, como se uma pegasse emprestado um sorriso concreto e temporário para cada momento de escuta. Na relação dessas duas mulheres de gênio forte, o sorriso era uma espécie de escudo ou alavanca.

— Faz quanto tempo que não vê o Rogério? – perguntou Anita, cortando a evolução de outro pensamento, mais soturno, que lhe tinha vindo à mente.

— Eu pensei que fossem alguns meses, mas, depois de falar com ele, percebi que são muito meses.

— Tenho a impressão de que, sem você, ele fica um pouco perdido – disse Anita, sem disfarçar um tom cada vez mais próximo da crítica velada.

— Eu também fico perdida sem ele, mas é bom, às vezes, se perder – disse Núbia, orgulhosa da frase feita.

— Você leu o que ele escreveu?

— Sim. E devo dizer que, nesse ponto, se estava perdido, ele acaba de se encontrar terrivelmente.

— Quer dizer que você gostou? A mim me deu medo.

— Existe um enorme prazer situado na interseção entre o gostar e o temer – disse Núbia triunfante, feliz de não ter sido contaminada pelo decadentismo burguês a ponto de não perceber a qualidade irrefutável do que Rogério havia escrito.

— Acho que, quando você encontrar com ele, vai entender o que eu quero dizer – disse Anita de um jeito cansado e bastante enigmático.

Chegaram a um lugar coberto. Dois homens parrudos e barbados, fortemente armados e nus, como num sonho de Jean Genet, pensou Núbia, pediram delicadamente que ela entregasse a eles seu telefone celular, pois não eram permitidos ali. De todo modo, garantiu um dos homens, o aparelho estaria seguro e, em caso de emergência, poderia, com autorização prévia, ser acessado. Núbia sentiu-se completamente nua sem o seu telefone. Não sabia, no entanto, o que estava por vir. E como a mesma sensação soaria infantil a ela mesma em pouco tempo.

Estavam em um planalto de concreto enorme, retangular, como uma enorme boca arreganhada para fora da casa principal. Um tipo de varanda, que se interligava à casa principal através de uma piscina aquecida em tamanho olímpico. A piscina soltava uma constante fumaça de vapor e tinha no meio dela uma parede ultrapassável somente se a pessoa mergulhasse rente ao chão. Do outro lado ficava o interior da casa. Eram, portanto, como dois mundos ligados pela água, o que transformava os que ali viviam em girinos sempre úmidos, ou prestes a se molhar.

Dentro da piscina que dividia os dois ambientes, havia, no lado externo, quatro meninos, entre os quais Núbia conhecia apenas Leiser, fora um ou outro, talvez, de vista. Estavam ali também duas meninas, uma das quais sentada remexendo-se de olhos fechados e boca aberta no colo de um dos meninos. Todas as pessoas estavam nuas, o que era apenas possível supor. A piscina estava ligada no modo massagem e todo mundo estava coberto de espuma.

Quando viu Núbia, Leiser se levantou para fora da piscina e, com a espuma em volta do seu corpo fazendo um grande volume na sua região pubiana, curvou-se em direção a ela, que acenou de volta. Ele então mergulhou na piscina como um peixe e atravessou a parede por baixo, até o outro lado, apenas permitido aos seres úmidos. Núbia virou-se para Anita e disse:

— Devo tirar minha roupa imediatamente?

— Apenas quando e se você quiser. Eu mesma quase sempre fico vestida.

— Em Roma, como os romanos – disse Núbia tirando seu sobretudo e colocando com cuidado nos ombros de Félix, que vinha atrás arrastando a mala dela como se fosse uma caixa de fósforo.

Núbia levou pouco tempo para se despir, pois estava apenas com macacão jeans e uma camisa por baixo do sobretudo. Emitiu um som de alívio ao tirar as botas enlameadas, depois as meias encardidas. Tinha as unhas dos pés grandes demais, mas não se envergonhava disso. Ao contrário, ostentava cada descuido como um talismã diante de um mundo acrílico de boas aparências.

Sentou-se por um instante no chão, totalmente nua, e massageou seus pés com as mãos de forma compenetrada. Anita observava a cena como se Núbia fosse um Baco numa pintura barroca. Ainda mais com seus cachos volumosos caindo sobre seu nariz reto. E com suas gordurinhas à mostra, como no caso das musas antigas.

— Agora me leve até o meu amigo, Anita, por favor.

REI MAGO

Eu achava muito bom conhecer o Rogério e poder ficar pelado o tempo todo. Difícil era entender como eu tinha virado essa pessoa que fode sem parar se, pouco tempo antes, eu quase não fodia e nem usava direito essa palavra. Taí uma palavra que mamãe vivia dizendo aos gritos. Fode pra lá, fode pra cá, não fode, assim você me fode, assim é de foder, me fode mais, e um monte de jeito parecido de dizer coisas diferentes, como se fosse uma língua do foder.

Só que fazer o tempo todo, daí era outra coisa. Rogério usava muita pomada no meu pau, pra não ficar assado, e era sempre com muito carinho que ele mexia ali. Eu sentia que, mesmo quando não tinha ninguém com meu pau na mão, no cu, na boca ou na buceta, tinha sempre alguém me olhando, olhando pro meu pau. Rogério sempre diz que faz bem olhar pro meu pau, como se fosse alguma coisa que dá sorte. Eu acredito nele. Ele é alguém que fala pra que a gente acredite nele. Queria ser assim também.

Aqui na fazenda é melhor que na cidade, porque tem cheiro de bosta de bicho e de planta nascendo. Tem fruta, tem mato. Enquanto na cidade a gente fica morrendo, mesmo querendo viver, aqui a gente abre o peito e puxa o ar pra dentro como se fosse viver pra sempre. E pode fazer isso até mil vezes o dia todo. E isso pra mim é quase como poder enxergar. Que nem uma árvore pode ver. Ou um pedaço de tijolo pode ver.

Acho legal foder, mas é estranho porque o Rogério é a única pessoa que gosta de meter no meu cu. O resto das pessoas, homens e mulheres, quer sempre que eu enfie meu pau nelas. Eu gosto mais de enfiar o pau, porque é quase como se eu tivesse usando uma espada. Não vou dizer que me incomoda demais que o Rogério enfie no meu cu. Mas acho que tem que ser só ele.

A coisa mais confusa foi o que Rogério tentou me explicar. Ele falou bem calmo, mas eu demorei muito pra entender. Era mais ou menos assim: ele e Anita eram casados. Isso quer dizer que eles são que nem nós, eu perguntei, mas ele disse que não era bem assim. Eu perguntei como era então. Era de brincadeira, uma coisa que a gente ia inventar que era, porque era mais normal um homem namorar uma mulher. Namorar é o mesmo que foder?, eu perguntei, não, é o mesmo que casar, é o que acontece antes de casar, me disse Rogério. Minha mãe casou, eu falei. Sim, com o seu pai, imagino, ele disse. Pior é que não sei se foi com ele, eu disse.

Então ele voltou a explicar essa coisa difícil. Eu podia foder com quem me desse vontade, ele também e todo mundo ali a mesma coisa. Mas só ele ia comer meu cu. Era a única regra, ele disse muito sério. Foi a primeira vez que ele falou isso, então eu fiquei feliz.

Mas você vai comer o cu da Anita também, eu perguntei. Acho que não, ele disse rindo, a gente é amigo há muito tempo. Apesar que ela é bem bonita, você tinha que ver, ele disse. Eu disse que pena que não posso ver. Mas sei que ela é bonita pelo cheiro dela. Ele riu e me abraçou. Então disse que era assim: pra todo mundo, ele e Anita estavam como, na verdade, pra bem menos gente, ele estava comigo.

E pra todo mundo, ele disse, você é o melhor amigo do Leiser. Sim, eu disse, gosto muito dele. E, na verdade, ele disse depois, o Leiser é pra Anita o que você é pra mim, entende?

Só que o Leiser não é cego como eu, eu disse. Não, ele disse. E nem Anita come o cu do Leiser, eu disse. Olha, isso eu já não posso garantir, ele disse e me abraçou de novo.

Foi depois dessa conversa que umas coisas estranhas começaram a acontecer perto de mim.

Primeiro um garoto passou mal perto da piscina e Leiser mandou me chamar, porque o garoto tinha parado de respirar.

Outra vez eu tava deitado na escada da piscina com uma menina em cima de mim, eu enfiando meu pau no cu dela, quando, de repente, senti uma gosma e as pessoas apareceram dizendo que ela tinha vomitado e eu não sabia muito bem o que fazer, então fiquei quieto.

O caso dessa menina, me disseram, foi o mais estranho. Depois que ela soltou gosma em cima de mim, saiu correndo e escorregou. Daí ela acabou rachando a cabeça e disseram que tinha muito sangue e até pedaço da cabeça dela no chão. E eu pensando, como era um pedaço de cabeça, cheguei perto dela e fiz carinho na cabeça rachada dela. Daí me disseram que, depois de muito tempo, a cabeça dela tinha ficado inteira de novo e o sangue tinha parado de sair de lá.

Depois disso, as pessoas todas queriam que eu ficasse perto delas e isso deixou o Rogério um pouco triste no começo. Mas um dia eu disse pra ele que ele tinha que voltar a escrever pra ficar feliz outra vez. E foi isso que ele fez. Então sumiu por uns dias. E foi bom isso também, porque eu pude foder e tocar em um monte de gente que tinha um cheiro muito bom e era muito boa de tocar e foder. Era quase como poder enxergar.

Um dia, o Rogério apareceu do nada muito maluco e disse que eu era um santo. Perguntei por que ele achava isso – santo eu sabia o que era por causa da minha mãe – e ele me disse que tinha pensado esse tempo todo e que as palavras saíram da sua cabeça pro papel como se fosse Deus escrevendo no lugar dele. E que isso só podia ser por minha causa. Porque, antes de mim, ele escrevia de um jeito muito diferente.

Mas Rogério, eu disse, tem um monte de gente aqui além de mim. Mas não são como você, ele disse. Mas é por causa dessa gente toda e de você que eu sou assim, eu disse sem entender muito bem o que eu tava dizendo. Eu não sabia o que eu era antes de conhecer você, eu disse, antes de a gente vir parar aqui. Eu te amo, ele disse. Eu nunca tinha ouvido alguém dizer isso pra mim antes, mas na televisão ouvi um monte de vezes.

No dia seguinte, o doido do Rogério apareceu com um pano em volta da cara pra não enxergar como eu. Ele disse que ia ficar uma temporada assim, do meu lado, como eu.

Depois disso, tudo ficou muito diferente, de um jeito difícil de explicar. Me tratavam com mais cuidado, como se eu pudesse quebrar ao meio. Agora não era só foder com o pau, ou deixar o pau ali pendurado pra alguém tocar nele ou lamber. Eu também ficava um tempão com cabeças no meu colo, e era como um sonho de criança sem fim. Eu podia ficar horas fazendo carinho num monte de cabeças diferentes o dia todo, então alguém trazia comida quando eu tinha fome. As pessoas ficavam bem, diziam que eu era bom. Eu gostava muito de fazer carinho na cabeça e também passava a mão na cara da pessoa porque assim eu podia ver como ela era. E tomava muito banho o tempo todo, toda vez que eu queria. Foi bom descansar um pouco de foder.

Passou um tempo e um dia eu acabei perguntando pro Rogério se ele ainda tava sem enxergar. Ele levou minha mão até o olho dele e eu senti o pano por cima.

— Nossa, como tá molhado esse pano – eu disse.

— É de tanto chorar – disse Rogério de um jeito estranho.

— Você tá triste.

— Não. São lágrimas de alegria. Por estar aqui com toda essa gente estranha, que não poderia estar em nenhum outro lugar senão aqui, às vezes tenho essa impressão. E tudo isso é graças a você, Reizinho. Você entrou na minha vida como esse lindo catalisador de bondade. E porque você tem uma bondade acima do normal, então Deus fala com todos nós através de você. Você é um duto divino! Até mesmo o seu pau é um duto divino, querido. Por isso que eu não gosto muito de tocar nele.

— O que é um catalisador? – perguntei.

— É uma coisa que junta um monte de sujeira e deixa tudo limpo – ele disse.

— Tipo uma pá de lixo – eu disse.

— Isso – ele disse deitando a cabeça no meu colo. – Exatamente isso.

BAIXO-VENTRE

Anita apontou para o alto de uma colina e disse: Rogério está lá em cima. Nua em pelo, Núbia subiu a colina lentamente, como quem pagasse uma promessa. No caminho, colheu duas ou três flores silvestres, escolheu uma, ajeitou atrás da orelha. Para isso, teve que tirar o chapéu. Foi quando percebeu que tinha ficado com o chapéu do Gato Félix. Tirou a flor de trás da orelha, prendeu na fita que envolvia o chapéu, depois o vestiu outra vez enquanto subia.

Quando chegou lá em cima, conseguiu ver, do outro lado, um vale coberto por um gramado muito rente ao chão, bem cuidado e verde, tão verde que parecia artificial. Ali naquele vale, Núbia teve um presságio catastrófico, quando viu dezenas de homens e mulheres, de todas as idades, andando em pequenos grupos ou deitados. Alguns fazendo sexo, outros banhando seus regaços em pequenos lagos que havia aqui e ali ao longo do vale.

Mas até aí, Núbia também estava nua. Ficou pensando e falando mentalmente: "Núbia está nua, Núbia nada nua, Núbia ia nua". Quase todo mundo ali estava nu, na verdade. Até agora, só tinha visto uma pessoa vestida, ou melhor, duas: Anita e Félix. Pensou em como seria Félix nu e surpreendeu-se com a beleza da imagem que se formou em seu cérebro. Porém, o que representava para Núbia o elemento trágico daquela cena era o fato de que muitas das pessoas ali estavam, além de nuas, vendadas.

Enquanto olhava a paisagem, que, aliás, era belíssima, Núbia ouviu passos atrás de si e virou-se. Ali estavam, de mãos dadas, Reizinho e Rogério, também completamente nus. No entanto, antes de se espantar com o pau de Reizinho, o que seria sempre algo incontornável, Núbia se espantou com o fato de que os dois estavam queimados e com a pele brilhante cor de café. Era como se ambos tivessem se queimado de sol até se reduzirem à essência de cada um, que era negra, indígena (hindu, cogitou). Estavam, inclusive, mais magros e mais bonitos. Reizinho havia atingido uma beleza estonteante. Rogério, perto dele, parecia uma criança pouco saudável. Quem seria o mais novo? Depois percebeu que Rogério tinha também uma venda nos olhos e os dois se aproximavam às apalpadelas. Então ela disse:

— Salve, salve, Charles Manson!

Rogério segurou mais firme o braço de Rei e ambos pararam. O primeiro abriu um sorriso amplo e relaxado, o segundo manteve-se acanhado, pensando que nome estranho era aquele pelo qual Núbia havia chamado Rogério.

— Quase um ano e meio sem ver a pessoa, mas esse humor maravilhoso continua o mesmo – disse Rogério lentamente, como quem está saindo do hospital ou se recupera de um longo resfriado.

Enquanto falava, Rogério estava com seu corpo virado para o lado oposto ao de Núbia. Ela mesma deu um passo, segurou os braços do amigo e virou seu corpo de frente para o dele. Deu nele um longo abraço de olhos fechados. Virou-se então para Reizinho, que se mantinha em silêncio, agora sem saber o que fazer com as mãos. Núbia se aproximou e ele capturou seu hálito quente.

— Acho que agora posso chamar você de Rei do Pedaço – disse Núbia com alguma malícia, que Reizinho não captou.

— Pedaço de quê? – disse Reizinho, sorrindo infantilmente.

— Pedaço de mau caminho – disse Núbia dando uma risada curta. – Aliás, meus parabéns, Rei. Você tem um corpo muito bonito.

— Você também acha meu pau bonito? – disse Reizinho com naturalidade.

— Talvez bonito não seja a melhor palavra. Monstruoso, imperdoável, inescapável, incontornável, onipresente, diria até sublime. Mas não bonito. Bonito nunca.

— Ih! – gritou Reizinho, que de repente começou a rir e virou sua cabeça na direção exata de onde estava Rogério, que mantinha os braços cruzados, sorrindo.

— Em resumo, meu amigo: seu pau é uma obra de arte. Como um quadro pintado com fúria.

— Agora eu queria ver um quadro assim pra saber como é.

— Um quadro não pode ver outro quadro – disse Núbia. – Essa é a sina da obra de arte: ela não pode ver a si mesma e nem mesmo a outra obra de arte. Por isso a tristeza universal.

Dizendo isso e deixando Reizinho ainda mais confuso, feliz por estar nua ao lado dos dois, mas não exatamente excitada, ou melhor, excitada, mas não sexualmente, Núbia cruzou seu braço sobre o ombro de Reizinho e olhou para Rogério, que não havia dado nenhuma indicação de que arrancaria o pano para reconhecer sua velha amiga.

Ela encheu então sua mão com o pau de Reizinho, mas a mão não era grande o suficiente para dar a volta completa no membro. Apertou levemente aquele acúmulo de carne viva, que pulsava como pulsava o núcleo da Terra, que parecia irreal e até mesmo mágico. Então ela disse, ainda olhando para Rogério e soltando o pau de Reizinho:

— Agora deixa eu adivinhar. Você despejou toda aquela literatura de vanguarda em cima de mim, penso que, em breve, em cima de todos nós, e, quando eu disse que vinha te ver, decidiu passar um pano em volta dos olhos e ficou cego para acompanhar em martírio o destino do seu muso inspirador, aposentando-se para todo o sempre da famigerada literatura no auge da sua potência. É mais ou menos esse o enredo?

Rogério deu uma longa gargalhada, depois falou:

— Literatura de vanguarda... Isso foi irônico?

— Acaba sendo o que as pessoas chamam de vanguarda há cem anos. Mas, no seu caso, não é irônico. De todo modo, parece anacrônico, porque é algo junto do que a gente é capaz de conhecer uma sensação de intimidade absoluta, mas não pode dizer o que é, de que tempo e de onde vem, como se dá no contato. Algo que não se realiza completamente, mas não vai embora jamais, e permanece sem solução, realizado no corpo. Seu livro é uma perseguição certeira desse paradoxo. Uma perseguição sanguinária de algo que existe, mas é impossível, porque só existe no caminho até ele, e nunca no ponto final. Fica entranhado como uma espécie de febre alta.

— Que saudade de te ouvir cagando regra. Que bom que isso não mudou.

— É porque você não pode ver, mas pra te mostrar como tudo me afetou demais, aqui estou eu, peladinha da silva, como vocês. Anita ficou horrorizada quando eu tirei a roupa na frente daquelas crianças. Aliás, como tem gente aqui!

— Sim, acho que acabei criando uma espécie de refúgio das almas perdidas.

— Imagino que você conheça os perigos dessa hipótese.

— Viver é perigoso. Não é o que dizia aquele escritor?

— Sim, viver é perigoso, dizia o escritor que era um diplomata. Não me venha com essa!

— Acho que nunca vi você pelada antes.

— Sinceramente, você não sabe o que está perdendo.

Rogério chegou bem perto da amiga e tocou de leve seu baixo-ventre, que se comprimiu imediatamente. Mas Núbia não se moveu.

— Há quanto tempo você não enxerga? – ela perguntou.

— Desde que terminei o livro. Faz um mês amanhã.

— E isso tem duração? O que é? Um sacrifício aos deuses pelo gênio da sua escrita?

— Não sei. É só uma experiência. Nesse ponto, ficar sem ver, aqui, pode ser bastante interessante, sensorialmente falando.

— E você já viu aquela gente toda vendada?

— Claro que não, amiga. Se estou vendado também.

Enquanto conversavam, desciam com cuidado o vale em direção à casa. Núbia andava no meio, entre os dois homens, os três de braços dados. Nada no céu dava a impressão de que havia chovido torrencialmente minutos antes. Um fim de tarde digno de Turner, pensou Núbia. Ela adorava pensar coisas pedantes sem precisar dizer a ninguém. No fundo, adoraria viver num mundo em que todos pudessem ser pedantes sem se preocupar com represálias de intelectuais valorosos.

Entre as muitas pessoas vendadas que vagavam por ali ou permaneciam deitadas acasalando – talvez fosse mesmo essa a melhor palavra, porque essas pessoas não gemiam nem alteravam a grave fisionomia de seus semblantes, que eram duros, robóticos –, ela reconheceu Nino Caraglio, um dos membros-fundadores dos Ashberianos e, por ironia do destino, o único integrante que, desde a fundação da organização de poetas casamenteiros, não havia nem mesmo engrenado um namoro, uma paquera sequer, que alguém pudesse confirmar.

Enquanto isso, Núbia, nos mesmos doze anos, tempo que o grupo tinha de existência, havia se casado e divorciado duas vezes, com dois ricaços, depois se tornado viúva de um terceiro. O primeiro deles, proprietário da única fábrica de papel do país, patrono, portanto, de todas as editoras de livros e, consequentemente, dos seus autores. O segundo, um excêntrico aviador, sua relação mais desastrosa e violenta. Por fim, a salvação da sua vida: Léon Schebar, um velho judeu colecionador de quadros, impotente e à beira da morte, que lhe deixou uma gorda herança. Somada às pensões dos casamentos anteriores, formava um valor que permitia a Núbia dedicar-se exclusivamente à literatura no ritmo lento que lhe era próprio, sem se preocupar com o tempo, sem passar pelo aperto material tão típico entre os poetas.

Sua sina e, no fundo, sua maior culpa secreta, era que ela se dedicava debilmente à escrita. Escrevia aqui e ali, num caderninho todo arrebentado. Isso porque tinha a visão de que a poesia, que era o que a interessava como escritora, tinha na observação atenta da realidade a função de catapultar a humanidade em direção a seu destino. Isso era muito mais do que algo que se pudesse escrever com palavras. Muito do que tinha gostado no livro de Rogério era que ele conseguia, com palavras, passar essa mesma sensação de presságio, de aviso quente da vida, determinada pelo radar ultrassensível do poeta ao que existe em volta dele. O poeta devia ser, portanto, um preguiçoso visionário, na concepção de Núbia. Um passivo tensionador de sentido. E escrever tornava-se menos importante do que olhar para pensar, tirando assim provisórias conclusões.

Olhou, aliás, de cima a baixo para Nino, que tampou as vergonhas com as mãos.

— O que você quer aqui? – ele disse, olhando para os lados como alguém que possivelmente é perseguido.

— Acho que somos da mesma tribo específica – disse Núbia. – A pequena tribo dos pelados que podem ver.

De repente, Nino afastou um pouco uma das mãos e Núbia viu seu pau pendurado entre as pernas, grande e mole como a língua de um cachorro.

— Eu sabia que você seria a primeira a me criticar – disse Nino, puxando Núbia agressivamente pelo braço. Porém, ao perceber que estavam ainda em campo aberto e que Rogério e Reizinho seguiam à frente, soltou o braço da companheira. – Eu já não sabia mais o que fazer e pensei que aqui eu poderia, quem sabe, encontrar alguém interessante.

— Tenho certeza de que você é a pessoa mais interessante por aqui – disse Núbia. – Eu não sabia que você tinha pentelhos brancos.

— É porque eu pinto os cabelos – disse Nino. – Os de cima – e deu uma risada como alguém que perdeu a cabeça.

Então, Nino enfiou dois dedos de baixo para cima entre as pernas de Núbia. Ela as esticou e fez um movimento para trás com a cintura, como faria alguém que deixou cair na sua frente uma caneca cheia de café quente. Ela sentiu os dois dedos de Nino penetrarem a caverna da sua buceta e se espantou com a rapidez com que ficou excitada. Havia nela algum comando interno que impedia qualquer outro músculo de se mover, a não ser o músculo do seu baixo-ventre.

Lentamente os dedos de Nino, que haviam se fixado naquela região, espremiam depois friccionavam seu clitóris de modo que ficou grande e robusto como um pau de bebê. Ela viu o pau de Nino crescer como um bicho silvestre despertando de um longo sono invernal. No que aumentou de tamanho, o pau pendeu para o lado e tocou na sua coxa. Ela puxou o corpo dele para o chão, agarrando seu pau entumecido. Ele cedeu como quem sente dor. Ali mesmo, com as pernas para cima, Núbia foi penetrada em silêncio, estranhamente, sem controle de seus gestos. Não muito diferente do que seria uma máquina, ela pensava enquanto Nino, também muito sério, lançava contra ela todo o peso de seu corpo com estocadas sincopadas. No seu rosto, nenhuma deformação de prazer, nenhuma expressão sequer de remorso.

PORCILE

Em tudo que faziam, os Boys de Pasolini faziam juntos, em bando, ou não faziam jamais. Claro que isso era uma regra algumas vezes contornada pelo alto escalão, em situações de extrema urgência ou, por exemplo, quando alguém precisava se encontrar a sós com outra pessoa. Então, organizava-se um Comitê para Assuntos Formais (COMAF) e fazia-se, portanto, uma solicitação formal para entrevista a dois, e a pessoa adquiria autorização para uma visita exclusiva através de votação, via assembleia, mas com direto a sigilo sobre a pessoa com quem se daria o encontro. Isso pois, nesse ponto, a camaradagem deveria estar acima da ética.

Quando se instalaram na chácara de Rogério, tomaram em grupo certas liberdades, como batizar o lugar de Italieta. E a seu quartel-general, feito no chiqueiro com os porcos e as vacas, eles deram o nome de Porcile, em homenagem ao filme de Pier Paolo, como eles gostavam de chamar o multitalentoso artista bolonhês.

Por mais estranho que possa parecer, num lugar onde a lascívia era a norma, os Boys tinham tendência a se retrair. Dentro de uma igreja, alguns deles poderiam, sem reservas, mijar na pia batismal. Daí, inclusive, a tendência ao isolamento e ao assentamento coletivo à parte do todo. Era como se o sexo livre e a nudez compulsória trouxessem à tona sua pouca idade. E os meninos se tornavam como aquelas crianças que escutam em silêncio, dentro da noite funda, seus pais copularem.

Essa tendência de todos os Boys de Pasolini a ser do contra estava especialmente exacerbada em Nêmesis, que, sem saber da chegada de sua amiga Núbia, acordou com as orelhas quentes e foi sozinho respirar longe do bando. Bebia seu chá entre os porcos, que faziam seus ruídos enquanto tomavam sol num cercadinho do lado de fora do chiqueiro. Do lado de dentro, seu irmão Gênesis e outros camaradas que já estavam acordados, ainda deitados nas camas feitas com sacos de feno, brincavam de inventar trocadilhos com nomes de escritores, o que, aos poucos, fazia com que os demais fossem despertando. Nêmesis se irritava particularmente com o que julgava uma tendência infantilizante nesses jogos de palavras que faziam sempre todo o resto rir.

Entre gargalhadas, na parte interna da Pocilga, ouvia-se:

— Eu prefiro salame. Francis Bacon.

— Borges é baixo. Roberto Arlto.

— Na festa junina, eu contorno a fogueira. Jean-Paul Sarta.

— Eu gosto de ver cachorro nadar. Simone Boivoar.

— Eu visto jaqueta de couro. Bob de lã.

— Eu prefiro pudim. Albert Quer Mousse.

— Eu fumo a varejo. Alexandre Dumaço.

— Estou sempre cheio de grana. Marguerite Duraça.

— Quando viu Lou Salomé, Rainer Maria Riuke. Quando ela foi embora, Rainer Maria Chorouke.

— Eu tenho problema com a Sky. Elias Coa-Net.

— Existem o Italo Calvino e o Italo Cabeludino.

— Na praia, eu levo a pá, João Ubalde Ribeiro.

— E o James Baldin.

— E o W. G. vai Sembald.

Toda essa algazarra matinal dificultava a meditação solitária de Nêmesis, que precisava de um pouco de silêncio para entrar nos eixos logo pela manhã. Percebia que tinha muito mais dificuldade nisso do que seu irmão, que acordava saltando da cama direto para a boca do lobo, como costumava dizer a ele em tom de crítica.

De qualquer forma, lhe agradava o som dos porcos. Era uma discussão desenfreada com encontros físicos constantes numa língua tão comum que só poderia existir se todos a pronunciassem ao mesmo tempo. Era isso que tornava a língua dos porcos bonita e fazia Nêmesis pensar no cerne deles mesmos, os Boys de Pasolini: tinham uma língua violenta em comum, assim como os porcos.

Estava com a cabeça toda debruçada em pensamentos que começavam a se tornar um pouco mais sombrios, enrolado em uma manta feita com uma toalha felpuda de um roxo púrpura, como o sangue dos deuses pagãos, que ele prendia por um cinto de couro na cintura, sem nada por baixo. Um perfeito *glam-greek* diante do chá de cicuta, ele pensava, numa faísca do seu humor dolorista. Olhava aquele vale que se estendia verde como uma utopia, estranhamente tão pouco natural, e refletia consigo mesmo sobre o que era ainda bonito na vida, que pudéssemos enxergar e que justificasse continuarmos vivos. Observava os porcos remexendo-se na lama, vorazmente disputando cada centímetro de território, também se lambendo e copulando, tudo ao mesmo tempo, entre guinchos e grunhidos de puro êxtase. E achava que aquilo era o mais próximo do que ele mesmo podia, naquele momento, imaginar como justificativa para seguir vivendo.

De fato, na Bíblia, por exemplo, ele pensava, Deus se desfaz do Diabo depositando os espíritos demoníacos nos porcos que joga abaixo no precipício. Então, os porcos não eram maus, mas sim os transportadores do mal em seus corpos de porcos – e ficou muito tempo pensando na expressão "corpos de porcos" e suas variáveis –, a fim de limpar, por assim dizer, a existência desses espíritos maus e purificar a humanidade. São engrenagens da salvação e não uma danação, como se pode pensar ao ler a parábola. Com Judas é a mesma coisa. Ele traz o mal até Jesus e faz cumprir seu gesto de sacrifício pela humanidade, sem o qual a existência de Jesus não faria sentido. Não existe Jesus sem Judas, como não existe Batman sem Coringa. O mesmo ocorre com Pôncio Pilatos, que Nêmesis sempre imaginou como um poeta melancólico. Outra engrenagem do bem que, por via do mal, faz com que se cumpra seu processo de purificação, de sacrifício, de busca pela paz suprema de modo ritualístico. De repente, ouviu alguém falar muito perto de si, interrompendo seus devaneios, mas não percebeu a pessoa se aproximar.

— Refletindo sobre o sentido da vida, Sócrates? – disse Núbia, que, de um dia para o outro, havia tomado dois banhos, mas não se vestido outra vez.

Quando percebeu que Núbia estava nua, pensou imediatamente na belíssima combinação que faziam as palavras Núbia e nua, mas ficou indisfarçavelmente encabulado e desviou seus olhos para o chão.

— Eu imaginei que alguma hora você apareceria por aqui – disse Nêmesis, retomando a confiança na fala. – Mas achei que seria mais cedo.

— O que posso dizer, para começo de conversa, é que perdi completamente a noção do tempo.

— Daí resolveu recuperar o tempo perdido e tirou logo a roupa – disse o menino, tampando a visão com a palma da mão, como se Núbia fosse um sol de meio-dia.

— Imagino que essa represália moralista seja porque você desejou por toda sua adolescência me ver pelada e, agora que pode ver, não tem coragem de olhar.

Nesse momento, de forma petulante, Nêmesis ergueu os olhos e olhou para o corpo da amiga como um esquimó que via pela primeira vez uma girafa. Percebeu num átimo que poderia descrever o corpo de sua amiga e amor platônico como o de uma bailarina operária ou iogue camponesa, porque tinha as pontas dos membros muito bonitas e bem-desenhadas, todos os ossos eram protuberantes da mesma forma que, no seu rosto, eram protuberantes os ossos do nariz e da mandíbula. Tinha a vagina toda raspada e ficou alguns segundos pensando no motivo pelo qual se referia à buceta de Núbia como vagina e não como buceta, como fazia com todas as outras bucetas às quais se referia.

Passados alguns instantes de pura estupefação e recato, sua atitude foi tirar o cinto e, junto, a manta cor púrpura, que estendeu sobre a grama onde havia uma térmica e uma caneca com chá ainda quente sobre uma bandeja.

— Espero que não seja cicuta – ela disse e ele riu, enquanto servia o chá. Núbia não pareceu surpresa ao vê-lo sem roupa. Era como se estivesse olhando uma parede branca. Nêmesis ajudou sua amiga a se sentar e sentou-se ele mesmo a seu lado.

— Eu acho, sinceramente – disse Nêmesis, – essa ideia de liberdade sexual muito pouco socialista e muito mais uma autorização capitalista para a perversão e uma artificial abolição de classe, como foi artificial a abolição da escravatura, ou o fim do fascismo.

— Acho que você tem toda razão – disse Núbia, passando a mão pelos longos cabelos de Nêmesis, enquanto o menino limpava os óculos, como faria uma irmã mais velha ou tia sedutora. – Mas o que adianta ser triste? De todo modo, eu acho também que tem alguma coisa muito estranha acontecendo aqui. Você já leu o livro do Rogério?

— Pude ler essa obra-prima – ele disse com os olhos baixos.

— Não é impressionante? Finalmente apareceu alguém que não me faz pensar que sou louca.

— Absolutamente. É um livro tão genial quanto perigoso. Imagino que você saiba disso.

Núbia encheu outra vez sua caneca e falou:

— De todo modo, acho que ele causa algo.

— Sim, ele causa um grande impacto no leitor.

— Não quero dizer isso. Ele causa algo mesmo. É como se ele fosse um disjuntor sexual na pessoa que lê.

— Isso é estranho pra caralho, Núbia.

— Aconteceu comigo. Eu li o livro. Vim pra cá, tirei a roupa, nunca mais me vesti outra vez. E, ontem, enquanto caminhava com Rogério e Rei, reconheci um velho dos Ashberianos, o Nino Caraglio, e ele simplesmente enfiou o dedo na minha buceta e...

— Na sua vagina, Núbia, por favor.

— Na minha vagina. E eu fiquei superexcitada, como se ele fosse o Marlon Brando, e eu nunca tive tesão no Caraglio! Com todo respeito... Então eu trepei com ele ali na grama, maquinalmente, seguindo uma programação mental que não parecia minha.

— E você acha que trepou com esse coroa porque leu o livro do Dalcut.

— Eu acho que as duas coisas estão interligadas.

— Mas eu li também o livro e não comi ninguém. Isso não parece estranho?

— Deve ser exatamente porque você é virgem que o livro não afetou você dessa forma.

— Bom, até que faz sentido – disse Nêmesis, e fizeram um instante de silêncio durante o qual ele pensou que gostaria de transar com Núbia e gostaria de se casar com ela e ter filhos com ela e ser com ela o vértice original de uma longa família que viesse diretamente da união de suas duas linhagens genéticas. Mas, então, pensou que não sabia de onde vinha sua família e disse:

— Não sei de onde vem minha família. A sua vem da Itália, certo?

— Calábria. Mas espera. Panikur é o teu sobrenome, certo?

— Isso. Nêmesis Panikur. É um nome muito estranho.

— Eu apostaria que é otomano ou indígena do norte. Talvez hindu!

— Seja o que for, é algo completamente distante da minha realidade.

— Se nos casássemos, eu poderia salvar nossa linhagem, nesse caso.

— Você aceitaria ter um filho aos quarenta anos?

— No momento em que você teria...

— Vinte e dois – disse Nêmesis, com a seriedade de quem pensou no assunto por muito tempo.

— Só não quero meu filho ou filha perdendo o pai numa guerra civil.

— Se tivermos um filho, eu largo tudo isso.

— Mas você vai esperar oito anos virgem por mim?

— Não sinto vontade de transar neste momento.

— Isso é mesmo muito estranho, porque, apesar de você estar pelado aqui na minha frente e me dar muito mais tesão do que o imbecil do Nino Caraglio, eu não sinto vontade de transar neste momento também. Será que você, por sua pureza e devoção, é uma espécie de antídoto contra os efeitos libidinosos que o livro do Rogério causa?

— Para de bobagem – disse Nêmesis. – Posso te dar um selinho?

OLIMPO DA DEVASSIDÃO

Então, chegou a notícia de que o livro de Rogério Dalcut havia sido publicado e distribuído com alvoroço por todas as cidades do país, mas sem a presença do autor, retirado, ao que se comenta nos mais prestigiosos círculos literários, em uma misteriosa comunidade de amor livre ainda não rastreada, a não ser por seus próprios e seletos integrantes. O livro havia recebido o título final de *Italieta: um poema* e era dedicado *a Reizinho e aos Boys de Pasolini, em nome da juventude – que ela nos perdoe.*

O maior alvoroço na imprensa foi causado justamente pelo completo desaparecimento do autor: "Há mais de um ano totalmente fora do radar do seu público fiel e apaixonado". Ao contrário do que se poderia pensar, o teor explicitamente sexual do novo livro preencheu perfeitamente o corpo murcho da coletividade imediata: uma sociedade impotente, governada por um banditismo jurídico liderado por almas eunucas de cova e gabinete, enfraquecida na ritualística existencial que a trouxera, ainda que aos trancos e barrancos, até o momento atual.

Sem mais tocar as emoções, o sexo tornara-se um produto rápido, um delivery, uma pílula de efeito instantâneo e ligeiro, uma engrenagem totalmente mecânica, uma carga artificial de estamina que despejava um rio de esperma num lago gelado de fracas intenções. Além disso – e acima de tudo –, o sexo havia se tornado um esconderijo para fantasmas e demônios. Os novos exorcistas eram, também eles, pessoas atormentadas que preferiram investigar a pedra lisa, cheia de limo, do espírito humano, a ter que viver e morrer como bonecos. Assim surgiu uma nova religião sem deuses – mas com líderes astutos, muitas vezes inalcançáveis – com o nome de Psicanálise. Formada, no topo, por um clérigo de inventores-difusores e, na parte de baixo, por seus repetidores-escudeiros, além da sua polícia bruta, chamada Psiquiatria.

Por meio da nova religião – cujas igrejas se multiplicavam em pequenos cubículos individuais que se passavam por confessionários regidos pelo tédio e pela culpa –, as pessoas enfrentavam e perdiam para seus fantasmas e demônios. Eram transportadas para uma arena sem dimensões que limitaria sua existência até que sua carcaça cheia de dúvidas espantosas fosse engolida pelos vermes e transformada em adubo.

Em paralelo a tudo isso, que no fim servia apenas de joguete exclusivo para uma elite mansa, os reais donos do poder traficavam estimulantes sexuais com dinheiro destinado à merenda escolar. Havia uma máfia da felação, uma espécie de submundo do prazer que, por secreto e impenetrável como era, abolia justamente qualquer possibilidade de satisfação, levando à solidão patológica e a certo tipo de crueldade desesperada, uma exclusividade da raça humana desde a sua formação.

O ambiente social havia sido reduzido a um imenso vácuo erótico que desembocava numa dupla encruzilhada. Por um lado, decepcionados com sua impotência abastada, os ricos e poderosos operavam uma pornografia perversa, de poder e subjugação, mas que era apenas efeito de uma agitação química produzida por drogas e pelo medo da vida, ou um conto mal-escrito de Sade. Por outro lado, estendia-se uma estrada esburacada pelo cancro da ausência de si e um alheamento tão grande, que a vida se tornava quase imperceptível, em meio a um acúmulo de experiências confusas, virtualizadas, avatarizadas, mas altamente apresentáveis e púbicas – bem-sucedidas, como se costuma dizer –, executadas por pessoas que não tinham nada em suas mãos e precisavam empurrar, de algum modo, suas vidas para frente. Essas pessoas também se tornavam, na rasura antecipada de suas frágeis experiências, governadas pelo sexo – substituto imediato ao que se poderia considerar uma intensidade existencial–, mas eram mais reféns de seus produtos do que usuárias de seus prazeres.

Uma sociedade, portanto, perfeita para o livro de Dalcut. Exagerada em sexualidade, mas tão narcisista em seu desesperado desempenho gestual público que acabara se tornando escassa em alteridade erótica genuína, em que as pessoas, apaixonadas por si mesmas, acabavam por odiar seu entorno, pelo qual demonstravam uma ilusória e desleixada posse cujo sintoma era a consequente, inevitável e constante frustração dessa posse.

Rogério, sem saber, mirando para um lado e atirando para o outro, ia ao encontro daquilo pelo que as pessoas ansiavam e nem sabiam que ansiavam quando seu livro veio a público. Agora ele era o escritor indígena, negro e libertário sexual – acumulador atômico de pautas elevadas. Aquilo que, para ele, talvez representasse o afastamento do centro narrativo de sua personalidade exemplar, por meio do sexo explícito e deliberado, escrito linha por linha, havia se transformado na peça que faltava para a construção do herói nacional. Estimulada, além de tudo, pelo seu total e inesperado afastamento da vida pública.

Pela segunda vez, Rogério foi comparado a Guimarães Rosa, ou pelo menos isso aconteceu de forma indireta, quando um crítico disse que "Rogério Dalcut, em seu novo trabalho, que é um verdadeiro *tour de force* rumo ao epicentro do que é masculino, feminino e todas as nuances entre ambos os polos, arrasta consigo a linguagem como faria Diadorim se pudesse escrever uma narrativa de ficção".

No entanto, mergulhado em elogios e aplausos, ele continuava isolado no meio da selva. Essa era a mística: de um pietista pornográfico, um ermitão do prazer. Era isso que parecia correr à boca pequena. Envolvido, quem sabe, com tribos canibais ritualísticas, chegaram a comentar nas rodas mais exclusivas.

Só que esse retorno ao selvagem, esse Olimpo da Devassidão, tinha o paradeiro desconhecido por toda a ingênua e, no limiar dos acontecimentos, emparedada imprensa tradicional. Nem mesmo os veículos mais subterrâneos tinham informações exatas, ainda que divergentes, sobre onde seria a, cada dia mais famosa, quanto mais desconhecida, Italieta de Rogério Dalcut. O poema que se tornara vivo.

Particularmente responsável, com mão de ferro, por essa privacidade total, à qual todos seriam convidados, mas da qual nem todos poderiam ter conhecimento, era por um lado a gangue de Russo e, por outro, os Boys de Pasolini. Ambos os grupos tinham sucursais na chácara de Rogério, na verdadeira e procurada Italieta, que aos olhos do público foi se tornando, com o passar do tempo, uma espécie de Eldorado mágico do amor futuro.

Quanto menos se sabia sobre o lugar, mais sua fama se espalhava. Foi organizada, portanto, uma certa missão protetora nos moldes soviéticos, segundo o próprio Russo. O que ela permitia era um convite direto para algumas pessoas selecionadas pela organização. No convite, estaria explícito o fato de que, ao decidir se deslocar até a Italieta, isso seria feito em caráter integral e definitivo, ou melhor, durante um período desconhecido e determinado apenas pela organização.

Essa primeira leva de pessoas somavam duzentas, dos mais variados universos culturais. Ao chegarem, após um determinado período de experiência estabelecido em comum acordo com a organização, recebiam autorização para indicar outras duas pessoas, por cabeça, a serem convidadas. Essas pessoas todas chegavam à chácara encapuzadas, apanhadas em lugares movimentados da cidade, que variavam constantemente. A leva seguinte convidava mais duas pessoas para cada integrante. E a colônia crescia num efeito colmeia sub-reptício.

Um aspecto terrível da operação, cujo conhecimento havia sido compartilhado apenas entre Russo e a cúpula dos Boys – ou seja, Nêmesis e Gênesis –, era a forma como, em alguns períodos, ao longo da evolução natural daquela utópica comunidade, se faria o controle populacional da colônia, para que ela crescesse ordenadamente. Pequenos ajustes darwinistas, dizia Russo. O que se pode dizer por alto é que havia formas e métodos eficazes para a decomposição de despojos humanos na estrutura situada ao lado da casa principal, de onde, periodicamente, flutuava até o céu, por cinco chaminés, uma fumaça grossa e cinza, que tornava o clima todo na fazenda sombrio, mesmo quando fazia sol.

Nunca se soube exatamente quais eram os critérios para escolher quem seria eliminado. Se era preciso algum motivo. Mas, em momentos de grande inflação populacional, a escolha se tornava aleatória e era feito um sorteio. Vez por outra, alguém sumia para sempre. E isso não era perceptível pelos que permaneciam presentes – ou não por muito tempo – por causa da abundância de substâncias alucinógenas (cogumelos e lisérgicos de altíssima qualidade) e bebida alcoólica que havia para livre consumo no local e que dominava, invariavelmente, o centro daquele ambiente. Isso, somado ao sexo livre – intensificado depois que milhares de exemplares do livro de Rogério foram distribuídos aos frequentadores da Italieta real –, tornou quase impossível aos habitantes darem falta, em meio a orgias intermináveis, de uma pessoa ou outra. Aliás, o processo de robotização sexual, desde a publicação de *Italieta: um poema*, teve um crescimento exponencial. E não era incomum ver pessoas fazendo sexo entre dois, três ou até cinco parceiros, como se não estivessem ali ou como se fossem operários numa fábrica apertando parafusos.

Havia apenas um grupo que não parecia, ao menos de todo, tomado por esse frenesi de cópula e se mantinha como sempre em estado de alerta, bebendo leite fresco depois de achar uma forma de ordenhar as vacas e até mesmo as porcas (que davam um leite peculiar), e esse grupo era os Boys de Pasolini. Por incrível que pareça, numa comunidade sempre à beira do colapso físico-mental, essas crianças delinquentes tornaram-se um centro gravitacional de segurança e até mesmo de conforto. Contudo, acima de tudo, um centro de razão apolínea dentro de um caos dionisíaco.

Não demorou muito para que as mulheres começassem a engravidar e médicos fossem necessários, o que também representou um grande progresso técnico com relação ao descarte de cadáveres. Pela primeira vez, foi possível perceber mais gente nascendo e chegando, já que foi preciso aumentar o número de mulheres sexualmente ativas devido à convalescença das gestantes.

O crescimento demográfico havia explodido. Talvez a comunidade vivesse o primeiro estágio de uma alucinação coletiva, causada possivelmente pelo isolamento prolongado, pelo abuso de drogas, pela ausência de normas e regras punitivas, além de algo que ninguém parecia conseguir identificar, mas que era um tripé formado por Reizinho, o livro de Rogério e a robotização do coito.

Muitas pessoas passaram a usar o corpo – e por que não dizer a mente? – de Reizinho como catalisador de fantasias sexuais cada vez mais difíceis de serem correspondidas pela carne, pois, se existe uma coisa que a liberdade ensina, é que a loucura não pode ser acalmada com algemas.

Reizinho era seguido em seus passeios por centenas de fanáticos que haviam abandonado de vez a visão, as roupas e o pudor e enxergavam o jovem cego como um messias, fazendo do seu pau descomunal o pão consagrado.

Pessoas doentes também começaram a pipocar num efeito devastador que rapidamente se tornou alarmante. Os preservativos desapareciam misteriosamente ou eram usados até o fim rápido demais. Russo chegou a cogitar uma rebelião conspiratória em curso. Muitas pessoas abandonaram completamente qualquer tipo de proteção. Logo a maioria não se protegia mais de nada, os coitos aumentavam em ocorrências, mas eram coitos animalescos, sem qualquer afeto, como que projetados por um computador. Coitos contínuos, imparáveis, cinematográficos, ou seja, artificiais.

Mas Russo e sua junta de médicos – segundo ele, cubanos e soviéticos – intervinham nessa devastação demográfica, como ele chamava, com execuções sumárias de doentes e intervenções cirúrgicas quase sempre fatais. A essa operação secretíssima Russo deu o nome, seguindo sua tendência a criar siglas, de Operação DEVADEMO (Devastação Demográfica). Amparado por outra junta, essa de sanitaristas, antropólogos e sociólogos, ele fazia a seleção de substitutos saudáveis para que fossem convocados. Essa parte era mais simples, pois a popularidade da Italieta, principalmente entre jovens de classe média e alta, havia crescido na mesma proporção do mistério que envolvia o lugar onde tudo era permitido.

No fundo, Russo, assim como a cúpula dos Boys de Pasolini e a dos Ashberianos, que estavam praticamente por inteiro ali, sabiam que aquele lugar poderia se transformar numa espécie de seletor orgânico de pessoas e uma alavanca definitiva no avanço contra o Estado Burguês no centro da luta de classes. Não era, portanto, aleatória a seleção, assim como o descarte, das pessoas se restringir, progressivamente, ao médio e alto escalão da classe econômica, em detrimento de operários organizados, artistas necessitados e da população desassistida em geral. Esses últimos, ao contrário, levando-se em consideração um interesse decrescente na fantasia de um lugar onde a plena felicidade era possível, um pouco talvez desconfiados dessa ideia, seriam poupados do moinho humano e fundariam uma nova sociedade igualitária, uma vez devastada a burguesia decadente.

A ideia era justamente reverter o mecanismo nazista de genocídio humano visando o estabelecimento de uma elite selecionada por critérios supostamente positivos, gerada por um mecanismo de equilíbrio e justiça, e não pela tão louvada e temida seleção natural darwiniana. Fazendo uso de um complexo sistema de isolamento controlado, como faziam, aliás, diversos reality-shows de enorme sucesso entre todas as classes sociais e que representavam, portanto, um catalisador para a curiosidade humana. Russo confrontaria essas duas classes, média e alta, além da altíssima, e, sobretudo, os jovens dessas camadas sociais, mas também alguns velhos parasitas e avarentos, diante das suas próprias perversões e vulnerabilidades que, sem o costumeiro escudo social que tornava essas mesmas pessoas intocáveis do lado de fora da chácara, lá dentro, seriam expostas diante de outras pessoas, elas também algemadas mentalmente pelas neuroses e psicoses do sistema capitalista de consumo de drogas e sexo.

Esse atrito, por fim, resultaria numa espécie de buraco negro organicamente gerado, por meio do qual essas pessoas engoliriam umas às outras, que regurgitaria, com algumas sobras humanas, alguns sobreviventes, a serem pinçados. Diante das possibilidades abertas que encontrariam ali, essas pessoas seriam obrigadas a enfrentar seus próprios fantasmas e pensamentos venais, dentro de uma dieta, a princípio controlada, de drogas alucinógenas e histamínicas, álcool liberado, além de estimulantes sexuais que Russo havia traficado diretamente com as Forças Armadas. Essa opção, aliás, de liberar o álcool, aparentemente inofensiva e de acordo com os costumes humanos em todos os lugares, talvez tenha sido responsável por acelerar o fim trágico que se abateria sobre todos ali, controlados e controladores, de uma forma ou de outra, definitivamente.

Portanto, aquilo que, para Rogério Dalcut – e talvez para muitas outras pessoas que à noite sonhavam ingenuamente com esse vale verde infinito de prazer sensorial e mergulhos interiores –, era a promessa de um desprendimento das velhas estruturas mentais e a descoberta de uma nova forma de vitalidade, para Russo e as facções paramilitares anarcopoéticas envolvidas, era um primeiro passo concreto, material, ainda que arriscado, e, de muitas formas, desguarnecido de teoria, para mudar radicalmente a estrutura social do mundo inteiro.

E, de algum modo, sequestrar a causa de Rogério para equilibrar a balança da luta de classes tinha uma justificativa encontrada pelos envolvidos enquanto discutiam suas ações. Eles estariam, no fundo, atingindo a meta maior do discurso de Rogério, que era pelo resgate e pela libertação.

Resgate do que é originário e foi usurpado por ricos poderosos e colonizadores. Libertação da hipocrisia burguesa de costumes. O argumento dos conspiradores era o de que sua atitude se encaixava perfeitamente, atingida a meta, com o pensamento fundamental do seu verdadeiro e mais puro idealizador. Esse que, preferencialmente, no que concernisse a tais assuntos, deveria ser poupado justamente para que suas forças de criatividade não fossem diluídas por querelas moralistas, assim como recebe descanso um grande artista após uma apresentação poderosa.

Na prática, a chácara se tornou, aos poucos, inchada de gente, ou seja, havia mais gente chegando, fosse por natalidade, fosse por convocação, do que gente saindo, fosse por morte, fosse por expulsão. E a expulsão era sempre, por uma questão de sigilo, um risco maior a ser considerado. Era preciso que Russo deixasse bem claro, com todas as palavras – e ele era bom nisso –, à pessoa que, por ocasião, recebesse autorização para deixar a Italieta, que seu paradeiro, assim como o paradeiro das pessoas com que essa pessoa teria fortes vínculos afetivos, seriam sempre conhecidos pela organização e que a vida dessas pessoas dependia apenas do total sigilo da pessoa liberada. Caso o sigilo fosse quebrado, inevitavelmente a organização teria conhecimento disso e todos morreriam terrivelmente, depois de serem meticulosamente torturados.

Russo apresentava, em sequência, vídeos em que a pessoa a ser liberada aparecia de forma indecorosa, ou drogada, ou abusando de alguém, no presente ou num longínquo passado, roubando ou mesmo sendo cúmplice de um crime, ou apenas fazendo sexo. É importante registrar que, no momento da primeira seleção, Russo usou o descobrimento de tal gênero de vídeos como parâmetro final na definição dos escolhidos, justamente para ter algo que pudesse usar como chantagem contra eles em caso de necessidade. E, quando decidiu agir dessa forma, ficou surpreso com como as pessoas mais notoriamente achincalhadas e vis eram mais difíceis de encontrar publicamente em situações vexatórias. Já as pessoas famosas pelo seu bom temperamento, somado a uma firme empatia social, eram muito mais vulneráveis a serem expostas ao vexame público cometendo crimes inafiançáveis.

No entanto, havia algo desmoronando no centro de toda aquela intensidade revolucionária, impressa por uma violenta máquina de congregar corpos e mentes. Algo que era do humano, mas o extrapolava, levando-o à ruína. Talvez algo de mitológico que os seres humanos possam ainda carregar dentro deles, talvez como quem carrega um cadáver, algo que possa provar que somos herdeiros dos deuses pagãos e não dos primatas. E que de repente tudo não passa de um lindo engano.

Começou a circular na aldeia a notícia de humanos copulando com vacas, porcos e até símios que frequentam o local. A luz vermelha da aflição finalmente se acendeu quando se descobriu que alguns médicos – com os quais a organização tinha um acordo de abstinência sexual absoluta – haviam sido contaminados por um estranho vírus, de origem ainda indefinida, mas tudo indicava que viria de alguma dessas supostas relações interespecíficas e que se espalhava fatalmente, também por vias sexuais, causando loucura seguida de morte por suicídio ou falência de órgãos.

Num dado momento, tornou-se impossível manter senão algumas poucas pessoas – que giravam em torno da figura de Rogério Dalcut – na imensa casa principal. Aos poucos, ela foi sendo cercada por uma multidão cada vez mais crescente e voraz de zumbis sexuais. Um fenômeno que ninguém, entre as pessoas que não foram afetadas daquela forma pelo frenesi do bacanal, havia previsto e que, para qualquer pessoa comum, poderia ser o tema de um filme barato de ficção científica.

Foi então que Rogério, após nove meses usando a venda sem intervalos, decidiu voltar a enxergar. Muitos diriam que foi uma decisão atrasada.

Foram selecionadas apenas cinco pessoas da casa: Rogério Dalcut, Reizinho, Anita Di Gozzi, Leiser e Núbia Manolazzo. Todos seriam instalados na, cada vez mais intransponível, fortaleza dos Boys de Pasolini, que haviam se unido aos homens de Russo numa grande operação protetora. Ariela Di Gozzi já estaria lá, anunciou Russo, atiçando entre os presentes o mistério que o conectava àquela família poderosa.

Numa determinada madrugada, enquanto no vale ardiam fogueiras muito altas, as pessoas se deliciavam mutuamente com seus corpos ao som de uma música provençal italiana do século XVII. A música era de dança, música de orgia, e as pessoas se possuíam nuas. Os cinco integrantes da casa passaram disfarçados entre sacos de farinha, cobertos por lonas velhas de feltro. Uma porca enorme, em pleno período de amamentação, puxava a carroça e alguns capangas de Russo pareciam escoltá-la a pé.

Pararam por alguns instantes em frente a uma enorme fogueira. Serviram-se de uma sidra aparentemente batizada com lisérgico. Todos tomaram bem pouco, mas, enquanto escutavam as alucinações verbais dos festejadores, cada um dos capangas, no seu tempo particular, pingou um determinado colírio nos dois olhos. Depois seguiram adiante, até a Porcile dos Boys.

Lá chegando, descarregaram os sacos, depois surgiram os cinco integrantes principais, por assim dizer, da Italieta. Estavam ali para recebê-los pessoalmente Russo, Nêmesis e Gênesis, cercados de longe por dezenas de meninos magrelos e homens muito fortes, barbados, de cabeça raspada. Todos olhavam a chegada dos novos habitantes com respeito cabisbaixo. Algum temor poderia ser dissecado em olhares ainda adolescentes, que viam a chegada deles como um mau presságio. Isso não estaria, de fato, muito longe da verdade. Em pouco tempo todos viriam a saber.

Mas não ainda. Nesse momento, eles apenas se abraçaram amorosamente, como refugiados que se reencontravam depois de um longo período de exaustiva perambulação. De fato, havia, acima de tudo, uma sensação de respiro, de descanso imediato, no centro daquela casa de esterco. Alguma paz, ainda que provisória, como no fundo é toda paz, nas entranhas daqueles porcos sonoros.

Os habitantes da Pocilga já estavam acostumados. Habitavam algo que era um centro dentro de outro centro, que era a Italieta. Os que vinham da casa, na cabeça dos adolescentes que agora os recebiam, não conheciam nada que estava fora da casa. Portanto, não sabiam o que era a Pocilga, nem mesmo a Italieta. Por isso, talvez um ar de superioridade educada, de convicção humilde, se abatia sobre os fundadores da Pocilga diante dos recém-chegados.

Entre os Boys, Maurício Cara de Boneca, Silvio Olho de Gato e Rajada Fênix eram excelentes estrategistas bélicos e estavam no centro da operação protetora da Pocilga. Esses mesmos meninos já haviam oferecido seus serviços nas mais complicadas operações militares, em troca de dinheiro e fama. Apesar disso, tinham apenas, respectivamente, dezesseis, quatorze e quinze anos. Olhando para eles, pareciam dândis velhos. Sobretudo Rajada Fênix, que se vestia como uma senhora e, em momento algum, ao longo de toda sua estadia na Italieta, renunciou a seus vestidos longos e colares de pérola. Junto de Russo e seus homens de confiança, esse era considerado o núcleo duro numa dobradinha inédita entre a Boca e os adolescentes de vanguarda.

Depois do carinho trocado, por exemplo, entre Russo e Anita num longo abraço, alguns diriam fraternal, outros diriam bem mais que isso, surgiram Leiser e Reizinho, que vieram de mãos dadas ao longo de todo caminho, mais Núbia e Nêmesis, que podiam finalmente se abraçar na frente de todas as pessoas, e logo depois veio Gênesis, que, nessas ocasiões, era sempre profundamente performático e agradável, com sua presença solar e cativante.

Mas, logo que toda essa vibração em torno do reencontro daqueles elementos arrefeceu, enquanto já tomavam a sopa russa em silêncio numa longa mesa decalcada de uma tora de madeira, uma sombria sensação tomou conta de todos os presentes, sem exceção. Como se fossem os tripulantes de uma missão alienígena.

Antes disso, até mesmo Nêmesis havia abandonado, por alguns instantes, seu característico mau humor e se revelado não mais que uma criança arisca com um pirulito na boca. Sem sucesso, ele tentou afastar a sombra com pirulitos de ketamina, que distribuiu a todos imediatamente após o jantar, junto com canecas de leite, dizendo que ajudavam na digestão da sopa e na produção de bons sonhos. Todos sorriram, mas havia uma pestilência incontornável no ar.

Sobretudo Núbia sentiu essa necessidade perceptiva em seu corpo. Leiser também sentiu a mesma coisa, mas não sabia que Núbia havia percebido, e nem ele mesmo sabia que estava sentindo aquilo. No entanto, sabia que algo ia mal, porque seu corpo todo começou a tremer.

Depois do jantar, com duas canecas de leite nas mãos, Núbia foi com Leiser fumar cigarros no limite permitido da Pocilga, justamente no cercado externo onde ficavam os porcos doentes, de modo que se recuperassem. Leiser tinha no bigode ralo a marca de um leite tão branco que machucava a visão. Por conta de sua convalescença, os porcos guinchavam com um estrondo fora do normal e, naquela noite, estavam particularmente alvoroçados. Alguém que quisesse conversar ali precisaria gritar.

— Você já viu o filme *Alien, o oitavo passageiro*? – perguntou Núbia, livrando-se da guimba e cruzando os braços, sem desviar o olhar da imensidão escura à sua frente.

— Creio que sim, quando eu era criança. Não é um filme de criança?

— Não sei que tipo de criança você foi, ou é, mas acho que posso imaginar.

— Não era nada demais. Mas eu era uma criança metaleira. Meu pai também era metaleiro, depois encaretou.

— A gente demora a perceber que todo metaleiro é um careta.

— Nunca tinha pensado nisso. Me parece contraditório. Que frio tá fazendo aqui! E você pelada desse jeito. Aliás, você até que tem um corpinho bem jeitoso, sabia?

— Todo mundo vive me dizendo isso agora.

— Não custa reiterar.

— Seu linguajar às vezes me espanta.

— Tem muita coisa em mim capaz de te espantar, queridinha, posso apostar.

— Eu não apostaria meus dentes nisso.

— Seus dentes não são mais fortes do que a sua língua.

— De onde veio isso? Você parece um ator elisabetano canastrão vomitando Shakespeare.

— Ainda não entendi o que você quis dizer com essa história do Alien.

— Eu acho que a gente é parte de um experimento real, mas só que, no nosso caso, diferentemente do filme, não parece ter ninguém por trás disso.

— Não sei se entendo.

— Eu quero dizer que, por trás de todo experimento, digamos, científico, tem um braço podre do governo ou de alguma milícia, alguma multibilionária multinacional.

— E nós somos o experimento de quem exatamente?

Núbia parou por um instante, descruzou os braços e olhou ternamente para Leiser por alguns segundos. Seus olhos se encheram de lágrimas.

— Sabe – ela disse. – É muito bom ver você assim, esperto, atuante, e não daquele jeito estranho, como se fosse um mordomo barroco.

— Sim, me contaram. Foi num surto da minha síndrome. O Russo já deve ter comentado sobre ela. É bom estar de volta. Apesar de que não sei exatamente pra onde eu voltei. Você saberia dizer?

— Era isso que eu tava tentando te explicar. Eu acho que tudo se conecta com o livro do Rogério, mas não é alguma coisa que o Rogério tenha planejado. De alguma forma, sem querer, ele criou uma coisa...

— Sim, um livro – disse Leiser acendendo um novo cigarro.

— Exato. E você leu esse livro?

— Ainda não. Mas eu li sobre. Alguém me mostrou o jornal. Confesso que todo esse lance de novo Guimarães Rosa me deixa um pouco entediado.

— Então talvez você ainda esteja ileso – disse Núbia, como quem raciocina com algum esforço.

— Olha, ileso é uma coisa que eu nunca fui. Porque uma coisa que eu fiz nessa vida foi apanhar.

— Eu me refiro a essa, sei lá como chamar... A essa síndrome de fodelança!

Leiser deu uma longa gargalhada, que fez Núbia olhar com suspeição para trás. Ela tocou no braço do menino e sentiu-se imediatamente invadida por uma poderosa pulsão sexual. Não exatamente uma necessidade, tanto que conseguiu se controlar, mas uma potência avassaladora, que passava a dominar o sangue em suas veias e a irrigar seu cérebro. Então, logo soltou o braço dele, que disse:

— Sabe, querida, eu não percebi nada sobre fodelança. Aliás, que palavra estranha você escolheu usar: fodelança. Ao mesmo tempo boa de dizer, preenche a boca: FODELANÇA. Realmente, eu não tinha percebido nada. Minha vida sempre foi foder sem parar, pra dizer a verdade. Por exemplo: só de você tocar no meu braço eu poderia foder você por horas a fio, noite adentro. Você me entende?

Núbia teve dificuldade em disfarçar seu tesão, mas conteve-se ainda assim. Sorriu de um jeito desajeitado e disse:

— Bom. Vou tomar como um elogio. Parece que é só o que eu faço aqui. Tomo tudo como elogio. Nunca me senti tão bonita antes.

E, de repente, ficou melancólica.

— Pois eu acho você muito bonita, sempre achei – disse Leiser. – Mesmo assim, pelada, e não sei como você consegue nesse frio... Mesmo assim você fica bonita. É porque você parece uma escultura grega.

— Assim você me ajuda muito – disse Núbia, depois começou a chorar discretamente.

Leiser abraçou o corpo de Núbia como se fosse uma série de nuvens cobrindo uma montanha. Seus corpos finalmente se encontraram. Núbia pensava que talvez eles fossem dois contaminados, ela pelo livro, Leiser pela vida, e que não poderia disfarçar seus instintos mais ferozes por muito tempo com sopa, pirulitos e canecas de leite. Ambos estremeceram, pensando no futuro como um quadro por fazer abandonado, no canto de uma sala cheia de poeira, no ateliê cheio de ratos de um pintor bêbado. Mas se abraçaram ainda com mais força e o pau de Leiser ficou duro. Núbia observou aquele órgão pedinte com delicadeza maternal. Encabulado, ele apenas disse:

— Me desculpe por esse pequeno contratempo.

Ambos choravam juntos agora.

REIZINHO DA POCILGA

Eu não sabia muito bem, mas parecia muito tempo desde que a gente tinha chegado ali. Eu ficava ali sem fazer nada, no meio de uma tristeza sem fim. Dava pra sentir no ar o cheiro de medo das pessoas. Ninguém me dizia nada, mas eu sabia. Quando perguntei pro Rogério o que tava acontecendo, ele me disse que preferia não falar, mas que era pro meu bem, pra me proteger. Então, eu disse pra ele que ele me disse uma vez que era eu que protegia ele, e não o contrário. Ele riu e me disse que eu era um rapaz muito esperto. Eu ri, mas fiquei desconfiado.

Ele insistiu: se não podia me dizer nada, era pra me proteger. E que a gente estava ali afastado de todo mundo pra ficar protegido. Pro meu corpo ficar protegido. Era uma questão de saúde, ele dizia. Então uma questão de saúde, eu pensei, deve ser uma coisa de viver ou morrer. Isso eu já tinha ouvido falar, porque era o que mamãe dizia muito quando a gente ia fazer alguma coisa perigosa.

Então eu falei que ficar ali sem poder fazer nada não era bom pra saúde. Ele disse que nem tudo na vida é o que parece. Achei esquisito ouvir aquilo, porque parecia que era eu que tava dizendo. Mas era ele. Tive raiva de Rogério e, no meio da noite, fugi de perto dele sem avisar.

A primeira coisa que senti quando cheguei perto da Pocilga dos meninos, bem do lado da nossa cabana, foi o fedor de bosta e de lama, que era igual ao fedor da Pocilga que eu sempre sonhei pra mim e era parecido com o cheiro de foder. Fui seguindo o cheiro até chegar num lugar com som de bicho gemendo e calor de fogueira, que deixou minha cara ardendo. Precisei da ajuda de uns meninos, que me sentaram num lugar muito macio, onde fiquei pensando no que dizer, mas sem dizer nada, querendo muito dizer alguma coisa.

Senti o bafo de uma pessoa na minha frente. Estiquei os braços e toquei naquela cabeça, fiz carinho no cabelo, passei as mãos na cara da pessoa, que parecia uma cara muito pequena, bem menor do que todas as outras que eu tinha tocado antes. Então pensei quantas cabeças eu tinha tocado nos últimos dias, quantos dias tinham passado e senti que tinha feito muita coisa em pouco tempo, muito mais coisa do que em toda a minha vida.

O menino na minha frente, que era muito moço, começou então a abrir a boca e gemer baixinho, como se tivesse rezando. Eu não entendia nada do que ele dizia. Tentei tirar minha mão dali, mas ele não deixou e puxou de volta pra junto da cara dele. Então chupou um dedo da minha mão. O dedo maior, do meio.

Eu senti que outros meninos também chegaram em volta porque o calor aumentou muito depois que o menino começou a gemer ou rezar e a chupar meu dedo. Então senti algo molhado na minha mão, que devia ser o menino chorando. Agora ele me agradecia por eu ter vindo ali ficar com ele e com os seus amigos.

Ele foi muito carinhoso e tinha cheiro de carne podre. Mas acho que o cheiro não era dele, vinha do lugar. Só que não era um cheiro ruim de podre, como a gente tá acostumado a sentir, mas um cheiro de podre que tá começando a viver de novo. Então, eu resolvi falar alguma coisa:

— Eu sempre sonhei em morar numa pocilga de verdade.

O menino parou de chupar meu dedo e ficou um tempo em silêncio. Depois disse:

— É uma honra enorme ter você aqui conosco. Ouvimos falar muito de você e ainda não tinha havido uma oportunidade de nos conhecermos melhor pessoalmente, depois daquele infeliz, ou quem sabe felicíssimo incidente ocorrido na última vez em que estivemos juntos.

— Olha, você me desculpa, mas não entendo muita coisa do que você diz. Sou um pouco lerdo com as palavras.

— Não se preocupe com nada. Só queria agradecer por estar aqui com a gente. Falo em nome de todos os Boys de Pasolini, que estão aqui conosco também. Todo mundo aqui te admira muito.

— Admira?

— Sim. É quase como se estivéssemos esperando pela sua chegada.

— Só de sentir esse cheiro de coisa podre, de coisa nascendo de novo, eu fico muito feliz.

— É muito bonita essa imagem, querido... Como posso chamá-lo? Aliás, esqueci de me apresentar. Sou Gênesis, ao seu inteiro dispor.

— Pode me chamar de Rei. É como o Rogério me chama. Também a Núbia e o Leiser. Tá todo mundo aqui.

— Sim, vocês são mais que bem-vindos. Aliás, como está o Rogério, depois desse estouro que foi o livro dele?

— Um estouro é tipo um tiro de bala?

— Tipo isso. Só que na cabeça das pessoas.

Fiquei bem sério e disse:

— Eu acho que ele ficou um pouco triste porque todo mundo ficou muito feliz.

— Sabe – disse o menino na minha frente –, eu tenho um irmão assim.

— Ele queria que as pessoas ficassem tristes primeiro pra saber o que é a tristeza de verdade e só depois poder ficar feliz de verdade. Era mais ou menos assim que ele me disse.

— E todo mundo ficou apenas muito feliz com o livro. Eu acho que entendo a frustração. Mas, pense pelo lado bom: isso tudo nos trouxe a você. E o livro do Rogério, assim como você, causam na gente umas coisas imediatas muito fortes e a que eu não sei dar nome. E, sabe, era algo que fazia muita falta, eu acho. Essa alegria toda chegou em muito boa hora, penso eu.

— Eu acho que entendo mais ou menos o que você tá dizendo. Mas ele me diz que não pode ser de verdade uma felicidade fácil. Acho que ele fala isso porque ele mesmo não consegue ser feliz. Ele me diz que eu sou feliz à toa. Eu acho que ele tem razão. Eu sou mesmo à toa. Faço tudo à toa. Eu gosto que seja assim. Rogério diz que assim se chama liberdade.

Os meninos riram ainda mais e bateram palmas, assoviaram. Senti muitas mãos passando pelos meus pés e fazendo carinho. Foi bom aquilo. Senti que todo mundo ali era feliz e foi bom, porque eu passei muito tempo com o Rogério sendo muito triste. E acabei ficando triste também. Mas agora eu tinha ficado feliz de novo. Por causa daqueles meninos e da pocilga. Foi cheio de alegria que eu gritei bem alto:

— Eu quero ser o Rei da Pocilga, se vocês deixarem eu ser!

Ficou todo mundo sem falar nada, parecia que tinham combinado, porque parou todo mundo junto ao mesmo tempo. Eu fiquei pensando que tinha falado bobagem. Mas então escutei um barulho enorme de gente se abraçando e gritando meu nome. Rei da Pocilga! Louvado seja o Rei da Pocilga, eles gritavam. Então me levantaram no alto e senti as mãos dos meninos passando pelo meu corpo, no meu cu até, com os dedos, também no meu pau, que todo mundo tocava como a gente toca numa coisa pra dar sorte.

Ele ficou bem duro e pesado e os gritos ficaram mais altos. Então me deitaram no chão e muitos meninos se jogaram em cima de mim. Senti que muitas bocas lambiam ao mesmo tempo o meu pau e achei bom, porque nunca tinha sentido aquilo antes. Mesmo quando as coisas novas assustavam, elas eram boas porque eram novas. Era assim que eu pensava e fiquei ali com o pau duro pra cima enquanto todo mundo, aquele bando de "infartes terríveis", que era como Rogério chamava eles, me lambia e passava a mão em mim.

Senti que aqueles meninos precisavam ainda mais de carinho e amor do que Rogério. Que eles eram uns meninos sem pai nem mãe, então me dei inteiro pra eles. Até que, exausto, peguei no sono e fiquei muito tempo dormindo. Teve uma hora que pareceu dentro do sono que eu não ia mais acordar.

ALGO COMO NAZISTAS ISOLADOS NUM BUNKER

Pela manhã, muito cedo, antes que todos estivessem acordados, Russo e Nêmesis faziam uma reunião particular, apenas os dois, para tratar de assuntos um tanto espinhosos, assim como urgentes. Estavam ambos cansados e pareciam soldados de alta patente que se encontram para debater o colapso do seu exército diante de uma guerra perdida. Algo como nazistas isolados num bunker, tornando-se acinzentados e adoecendo de notícias imaginárias e do pavor que elas são capazes de provocar numa cabeça febril. Massageando, dentro do bolso das calças, uma cápsula de cianureto.

Os dois estavam perfeitamente vestidos, encasacados excessivamente diante de um clima ameno. O primeiro a falar, num tom muito baixo, foi Russo:

— Éramos mil e quinhentos na contagem prévia. Agora somos dois mil e setecentos, apenas três meses depois. É um crescimento que ultrapassa muito nossa capacidade de controle de mantimentos. Pra dizer honestamente, tem muita gente que eu tenho excluído simplesmente porque eu não sei como veio parar aqui.

— Você tá falando de gente desconhecida, suponho.

— Gente que nunca vi na vida e não sei de onde vem, mas isso não quer dizer que seja desconhecida. Já não conseguimos mais contar os mortos. No meio de tudo, tem deputado, artista plástico, ativista, rei do agronegócio, cantor de sertanejo universitário, escritor burguês, cirurgião plástico até! Tem de tudo nessa lista, inclusive gente com muita grana.

— E quando você diz que são excluídos, quer dizer...

— Quero dizer eliminados, jogados na vala.

— Sempre fico eletrizado com sua franqueza, meu caro. Obrigado por ser assim.

— Não sou, de fato, uma bailarina. Mas o que importa, pra ir direto ao ponto, é que, se quisermos atingir nossa meta de controle anual, segundo os cálculos otimizados pela Operação DEVADEMO, precisamos triplicar, pelo menos, mas o ideal seria quintuplicar, nosso número de exclusões diárias.

— O que significa quantas mortes por dia...

— Uma variável em torno de cinquenta mortes por dia. No momento, mantemos um teto de dez por dia, fora os casos de causa natural. Aliás, isso é outro problema. Ou talvez seja uma solução.

— As causas naturais?

— Sim, elas têm aumentado também numa escalada epidêmica. Não sabemos bem o que é, mas se contrai fazendo sexo. É um vírus, parece. Não sei se você sabe que estamos quase sem estoque de preservativos por conta de uma crise econômica em nível mundial, ainda por causa do petróleo e da borracha, que estão chegando no seu melancólico fim. Com a máfia do gás dominando uma nova existência, a cena são grandes mamutes se debatendo por uma poça d'água. E porque não temos quase preservativos, e acho, honestamente, que com a intensidade da felação generalizada nós nunca teríamos o suficiente, aumentaram exponencialmente os casos de gravidez e, é claro, de doenças venéreas e má formação de fetos por conta do abuso de drogas.

— Isso parece um inferno na Terra.

— Nada além da infernal manutenção do paraíso – disse Russo, triunfante. – Para piorar, os psiquiatras enlouqueceram, muitos se mataram.

— Isso não me surpreende. E o que você acha que devemos fazer? – disse Nêmesis olhando para o chão.

— Aumentar exponencialmente a exclusão de ricos herdeiros. Antes mesmo dos ricos produtores. Antes deles, que venham os ricos parasitas. E, aqui entre nós: pra cada rico produtor, existem pelo menos cem parasitas. Observe bem em todo lugar, toda cidade, até mesmo no campo, sem exceção. Esses devem ser excluídos primeiro.

— Você fala de um jeito que me lembra os velhos idealistas.

— Vou tomar como um elogio.

— Você pode tomar, por outro lado, como uma sentença de morte. Ou conhece algum idealista que tenha permanecido vivo?

— O primeiro ar fresco da manhã desperta muito bem o seu mais fino humor.

— Acho que seria cínico demais dizer apenas "mãos à obra". Mais uma pergunta: as crianças têm nascido saudáveis em sua maioria?

— Posso dizer que são ínfimos os descartes.

— Isso é muito bom. Estamos há quanto tempo aqui?

— Quatro anos e sete meses.

— Nossa, não parece tanto.

— Isso é porque você é jovem. Mas acho que podemos estar todos enlouquecendo aqui. Você tem percebido essas pessoas com manchas na pele e bolhas estourando pelo corpo? Acinzentadas, perdendo as forças a olho nu. Ainda assim, elas buscam freneticamente o prazer sexual, com outras pessoas do mesmo tipo. Acho que precisamos ter uma programação especial focada nessa horda de zumbis sexuais que acabamos criando aqui com a nobilíssima ideia do Rogério.

— Você quer dizer focada na exclusão dessas pessoas. Mas de onde vem essa doença?

— É algo que vem da floresta. Uma variante da varíola que chegou aqui pelos macacos, ou pelos porcos, vacas. Enfim, outros mamíferos.

— De fato, eu vejo muitos macacos em volta. Me parecem inofensivos.

— São inofensivos hospedeiros. E nós também. Mas, em nós, o vírus se manifesta, ou não. Parece que a própria medicina ainda não consegue definir um padrão pra isso.

— Me dá ao mesmo tempo uma alegria enorme e uma profunda tristeza pensar assim, mas acho que estou salvo porque, afinal, sou virgem. Mas muitos dos meninos não são e podem estar contaminados, por outro lado. E outras pessoas que estão aqui e que eu amo – disse Nêmesis, pensando em Núbia e no irmão.

Houve um instante de silêncio em que Nêmesis ficou pensativo, com um olhar de uma compaixão quase reverencial. Então, Russo falou:

— Finalmente a pureza serviu pra alguma coisa nesse mundo, amiguinho, não se aflija. E posso dizer que somos dois, já que eu fiz meu voto de castidade com muita honra diante do Patriarcado de Moscou. Agora que o universo precisa de nós, estamos aqui, saudáveis e prontos pra dar tudo de nós.

Ao longo de sua fala, Russo foi ficando emotivo a ponto de lacrimejar. Então, foi a vez de Nêmesis dizer:

— Mas pense em Núbia, pense em Anita, porque eu sei que essas duas, por exemplo, são pessoas especialmente importantes pra nós.

— Elas vão precisar cumprir o destino delas, como todo mundo aqui.

— Acho que no fundo eu tenho medo de que aconteça uma catástrofe.

— E eu devo admitir que passei a vida toda esperando por ela.

BANQUETE DAS PANTERAS

Rogério Dalcut havia saído para caminhar como sempre fazia antes de o sol nascer. Ele era o único no bunker a quem era permitida, disfarçadamente, alguma mobilidade, mas apenas nos horários noturnos e sob um disfarce específico. Podia andar, desde que totalmente nu, apenas com um cinto e um pano sobre os ombros, usando uma máscara. Ele próprio havia encomendado essa máscara de silicone moldada de acordo com as feições de Reizinho, mas sem as reproduzir exatamente.

Só Russo sabia da máscara. Rogério lhe disse para que pudesse, de algum modo, protegê-lo, mesmo sob disfarce. Nem os Boys estavam cientes. Então, de certa forma, ele caminhava livre de si e de quase todos, como se fosse um irmão de Reizinho, um primo, algum agregado da família talvez, alguém que se parecia bastante com ele, mas que, visivelmente, não era ele. Talvez um irmão mais velho, apesar de parecerem ter mais ou menos a mesma idade.

Quando estava já bastante afastado, foi interpelado por um mensageiro esbaforido, um menino pelado, que trazia um recado para Rogério, porque Rogério não estava na Pocilga, então ele havia sido encarregado de procurá-lo e perguntou, sem saber que falava com o próprio, se o havia visto por aí. Rogério era convocado com urgência de volta à Pocilga, em suma, mas não havia sido encontrado. Não era dia claro ainda.

No caminho de volta, ouviu a notícia – de algumas pessoas ainda soltas que vagavam pela comunidade e pareciam alteradas, doentes, suas peles como tomate no fogo, mas ainda sedentas, ativas, robóticas, hipersexualizadas – de uma enorme balbúrdia no auge da madrugada, uma espécie de ritual dionisíaco de sacrifício humano, orquestrado pelos Boys de Pasolini. Para seu espanto, o próprio Gênesis, líder do grupo, convocou, as pessoas diziam, com a notícia de que havia acontecido um milagre relacionado a Reizinho, que, por causa disso, teria sido admitido como profeta e santo oficial, em vida, daqueles meninos livres. E não poderia, por consequência, voltar a ser o companheiro exclusivo de Rogério.

Isso estava dado já no recado do menino esbaforido. Não havia, portanto, nenhum receio ou hesitação da parte deles, pensou Rogério, andando como um louco, correndo, depois voltando a caminhar enquanto tentava recuperar o fôlego, controlar a respiração. Seja o que for, ele concluiu, já está feito.

Para piorar sua angústia e ansiedade, enquanto subia a colina que levava até o vale onde a gangue de adolescentes instalou a sua fortaleza, Rogério pensava que talvez Reizinho estivesse feliz com a posição em que tinha sido colocado. Pensava que, no fundo, isso era tudo que ele queria e tudo que, na verdade, ele sempre fora: o Reizinho da Pocilga, ainda mais daquela. Para ele próprio, também, Reizinho era um santo. E, devagar, compreendeu que não poderia mais ser apenas seu santo. Inevitavelmente, outras pessoas descobririam nele a santidade que tinha virado a vida de Rogério do avesso. E fazia sentido, no fundo, que fossem os Boys de Pasolini. Tal pensamento foi deixando, estranhamente, Rogério mais calmo, num transe de ascese. Sentiu-se fúnebre e tranquilo, como a mãe que, sem condições de alimentar seu filho, o entrega ao orfanato.

Quando chegou na frente do cercado da Pocilga, estava calmo como um iogue. Armado até os dentes e observado de não muito longe por Silvio Olho de Gato, Rajada Fênix fez a revista em Rogério, que pareceu então se impacientar outra vez, pois estava nu, fora o pano nos ombros e um cinto, que foi analisado com minúcia. Mas aceitou ser apalpado sem reclamar.

Quando entrou no quadrado onde ficava, nas duas laterais, o comedouro dos porcos, percebeu que eles estavam calmíssimos, sentados, atentos, dando a impressão de estarem hipnotizados, como se fossem a plateia enfastiada de uma ópera. Havia apenas uma cama de palha no fundo do espaço, cercada por muitas velas, como uma espécie de sacristia. Na frente na cama, exatamente entre ele e a cama, uma mesa grande e retangular de madeira, posta com pratos e talheres.

Aproximou-se lentamente, contornando a mesa, e percebeu que, no centro da cama, vestido com uma bata branca de linho, enorme como um lençol, estava Reizinho, muito pálido, sorrindo para ele. Então ouviu:

— É você, Rogério?

— Sim, querido, sou eu. Vim correndo.

— Que bom que você veio. Eu mandei os meninos te chamarem.

— O que eles fizeram com você?

— Eu não sei muito bem. Mas foi tão bom! Me sinto leve, limpo.

— Você tá pálido.

— Eu tô bem. E você, como tá?

— Eu esperava estar muito pior, diante disso tudo.

— Então, você tá legal?

— Sim, meu anjo. Eu tô legal. Melhor com você.

— E você entende que as coisas mudaram?

— Acho que sim. Não muito bem ainda, porque é tudo meio confuso. Mas acho que vou entender tudo alguma hora.

— Eu posso te ajudar. Me dá aqui sua mão. Chega perto de mim.

Então Rogério se deu conta de que ainda estava com a máscara de silicone, o que dava à cena um aspecto de sonho. Tirou a máscara e jogou na lareira acessa. A máscara se enrugou e derreteu, como alguém que sente dor. Sentou-se na cama e deitou sua cabeça no colo do amigo, que começou a alisar seus cabelos. Lentamente, Rogério entrou num sono profundo e a sensação que teve dentro do sono, e que não era bem a sensação de um sonho, foi de que já estava dormindo há milênios. Como se estivesse descansando por todas as suas encarnações até o presente.

Quando finalmente despertou, não parecia, na verdade, que havia passado muito tempo. Seguia na cama de Reizinho, no colo dele. Ergueu seu tronco e olhou para o jovem amigo. Percebeu que não era mais seu amigo que estava ali, quem sabe o amor da sua vida, mas um santo, um mártir, uma figura mitológica. E ficou claro que ele já não poderia mesmo ser de mais ninguém, a não ser do mundo, da história entre os seres humanos, como tinta que faz nascer a ideia do quadro.

Sentiu que tinham, os dois, se libertado de um peso que jamais poderiam ter carregado juntos. Mas que, cada um com o seu, era possível transformar, de um fardo comum inviável, no estandarte ou símbolo de uma vida maior. Foi quando teve uma ideia súbita.

Chegou bem perto de Reizinho, até sentir sua respiração agridoce. Certificou-se de que dormia profundamente. Então, levantou o pano que cobria o corpo dele e percebeu que seu pau não estava ali. Havia uma cicatriz no lugar dele, muito leve, totalmente fechada, quase como se não estivesse lá e aquele fosse um eunuco de nascença. Antes de perceber o que estava sentindo e se dar conta de que, apesar de tudo, continuava calmo, ouviu o barulho de pessoas que se aproximavam da mesa.

Sentaram-se em silêncio, como autômatos. Apesar da escuridão e da luz intermitente das velas, Rogério reconheceu primeiro Núbia, que estava mais próxima dele, ao lado de Anita, o que lhe pareceu estranho, já que as duas não se suportavam.

Depois, reconheceu, um a um, os homens: Leiser, Nêmesis, Gênesis, Russo e Félix, que servia a comida diretamente no prato de cada um, uma espécie de guisado com molho e batatas coradas, não conseguindo disfarçar certa urgência em todo o seu procedimento formalíssimo.

Por fim, entraram e sentaram-se do outro lado da mesa, em relação a Rogério, duas figuras que ele não reconheceu de imediato. Apertou os olhos, como quem tenta se lembrar, e finalmente reconheceu Ariela Di Gozzi, muito branca e com uma nudez adolescente, o que era o mais impressionante de tudo, em se tratando de uma possível nonagenária. Ao lado dela, havia um menino muito magro, que parecia uma criança muito tímida, que ele definitivamente não sabia quem era.

— Falta apenas você, Rogério – disse Ariela, com uma voz que não parecia muito com sua voz original, que era mais rouca e grossa. – Aproxime-se.

Foi nesse momento que Rogério teve a certeza de não estar exatamente no controle dos seus movimentos. Isso pois, ainda que não quisesse, aproximou-se da mesa e sentou-se, movido por um impulso desconhecido, que nada tinha a ver com o que queria ou não fazer. Sentado, recuperou alguma autonomia e perguntou, olhando para Ariela:

— Quem é esse menino?

— Meu nome é Lagartixa Nick – disse o menino, como um robô.

— E o que você faz aqui, Lagartixa Nick? – disse Rogério, irritado. – Quem te convidou?

Dessa vez, foi Russo quem falou.

— Ele foi o último herdeiro que sobrou. Melhor dizendo, o último que pudemos proteger.

— Herdeiro do que, exatamente, de quem? – disse Rogério e percebeu que todos já estavam comendo e que ele mesmo sentia fome. Começou também a comer.

— Esse menino é o herdeiro da única fábrica de papel do país – disse Russo. – No que concerne a seu ofício, Rogério, é alguém de uma importância estratégica ímpar.

— Mas então... – disse Rogério, parando o garfo em frente à boca. Olhou para Núbia e esperou que o ajudasse a entender. Com muita calma, ela explicou:

— É exatamente o que você tá pensando, Rogério. Ele é filho do meu ex-marido.

— E onde foi parar o seu ex-marido?

— Não pudemos poupá-lo – disse Nêmesis, abrindo a boca pela primeira vez. – Tivemos que executá-lo, porque ele ficou louco dessa doença.

— Que doença? – perguntou Rogério.

Todos comiam feito uma família. Passavam entre si coisas como sal, pimenta, azeite, pão, com que limpavam o molho em seus pratos. Serviam-se novamente.

— É uma doença sem nome – disse Nêmesis. – Pensei que você estivesse por dentro de tudo.

— Mas o lado bom é que nós não vamos pegar essa doença – disse Gênesis. – Seremos poupados porque estamos aqui, porque temos o Rei da Pocilga conosco.

Então, uma ideia totalmente absurda passou pela cabeça de Rogério, que comia se refestelando. Não se lembrava de ter sentido algum dia tanta fome. A ideia que teve era tão absurda que ficou instalada na sua mente.

Então, Leiser gritou:

— Um brinde ao Rei da Pocilga!

Todos brindaram e gritaram:

— Viva o Rei da Pocilga!

Rogério olhou para a cama e viu que Reizinho ainda dormia. Ficou inquieto, o pensamento absurdo ainda comendo suas ideias.

— Mas o que essa doença faz com a gente? – perguntou o escritor. – Como se pega?

— Naturalmente – disse Nêmesis, com toda calma – se pega copulando.

— E os sintomas são muito variados – completou Russo, limpando a barba com um guardanapo de pano. Rogério fez o mesmo, só que mais lentamente.

— Por exemplo? – perguntou o escritor.

— Primeiro, a pessoa é tomada por um impulso sexual incontrolável. Num segundo estágio, ela começa a ter desmaios, espasmos, algo parecido com ataques de epilepsia, é tomada por devaneios, começa a perder os sentidos, esquecer o próprio nome, começa a ter mirações. Na fase final, começam os expurgos subcutâneos. Basicamente, a pessoa começa a trocar de pele, mas o processo fica pela metade e ela nunca cicatriza ou ganha uma pele nova. Essa fase final desemboca numa loucura raivosa cuja única profilaxia possível, em consideração aos habitantes saudáveis, é a execução sumária.

— Você parece um médico falando – disse Rogério olhando para Russo.

— Estou apenas tentando te atualizar – disse Russo humildemente.

— Então a pessoa fica parecida comigo – disse Leiser e deu sozinho um riso altíssimo e fino. Logo depois, ficou sério outra vez.

Rogério percebeu que Anita não havia dito uma palavra. Olhou para ela com receio do que veria. Ela estava ali, mas era como se hibernasse. Dos seus olhos vazava uma pulsão que não era vida, mas Rogério não sabia dizer para si mesmo o que era. Olhou outra vez para Ariela do outro lado da mesa e disse:

— Gostaria de conversar com você em particular.

Imediatamente ela se ergueu, com um gestual de rainha, e ambos saíram da Pocilga para o ar livre. Do lado de fora, em meio a outros porcos, estes sim enraivecidos e muito barulhentos, Ariela tocou levemente no braço de Rogério, que disse:

— Quero que me conte tudo.

— Não há muito além do que eu sei. Que Anita e o namoradinho dela contraíram a doença. E provavelmente Núbia também. Talvez até mesmo Gênesis, pobrezinho.

— E quanto a Nêmesis e Russo?

— Eles não.

— E o que podemos fazer?

— É mais uma questão do que não podemos fazer. Não podemos nos livrar deles. Vamos ter que esperar.

— Esperar o quê?

— A loucura. Ver se é possível contê-la. Evitar ao máximo a execução.

— Que loucura isso tudo!

— Tem ao menos o charme do ineditismo, meu caro – disse a escritora-magnata, com sua acidez peculiar.

PALACETE DOS AMORES

Esperar a loucura é muito diferente de esperar a morte, para não dizer que é exatamente o contrário. Esperar a loucura é como esperar uma descarga de vida tão forte que arrasta tudo, invariavelmente, até a morte. Não como fim da vida, mas como ápice.

Diante da iminente catástrofe, o grande dilema na Pocilga era agora um dilema, acima de tudo, religioso: se Reizinho havia contraído ou não a doença e, quem sabe até, se não teria sido o maior responsável por sua disseminação. Mas toda fé do grupo apontava para a ideia de que o agora eunuco e cego rapaz era, ao contrário, a saída e a purificação daquela epidemia monstruosa.

O próprio Reizinho, milagrosamente recuperado da castração, flanava com uma leveza angelical pelos quatro cantos da Pocilga, aliviando os elementos mais aflitos – fosse pelo avanço da doença ou pela ansiedade em contraí-la – com suas próprias mãos, que massageavam sem descanso toda sorte de cabeças. Cabeças abertas com feridas, cabeças febris e delirantes, cabeças em convulsão, algumas cabeças mortas que, em poucos casos, não muitos, voltavam à vida, para comoção geral. Nada disso parecia esgotar sua capacidade e disposição. Quanto mais era requisitado, mais ele ajudava, com mais prazer e com mais eficiência.

Por isso mantinham Reizinho intocável, apesar da gravidade das dúvidas que pairavam no ar, pesando no movimento das pessoas, que se arrastavam, nauseabundas. E, de qualquer modo, todos ali, menos Russo e Nêmesis, que se diziam virgens, haviam mantido frequentes relações sexuais com Reizinho, que era o pau mais requisitado de toda a comunidade. Gênesis muitas vezes tinha ido até ele, como um católico iria até um padre se confessar. Em suma, de modo reverencial. E desde o princípio. Desde antes da epidemia, talvez.

Núbia Manolazzo pode ter sido, inclusive, a pessoa que teria transmitido a doença para Reizinho, ou então essa pessoa teria sido Leiser, porque os dois foram os primeiros que fizeram os demais pensarem que havia também entre eles pessoas contaminadas. Depois veio Anita. Ariela não fazia sexo havia muitos anos. Ela apenas sentia prazer em ver pessoas fazendo sexo, como é comum entre os muito ricos. E Lagartixa Nick era uma incógnita. No mais, parecia assexuado como todo multibilionário. Leiser jurava que tinha transado com ele. Só que Leiser não era de forma alguma confiável. E Lagartixa Nick era uma espécie de curinga, um trunfo diante de uma provável e difícil negociação, que se avizinhava, com o poder público oficial da milícia governamental. Por isso, precisava ser poupado a todo custo.

Uma crescente desconfiança generalizada transformou a Pocilga num território asfixiante. Os seguranças noturnos encontraram algumas cabeças decapitadas, com os corpos a que pertenciam derrubados ao lado. Não era possível ter certeza se eram suicídios movidos pelo desespero da loucura, ou casos de execução para amedrontar os que ali se protegiam. Mas os casos aumentavam a cada dia. Os capangas de Russo recolhiam as cabeças e depois incineravam, guardando os crânios, com os quais ornavam os muros cada vez mais altos da Pocilga, no intuito primitivo de assustar possíveis invasores.

Porém, os possíveis invasores, assim como os decapitados, estavam provavelmente tomados pela insanidade e não se assustariam – talvez nem pudessem perceber – com os crânios que causavam um efeito expressionista à estrutura que passou a ser chamada de Fortaleza Final (FORFIN), batizada, é claro, por Russo, que pronunciava a sigla de forma afrancesada, o que ficava parecido com o inglês "*for fun*". E, com o tempo, até mesmo as cabeças decapitadas, antes de serem incineradas, começaram a receber a bênção de Reizinho.

A ideia de incorporar os crânios dos zumbis à estrutura de proteção de que suas vidas dependiam, como forma de mantê-los afastados, mobilizou Russo de um modo inesperado, mas pareceu a Nêmesis algo ingênuo e romântico, ou seja, fora de propósito, e deixou nele um gosto amargo no céu da boca. Como se aquilo fosse já o início do processo de loucura do próprio Russo, que teria, portanto, mentido sobre sua castidade.

Através de seu irmão e colíder dos Boys, Nêmesis teve acesso, pouco antes do acordo entre as duas facções, à investigação realizada por Gênesis em torno das diversas possibilidades de história pessoal para Russo, que permanecia, no fundo, um mistério necessário. Porque, na verdade, Nêmesis não acreditava na castidade do amigo. Pior do que isso: não era nem mesmo capaz de comprar a ideia de que Russo era de fato russo de nascença. Sentia que era dependente da ajuda de um homem aparentemente alucinado. Precisava de um homem em quem não podia confiar. E uma sensação de autotraição começou a se instalar na moralidade conservadora de Nêmesis, fazendo ele pensar que algo terrível podia nascer da hesitação que começava a dominá-lo diante do que parecia um impasse urgente.

Foi a partir desse impasse que Nêmesis decidiu tomar um pouco para si as rédeas da segurança local. Propôs ao aliado que invertessem por um tempo seus papéis, de modo que a Russo coubesse agora lidar mais diretamente com os mantimentos, que chegavam pela autoestrada em caminhões de frutas e legumes, ou de produtos enlatados, que apenas maquiavam os verdadeiros suprimentos de drogas. Havia, é claro, um local preestabelecido – num acordo secreto com o Serviço de Segurança Nacional, acordo sobre o qual nem mesmo o Presidente da República tinha conhecimento, assim como seus asseclas – que ninguém, a não ser integrantes da comunidade, podia ultrapassar. Onde, portanto, os carregamentos deveriam ser transferidos a outros caminhões internos para serem finalmente estocados numa estrutura aclimatada, como uma espécie de grande frigorífico, em que cada coisa era armazenada e consumida no seu tempo.

Mesmo manejando seu autocontrole, que estava sendo posto à prova de uma forma cada vez mais aguda, Nêmesis sofreu um grande baque quando descobriu que a maior parte das cabeças que apareciam a cada dia nos arredores da fortaleza às dezenas – quase centenas, em muito breve centenas, em quanto tempo milhares? – não era de possíveis invasores, mas de pessoas que, em tese, deveriam prestar serviços à comunidade em geral e à fortaleza especificamente: médicos e psiquiatras, transportadores de carga, psicólogos e neurocientistas, cozinheiros e agrônomos, professores de yoga e de meditação, lixeiros e biólogos, inclusive alguns xamãs e videntes, que haviam sido selecionados a dedo por Gênesis. Todos estavam entre os corpos sem cabeça ou as cabeças sem corpos que começaram a surgir em volta da Pocilga. Como um aviso? Um prenúncio? Ou como algo esperado? Na dúvida, Nêmesis procurou seu irmão.

— O pior aconteceu – disse Nêmesis invadindo o quarto onde seu irmão meditava ouvindo algum tipo de música transcendental.

Muito lentamente, Gênesis abriu os olhos, desligou a música, então se levantou, dobrou o pano que cobria seu corpo nu e sentou-se outra vez. Olhou para o irmão como quem sai de uma longa apneia. No entanto, sorria com sua benevolência costumeira, estampada em seus olhos rasgados e penetrantes.

— Seja bem-vindo, meu irmão, minha alma gêmea. Que bons ventos o trazem?

— Podemos cortar o papo furado – disse Nêmesis, sem disfarçar sua aflição.

— Não existe isso com você, eu sei. Quem sabe um dia... Seria ótimo falar um dia com você sobre qualquer outra coisa que não seja... Bem, que não seja isso. Acho que devo chamar isso de vida. Qual nome você dá pra isso que acontece aqui? Eu queria te perguntar tem um tempão.

Enquanto ouvia seu irmão, que olhava como que para outra dimensão e, por isso, parecia delirar, Nêmesis percebeu as escamas na sua pele, feridas em carne viva na altura dos seus calcanhares e, crescendo por trás da sua coxa até o centro das suas costas, uma enorme extensão de pele que parecia ter sido queimada recentemente com fogo.

— Você não sente dor? – perguntou Nêmesis.

— Não sinto dor nenhuma. Tenho meditado doze horas por dia. Mas sei que estou morrendo. Como vai ser, meu irmão? Como você vai ficar?

— Não acho que vá ficar, talvez eu vá embora daqui.

— Eu sempre achei, bem no fundo, que, diferente de mim, você ia se apaixonar por uma mulher incrível, que ia fazer você tão feliz que você nunca mais ia se esquecer de sorrir o tempo o todo. E todo mundo ia passar na rua, apontar pra você e dizer: “tá vendo aquele sujeito ali? Você acredita que ele era um menino que não sorria nunca?”. E ninguém vai acreditar, meu irmão. Fique sabendo que ninguém vai acreditar.

— Não sei de nada disso. Você tá delirando.

— É muito bom, meu irmão, perto do fim, poder delirar.

— Eu imagino. Mas, infelizmente, alguém precisa fazer alguma coisa além disso. Porque delirar só é bom pra quem delira. E eu preciso de você pra saber o que fazer.

— Eu já falei o que você deve fazer. Ir atrás dessa mulher incrível. Você sabe muito melhor do que eu que ela se encontra bem aqui. E não vá fingir que não sabe do que eu tô falando.

— Mas e quanto a todo mundo?

— Todo mundo é muita gente.

— Você tem consciência de que é só um adolescente e não um sábio tibetano?

— Estamos todos aqui apenas aprendendo, maninho. Não se preocupe com isso. Além do que, você sabe, nós sabemos mais do que ninguém: somos os olhos do futuro, por pior que isso pareça agora. Nunca se esqueça disso.

***

Naquela mesma noite, tomado por uma febre altíssima, Nêmesis sequestrou Núbia desacordada e a levou para fora dali num furgão roubado. Tinha autoridade suficiente para ir aonde quisesse, sem precisar de autorização. Fora Russo e Rogério, era o único a quem isso era permitido. Felizmente, não precisou presenciar um acontecimento que pode ser considerado o estopim de uma catástrofe sem precedentes, que levou a Pocilga ao colapso definitivo.

Porque sobreviveria – o que ela mesma considerou um milagre –, Núbia jamais perdoaria, a despeito da longa relação que estabeleceria dali em diante com Nêmesis – uma irmandade, um noivado de oito anos, o que seria aquilo? –, o fato de não ter se despedido de seu melhor amigo, que teria um destino terrível, mesmo que seu nome fosse ressoar junto dos maiores nomes da literatura universal, no panteão dos grandes gênios das mais elevadas formas artísticas.

A este que escreve machuca sobremaneira detalhar por demais o fim trágico dos mais célebres membros da Italieta, concentrados na Fortaleza Final. Mas alguma coisa, pelo menos, é preciso que se tente enunciar.

A última chacina teria começado com Russo tendo um ataque de fúria ao descobrir o que já era há muito tempo do conhecimento de todos: o relacionamento íntimo de Anita e Leiser. O chefe da Boca decapitou os dois e trouxe, banhado em sangue, suas cabeças, seguras pelos cabelos, até a entrada da Pocilga. Depois cortou a própria garganta, o que, parece, algumas pessoas puderam ver e nada fizeram, estupefatas, para impedir. Porque o verdadeiro horror é sempre paralisante. Do mesmo modo que nada foi feito com Lagartixa Nick, que permaneceu por horas sentado chupando uma carne esponjosa das pelancas do que só poderia ser o corpo de sua futura tutora, Ariela Di Gozzi. Nick estava ensanguentado dos pés à cabeça e, por ironia, comia finalmente uma carne de terceira, feliz da vida, para em seguida sucumbir ele também, com lancinantes dores gástricas pela ingestão de uma carne, além de passada, contaminada pelo vírus.

O desfecho sanguinário dos elementos centrais da comunidade desencadeou um surto coletivo e uma chacina nunca vista, com algo em torno de dois mil e quinhentos mortos. Mas a conta nunca era exata, porque seguiam surgindo crânios incinerados, fora os crânios que formavam o muro da fortaleza, contados a dedo – alguns sendo, muitos diziam, furtados por oficiais corruptos como relíquias de um momento histórico. Cerca de mil pessoas permanecem desaparecidas. Entre elas Reizinho, que não seria mais visto por um bom tempo. Porém, podemos dizer que, santificado, era como se ele não precisasse mais existir.

Sabendo das mortes, mas sem saber onde estava Reizinho, de cuja presença precisava desesperadamente, Rogério foi visto pela última vez mastigando as cabeças das pessoas que tanto havia amado. Inclusive a de Russo, a quem teria aprendido finalmente a amar. Ele dizia "EU TE AMAREI, RUSSO", alguns fugitivos puderam ver e declararam, até perder totalmente os sentidos e morrer por uma grave infecção estomacal, dada a sua já frágil condição. Muitos acreditam até hoje que Rogério tenha morrido do vírus que, tempos depois, veio a dizimar um terço da população mundial, como no caso das pragas históricas e passou a ser chamado formalmente de EROFILIA. No populacho era, contudo, mais conhecido como Palacete dos Amores ou apenas Italieta, motivo principal da longeva notoriedade do livro escrito por Rogério, que seria, em algumas centenas de anos, alçado a um dos maiores clássicos da literatura universal.

Finalmente, depois de muita tentativa e erro, e dadas como terminadas as buscas, um hacker adolescente conseguiu obter as informações geológicas e geográficas que poderiam indicar o paradeiro da chácara, que seria encontrada totalmente devastada, atulhada de cadáveres em estado avançado de putrefação. A descoberta veio através da verificação atenta de um vídeo em que Núbia Manolazzo aparecia chegando ao local.

Núbia e Nêmesis tornaram-se heróis sobreviventes de uma catástrofe e abandonaram, respectivamente, os Ashberianos e os Boys de Pasolini. Os dois sobreviventes, além de tudo, ofereceram-se para ajudar nas investigações e chegaram a voltar, corajosamente, ao local, a fim de reconhecer cadáveres ainda reconhecíveis.

Com o tempo e sem grande alarde, os Ashberianos se dissolveram, mas os Boys de Pasolini seguiram firmes e cada vez mais fortes, sempre se renovando, dia a dia mais perigosos e totalitários, como sonhos que envelhecem mal. O genocídio cometido na Italieta dizimou por completo aquela geração de meninos-soldados. Historicamente, foi o ápice da organização, no que concerne a seu poder e a sua militância no centro da luta de classes.

O desligamento de Nêmesis e a morte heroica e não menos trágica de seu irmão gêmeo transformaram o primeiro num traidor aburguesado e o segundo num mártir para as gerações seguintes. Isso causou um racha na espinha dorsal do grupo e provocou, em médio prazo, uma guinada tecnocrata das futuras lideranças dos Boys.

Num futuro não muito distante, eles se transformariam em cocainômanos ambiciosos numa Bolsa de Valores onde tudo seria negociável. Esportistas inveterados, abstêmios sexuais, moralistas rígidos e autopenitentes fervorosos. Muitos deles, inclusive, pelo alto consumo de cocaína e outras drogas sintéticas estimulantes, já seriam impotentes antes mesmo de completarem dezoito anos, quando deveriam deixar o grupo, sem exceção. Afinal, o artigo primeiro da carta que regia aquela organização juvenil não havia sido alterado. Esse fenômeno terminaria por inaugurar uma enorme massa de jovens sexualmente traumatizados transformados em predadores ressentidos.

Para tornar tudo mais confuso, teriam esses novos Boys de Pasolini ainda em Reizinho uma espécie de Cristo ou divisor de águas de um velho para um novo testamento do qual seriam eles os mais fiéis seguidores, aqueles que pavimentariam o caminho em direção à luz em seu nome. No entanto, em âmbitos escusos, negociariam com o poder público conforme a cartilha dos cafetões e armariam até os dentes outros grupos paramilitares que funcionariam como milícias secretas, criando, assim, um sistema paranoico em que os inimigos e os aliados já não se distinguiam com clareza.

Apesar de tudo, novas sucursais ao redor do mundo, na intenção de combater as novas tendências fascistas da Central, tornar-se-iam ainda mais radicais à esquerda. Haveria, por fim, em menos de vinte anos, uma guerra civil encabeçada pelos dissidentes, sobretudo os latino-americanos fronteiriços, contra o que era por eles considerada uma corrupção imperdoável do movimento original.

***

Os jornais do mundo inteiro estamparam a mesma cena: massas deformadas de carne e osso, montanhas de coisa alguma num terreno baldio. Essa imagem superava, pela brutalidade, as cenas do holocausto da Segunda Guerra Mundial, que, até então, estavam em um dos degraus mais altos no pódio das atrocidades humanas. Ou talvez a nova imagem apenas substituísse o engulho fundamental uma vez causado por imagens históricas hoje desgastadas e sem maior efeito no imaginário popular. Coisas das quais a maioria das pessoas é capaz de rir e fazer piada. Uma pesquisa, feita cinquenta anos após os acontecimentos desta crônica, confirmou ter sido essa a maior carnificina de pessoas da alta classe em todos os tempos.

ÍNDICE DE PERSONAGENS
POR ORDEM DE APARIÇÃO

Reizinho: vendedor de canetas cego e lindo, com um pênis enorme, cerca de 23 anos.

Mãe de Reizinho: nome desconhecido, vendedora de canetas e drogas, 40 anos.

Leiser (Touro, Boi): drogadicto letrado, pseudopoeta, grande leitor, 18 anos.

Russo (Klaus): dono da Boca de Fumo, 40 ou 60 anos.

Samir Sativo: líder aposentado dos Boys de Pasolini, 20 anos.

Nêmesis e Gênesis: atuais líderes dos Boys de Pasolini, gêmeos, 14 anos.

Félix: assistente para assuntos pessoais de Russo, de tamanho diminuto (possível nanismo), corpo atlético, 50 anos.

Ariela Di Gozzi: poeta decana, laureada latifundiária, idade indefinida, provavelmente beirando os 90 anos.

Anita Di Gozzi: poeta herdeira, 27 anos, neta de Ariela Di Gozzi.

Jairo Hernandez Tadeu: controverso escritor comunista e homossexual, falecido aos 30 anos, há mais de 40 anos.

Maurício Cara de Boneca: integrante dos Boys de Pasolini, mercenário de guerra, 16 anos.

Silvio Olho de Gato: integrante dos Boys de Pasolini, mercenário de guerra, 14 anos.

Rajada Fênix: integrante dos Boys de Pasolini e mercenário de guerra, 15 anos.

Fran Coda: poeta e tradutor, 42 anos.

Jana Luna: poeta performática, 35 anos.

Lagartixa Nick: 30 anos, filho e único herdeiro de Crocodilo Nick (78 anos), proprietário da empresa que detém o monopólio local do papel.

Rogério Dalcut: escritor mais vendido na história do país, com apenas um livro (*O que faz a foice*), 35 anos. Também é autor de *Italieta: um poema*, livro explicitamente pornográfico.

Saulo Quevedo: antes de Dalcut, era o escritor local mais vendido, 80 anos.

Núbia Manolazzo: poeta casamenteira, líder dos Ashberianos, 32 anos.

Toninho Saccada: poeta casamenteiro, integrante dos Ashberianos, 47 anos.

Gaita Polaco: poeta casamenteiro, integrante dos Ashberianos, 40 anos.

Silvana Khuns: poeta casamenteira, integrante dos Ashberianos, 29 anos.

Nino Caraglio: poeta casamenteiro, membro-fundador (com Núbia) dos Ashberianos, 52 anos.

Nota da edição: as citações de poemas de Pasolini em português foram traduzidas por Alexandre Pilati.

POSFÁCIO
TENSÃO DO DESEJO

Leonardo Marona desafia. No meu grande grupo de amigues que escrevem, pouquíssimes têm o fôlego para a escrita de romances. No seu romance anterior, *Não vale morrer* (Macondo, 2021), esse grande escritor, ainda com trinta e nove anos, tendo iniciado a escrita do livro com trinta e cinco, e com tantos outros publicados, em diferentes gêneros, já se expunha sem temor algum em sua crítica ácida a seus empregadores. Esse livreiro-operário não se preocupa com possíveis leituras desgostosas, por falar verdades sobre sua condição de trabalho, representando sua classe social. Trabalhadores assalariados, a exploração capitalista e o fetiche da mercadoria. Mas com muito humanismo, misturado com sua reflexão de um rapaz alcoólico, tendo que frear suas pulsões de vida e de morte. A exigência de manter o corpo, alcançando a temperança.

Entretanto, o cérebro de Marona é mais descontrolado que o previsto. Conviver com esse escritor é ouvir, em simples conversas de bar, suas histórias desbaratadas e perceber que cada uma delas já daria uma excelente ficção.

O bom destino fez com que seu primeiro ato de consciência com relação à escrita fosse traduzir Otelo com apenas vinte e três anos. Tal ousadia possibilitou uma epifania que o fez escrever, sem descanso, até os dias atuais – com a frustração de não ser lido com a escala que sua escrita deveria ter.

Se em *Não vale morrer* apontava a tensão do trabalho e as peripécias do AA (Alcoólicos Anônimos), também expostos em sua novela *Dr. Krauss* (Oito e Meio, 2017), sob a forma de casa de correção com ares de casa de repouso, mas de fato uma casa de lunáticos – agora a essência de *O bom massacre* é a tensão do desejo.

Este livro é para incomodar. Mesmo não sendo a intenção do autor, suas críticas à hipersexualização, sobretudo no desfecho escatológico e cruel, acabam por criar personagens, ou grupos de personagens, que tensionam a moral da sociedade de cancelamento em que vivemos. Um exemplo disso, na nova trama de Marona, é o santo ceguinho, o pau mais lindo do mundo, que é o sol em torno do qual gravitam os planetas na órbita da narrativa. É ele o anti-Édipo, o grande herói, que pode ser tocado pelos corpos de desejos extravagantes. Segurar um pau tão atrativo e receber apenas um sorriso, nunca uma troca sexual.

Outro exemplo é quando descreve um grupo de jovens fluidos, os Boys de Pasolini – são meninos livres que usam armas pesadas e chupam pirulitos de mescalina. E isso é apenas mais uma exemplificação, durante o livro, da tensão do desejo por descobertas físicas, em baixa na sociedade da exaustão virtual. Não como realidade, mas como fábula que perde a noção de tempo cronometrado, individual, dentro do coletivo da rapaziada. Cada um pode ter tensões que abarcam, respeitam. Beber ou foder antes dos dezoito anos. Não é um conselho, com seu final apocalíptico – é para tirar o véu moralista e deixar o corpo-leitor, como em várias passagens do romance, viajar por estados de consciência atemporais.

Tensione e tenha o prazer de distensionar. O sexo satisfatório é como um livro fluido. Deixe-se levar até o final, quando o casal Adão & Eva retornam para um mundo tosco e unidimensional. Esse desvario é levado em conta com a solidariedade à maioria humana, que ainda sofre, vive em guerra, ou sob o domínio de Estados autoritários. A verdadeira história da humanidade, desde a formação das sociedades de classes. Não estou aqui pregando soluções de médio prazo para todos nós; fique tranquilo. É um livro para ler o bom escritor e a certeza de diversão acelerada e às vezes delirante.

No livro, o espírito do tempo não é de Heidegger ou Nietzsche. É uma possibilidade deleuzeana, para antes e para além dos estudos culturais. O pensamento é livre, e daí surgem os impasses do final da trama. O fim de cada um dos personagens, principiando por Reizinho. Na formulação do massacre, há várias intenções que deságuam num destino grego de maldições no tabuleiro de uma trama com personagens interligados. O cego santo com seu pau enorme e fosforescente, que sobrevive à emasculação e continua vívido: eunuco subcelebridade da sociedade de consumo. Podemos imaginar perfeitamente Reizinho – que em tempos antigos seria uma espécie de Alexei Karamazóv tesudo – num *reality-show*, com consequentes desfechos wertherianos de jovens suicidas por emasculação.

O fluxo de Marona não respeita o pensamento ético do autor, demonstrado em *Não vale morrer*. Aqui, como nos *Seis personagens à procura de um autor*, de Pirandello, os deslocamentos temporais e a bagunça generalizada no mundo da falsidade, das aparências, de cores e bocas para *selfies* que nunca serão postadas, apenas pelo ato absurdo de tirá-las às centenas, superam os desígnios do autor, após a escatológica Porcile, que é criada pelo escritor rico, famoso, com apenas um livro, o maior *best-seller* do mundo e tudo vira merda ou vômito, como um grande banquete (*La grande bouffe*), aí misturando a Pocilga (com ares de Saló, do seu ídolo Pasolini), com o excitante filme franco-italiano dirigido por Marco

Ferreri. Ou com a notória caganeira de Hans Staden, quando ele deveria enfrentar com bravura a fálica borduna de nossos povos originários, mas defecou tão torrencialmente que caiu acamado, para total desprezo dos valentes guerreiros.

Se do pó viemos e a ele retornaremos, a sopa de gente e de merda, seja o Macunaíma de Mário de Andrade, ou mesmo certo círculo infernal de Dante, com a merda até o nariz, é o que está no espírito do tempo e no devir das sociedades consumistas. E Gaia grita não aguento mais. Mas esses Adões & Evas nunca souberam do inferno. Tal como não sabem Nêmesis e Núbia, o casal possível, mas improvável, os sobreviventes que fundarão os novos Adão & Eva, fruto do que escapa a essa espécie de nova decadência romana impregnada em nossos dias.

Invejo Leonardo Marona. Invejo o escritor de mil e uma fábulas. Não conheço hoje muita gente que deixe o pensamento correr solto na escrita de prosa literária de fôlego. Gostaria que um enorme *influencer*, desses da ultradireita rentista, bem mais influente que pastores e bilionários do lúmpen mundo virtual, entrasse num surto erótico sem precedentes ao ler *O bom massacre* e divulgasse esse livro como quem quebrasse o armário da nossa repetição fascista como farsa autorizada à qual parecemos nos conformar. Mas, depois de ler um livro como este, começamos a considerar a outra metade, agora enfraquecida e espremida em suas neuroses, como algo de que precisamos cuidar nós mesmos.

Guilherme Zarvos é escritor e economista.
Ao lado do poeta Chacal, é fundador do CEP 20.000
(Centro de Experimentação Poética 20.000), evento que
reúne parte da produção poética e artística
do Rio de Janeiro desde 1990.

1ª edição [2025]

Este é o livro nº 25 da Telaranha Edições.
Composto em Tiempos, sobre papel pólen 80 g, e impresso
nas oficinas da Gráfica e Editora Copiart em maio de 2025.